Cette douce méprise

Un patron si tentant

YVONNE LINDSAY

Cette douce méprise

Traduction française de
ROSA BACHIR

PASSIONS

HARLEQUIN

Collection : PASSIONS

Ce roman a déjà été publié en 2021

Titre original :
SEDUCING THE LOST HEIR

HARPERCOLLINS FRANCE
83-85, boulevard Vincent-Auriol, 75646 PARIS CEDEX 13
Service Clients — www.harlequin.fr
ISBN 978-2-2805-1332-6 — ISSN 1950-2761

Édité par HarperCollins France.
Composition et mise en pages Nord Compo.
Imprimé en février 2025 par CPI Black Print (Barcelone)
en utilisant 100% d'électricité renouvelable.
Dépôt légal : mars 2025.

FSC
www.fsc.org
MIXTE
Papier issu de
sources responsables
FSC® C159065

Pour limiter l'empreinte environnementale de ses livres, HarperCollins France s'engage à n'utiliser que du papier fabriqué à partir de bois provenant de forêts gérées durablement et de manière responsable.

1

Honor Gould n'avait bu que deux verres de champagne, mais ils lui montaient déjà à la tête. Elle ne boirait plus d'alcool ce soir, décida-t-elle. Elle savait d'expérience, après avoir observé sa mère, que l'ivresse poussait à prendre des décisions stupides et dangereuses.

Dans le bar de cet hôtel de Seattle, le bruit avait atteint un niveau assourdissant quand les congressistes étaient arrivés en masse. Cela ne cessait jamais d'étonner Honor : des gens parfaitement professionnels le jour pouvaient devenir totalement déchaînés le soir. Elle-même se laissait rarement aller, et jamais lorsqu'elle était entourée d'inconnus. Honor avait des objectifs, et être un peu trop éméchée ou un peu trop bruyante ne figurait pas sur sa liste de choses à faire.

L'un de ses collègues congressistes lui proposa un verre de champagne. Honor secoua la tête.

— Non, merci, j'ai assez bu, dit-elle.

— Allons, juste un verre ! Après tout, vous avez été élue décoratrice d'intérieur de l'année. Ça se fête, protesta l'homme, faisant glisser la flûte de liquide doré et pétillant vers elle.

Pour le faire taire, Honor accepta le verre et le leva comme pour porter un toast, mais le bord de cristal n'arriva pas jusqu'à ses lèvres.

— Merci, dit-elle, masquant son irritation derrière un sourire.

— Voilà qui est mieux, approuva le congressiste.

Puis, au grand soulagement de Honor, il reporta son attention sur un groupe de personnes qui venait d'entrer dans le bar.

Pour échapper à la foule et aux rires sonores, Honor alla s'installer dans un coin plus calme, à l'extrémité du bar. D'ici, elle pourrait observer les gens quelques instants, avant de regagner la chambre qu'elle avait réservée afin d'être parfaitement prête pour l'exposé qu'elle présenterait le lendemain matin. Elle doutait que sa présentation soit particulièrement suivie, étant donné que beaucoup de ses collègues auraient besoin de sommeil après cette soirée. Mais cela ne la dérangeait pas. Elle tenait surtout à ajouter cet exposé sur son CV. Après s'être extirpée des bas-fonds dans lesquels sa mère l'avait élevée, Honor était en passe de connaître le succès et d'acquérir la fortune dont elle avait toujours rêvé enfant. Le trophée qu'on lui avait remis ce soir et sa participation à ce prestigieux congrès étaient de petits pas sur le chemin qui la mènerait à ses objectifs. La sécurité. Le confort. La fortune.

Elle posa la flûte de champagne intacte sur le bar et commanda une eau pétillante. Une fois qu'elle aurait avalé sa boisson, elle monterait dans sa chambre. Personne ne remarquerait son absence, et elle pourrait passer en revue ses notes pour son exposé du lendemain.

Honor venait de recevoir sa commande et portait le verre à ses lèvres quand un frisson la parcourut. Elle se tourna légèrement, son regard s'arrêtant aussitôt sur l'homme qui venait de pénétrer dans le bar.

Keaton ? Il était ici ? Était-il venu lui faire une surprise ?

Elle n'en croyait pas ses yeux ! Quand elle lui avait appris qu'elle serait à l'hôtel pendant deux jours afin d'assister à un congrès sur la décoration, il avait simplement hoché la tête et continué son travail. Et lorsqu'elle lui avait demandé d'être son cavalier pour le gala au cours duquel elle recevrait son prix, il avait mentionné un dîner d'affaires qu'il ne pouvait pas annuler. Et pourtant, il était bien là. Elle le vit longer le bar et se diriger vers une petite table dans un coin de la salle.

Keaton était un très bel homme. Un véritable apollon. Mais il se comportait toujours comme s'il ignorait totalement son pouvoir d'attraction sur les autres, et aujourd'hui plus encore. Il semblait fatigué. Épuisé, même. Il s'installa et sourit à la serveuse qui s'était aussitôt approchée de lui. Alors que la salle était pleine de clients et de pourboires potentiels, la jeune femme s'était dirigée droit vers Keaton. Intéressant, songea Honor avec un sourire ironique.

Elle se rendit compte qu'elle faisait tourner sa bague de fiançailles autour de son doigt, comme chaque fois qu'elle était nerveuse, et s'obligea à arrêter.

Il y avait quelque chose de différent chez Keaton ce soir-là, et elle n'arrivait pas vraiment à définir quoi. Après quelques secondes, elle mit le doigt dessus. C'était sa tenue. Elle était bien trop décontractée. Keaton Richmond était toujours tiré à quatre épingles - même pour un pique-nique. Non pas qu'ils aient l'habitude de déjeuner en plein air. Mais la veste de cuir posée sur ses épaules semblait usée et douce - comme s'il la portait depuis des années. Elle ne se souvenait pas l'avoir vue sur lui auparavant, mais puisqu'ils ne vivaient pas encore ensemble, elle ne connaissait pas tout le contenu de ses armoires. Il releva la tête et passa la salle en revue, ses yeux se posant brièvement sur elle. Comme elle l'observait, il lui accorda un second regard. Elle lui sourit ; il attendit quelques secondes puis lui adressa un demi-sourire qui provoqua un éclair de désir en elle. Elle se redressa et s'apprêta à le rejoindre, mais il détourna la tête et se concentra sur le menu posé sur la table.

À quel jeu jouait-il ? Faisait-il semblant de ne pas la connaître ? Honor ignorait si elle devait être agacée ou intriguée. Peut-être l'avait-il écoutée la dernière fois qu'ils avaient parlé de leur relation. Ils n'avaient pas couché ensemble depuis des mois et, même quand cela arrivait, c'était plutôt un exutoire qu'une expression de leur amour. Elle commençait même à se demander si tous ses espoirs et ses rêves d'un mariage stable et solide étaient en passe d'être détruits.

Keaton avait répondu de manière évasive lorsqu'elle avait suggéré qu'ils mettent du piment dans leur vie sexuelle. Tout comme quand elle avait proposé qu'ils emménagent ensemble avant le mariage, dont ils n'avaient toujours pas fixé la date. Ce flou dans lequel ils s'étaient enfoncés commençait à la préoccuper. Keaton et elle travaillaient tous les deux dans l'entreprise du père de Keaton. Elle avait décroché un poste cinq plus tôt et fréquentait Keaton depuis deux ans. Ils s'étaient fiancés dix-huit mois plus tard.

C'était loin d'être la romance du siècle, mais Honor ne recherchait pas une grande histoire d'amour. Elle avait vu où l'excès de romantisme avait mené sa mère. Honor avait d'autres priorités. Elle avait gravi les échelons chez Richmond Developments et elle espérait poursuivre son ascension jusqu'au sommet de la hiérarchie. Si épouser le fils du P-DG pouvait faire accélérer sa carrière, elle était prête à aller jusque-là. Et puis ce n'était pas comme si elle n'appréciait pas ou ne respectait pas Keaton. Ils avaient juste besoin de raviver la flamme de temps en temps.

Mais son fiancé n'était pas joueur.

Alors pourquoi était-il en train de jouer avec elle ?

Honor était si intriguée qu'elle avait envie de jouer aussi, pour voir où Keaton voulait en venir au juste. La serveuse apporta une grande bière à Keaton. Étonnant… Honor n'avait jamais vu son fiancé boire de la bière. Elle continua de l'observer tandis qu'il portait le verre glacé à ses lèvres et buvait de longues gorgées régulières. Elle vit les muscles de sa gorge travailler pendant qu'il avalait la boisson, remarqua les traces d'humidité sur sa bouche quand il reposa le verre. Et quand il passa la langue sur ses lèvres, un désir primaire la saisit. Keaton leva les yeux. Et il croisa son regard de nouveau.

Semblant surpris qu'elle le dévisage, il lui offrit un autre sourire en coin. Honor sentit ses tétons se durcir sous la dentelle de son soutien-gorge. Eh bien ! Elle ne se rappelait pas avoir ressenti une telle attirance pour lui. Il était temps de cesser de jouer, et de passer à l'action. Elle sortit de son sac l'une des deux clés magnétiques de sa chambre et la serra dans sa main.

La jeune femme traversait la salle en se déhanchant ; il n'y avait pas d'autre terme pour décrire sa démarche. Elle portait une robe cocktail noir moulante, ornée de découpes sexy sur la taille. Logan regarda la créature marcher avec détermination dans sa direction. Plusieurs personnes essayèrent de lui parler, mais elle détourna élégamment chaque tentative, se concentrant uniquement sur lui.

Après avoir quitté Auckland, en Nouvelle-Zélande, à 21 heures la veille, Logan avait effectué un vol de 12 heures durant lequel il n'avait pas fermé l'œil. À son arrivée à Los Angeles, il avait pris une correspondance pour Seattle. Souffrant d'un fort décalage horaire et tentant désespérément de s'adapter à un fuseau qui avait près de vingt heures d'écart avec le sien, il s'était obligé à aller marcher afin de rester éveillé. Maintenant, tout ce qu'il voulait, c'était une bière fraîche, un dîner léger, et une bonne nuit de sommeil. Il n'avait pas envie d'avoir de la compagnie. Mais, apparemment, la compagnie venait à lui, qu'il le veuille ou non.

Il devait l'admettre, cette jeune femme était fichtrement séduisante. Ses cheveux blonds, longs et épais, balayaient son épaule et effleuraient le haut de sa poitrine. Une poitrine dont il avait un aperçu à travers la découpe en forme de cercle sur l'avant de sa robe. Le vêtement était à la fois sophistiqué et sexy. Toutefois, Logan était prêt à parier que la jeune femme serait encore plus belle si elle le retirait.

Il secoua la tête. *Non, non et non.* Il n'était pas là pour ça, vraiment pas. S'il avait fait tout ce chemin, c'était pour trouver son identité. Ce qui pouvait paraître bizarre pour un homme de trente-quatre ans, il en convenait. Toute sa vie, il avait cru savoir exactement qui il était, jusqu'à ce qu'il découvre une boîte au fond de l'armoire de sa défunte mère, lorsqu'il avait vidé sa maison pour la vendre.

Un sentiment de frustration l'envahit. Il avait passé toute son existence à appeler Alison Parker « maman ». Mais il s'avérait qu'elle n'était pas sa mère. Et maintenant il était ici, aux États-Unis, pour retrouver les gens qui étaient ses véritables parents, en espérant qu'ils lui ouvriraient leur porte.

Pendant qu'il était perdu dans ses pensées, l'éblouissante femme fatale en robe noire s'était approchée de lui. Il eut à peine le temps de sentir sa présence. Sans crier gare, elle lui saisit le menton et tourna son visage vers le sien. Puis, à sa grande surprise, elle l'embrassa.

Au début, Logan ne réagit pas - son cerveau épuisé était dans un tel état de choc qu'il ne lui permettait pas de réagir. Mais ensuite son instinct prit le dessus. La douceur des lèvres de l'inconnue affola ses sens. Il ferma les yeux, se concentrant uniquement sur la sensation de sa bouche sur la sienne. Sur la texture exquise de sa langue quand elle suivit le tracé de ses lèvres. Tous les sons autour d'eux s'évanouirent. Il n'entendit plus que les battements rapides de son cœur et les pulsations de son sang dans ses veines.

Puis, le baiser s'acheva. L'inconnue se redressa. Logan ouvrit les yeux brusquement. Il voulut parler, mais elle posa l'index contre ses lèvres.

— Pas un mot, bel inconnu. Chambre 6035. Venez m'y retrouver dans dix minutes.

Sur quoi, elle glissa une clé magnétique dans sa main et s'éloigna. Logan la regarda, stupéfait, tandis qu'elle quittait le bar et se dirigeait vers les ascenseurs. Il referma les doigts sur la clé. Il était hors de question qu'il suive cette femme dans sa chambre. Ce serait se jeter dans la gueule du loup. Il serait drogué, on lui volerait ses organes, et il se réveillerait dans un bain plein de glace.

Ou alors, il connaîtrait la meilleure nuit de toute sa vie.

Les sandwichs et les frites qu'il avait commandés arrivèrent, ainsi qu'une seconde bière. Il les observa un instant puis consomma rapidement les sandwichs, laissant la bière intacte. Plus d'alcool pour lui ce soir. Il lui fallait garder l'esprit clair. Il jeta un coup d'œil à sa montre. Les dix minutes étaient écoulées. Il sentait encore les lèvres de la belle inconnue sur les siennes. Avant même de se rendre compte qu'il avait pris une décision, il laissa une poignée de billets sur la table, se leva et fila vers les ascenseurs.

Il s'arrêta au sixième étage et longea le couloir, hésitant un instant devant la chambre 6035. Puis il glissa la clé dans la serrure magnétique. La lumière devint verte, et il entra dans la pièce. La chambre était peu éclairée, mais il n'eut aucune difficulté à retrouver la créature séduisante qui l'avait embrassé éperdument au bar, lui faisant oublier la raison.

La jeune femme portait toujours sa robe mais elle avait ôté ses escarpins vertigineux.

— Je suis contente que vous soyez venu, dit-elle, avançant vers lui.

Elle noua les bras autour de son cou et se mit sur la pointe des pieds pour l'embrasser. Son parfum épicé et enivrant l'enveloppa, taquinant ses sens, et il songea qu'il avait bien fait de venir. Il avait l'impression que tout son corps était en feu. Il désirait cette femme comme il n'avait jamais désiré personne. Les regrets, les doutes, l'incertitude, toutes ces émotions, il les laissait à d'autres. Elles n'avaient pas leur place ici.

Il glissa les bras autour de sa taille et l'attira contre lui. Il ne ressentait pas le besoin de parler et n'avait aucune envie de rompre le charme. Il approfondit le baiser, laissant sa langue se glisser entre les lèvres de sa partenaire et goûtant sa saveur unique. Elle plongea les mains dans ses cheveux coupés court, griffant doucement son cuir chevelu et provoquant de petits sursauts électriques dans tout son corps.

Puis elle lui ôta sa veste et tira sur sa chemise. Il interrompit le baiser le temps d'ôter sa chemise et de la jeter au sol. Quand il reprit l'inconnue dans ses bras, il sentit la texture de sa robe contre lui, mais cela ne lui suffit pas. Glissant les mains derrière son dos, il chercha la fermeture Éclair de sa robe. Quand il l'eut trouvé, il l'ouvrit doucement.

Il recula un peu, ne voulant pas manquer un instant de cette révélation. Au début, la jeune femme sembla timide, comme si elle était soudain devenue pudique, mais ensuite elle fit lentement glisser le vêtement le long de son corps. La vision de celui-ci presque nu lui coupa le souffle. Sa peau d'un miel doré brillait dans la lumière tamisée de la chambre. Ses seins pigeonnaient dans son soutien-gorge noir, et le slip assorti montait haut sur ses hanches, donnant l'impression que ses jambes étaient interminables.

Logan déglutit, la bouche soudain sèche, et avança. Il tendit le bras vers elle, hésitant et s'arrêtant à un centimètre de son corps.

— Je peux ? demanda-t-il.

Elle sourit et fit un petit signe de tête. C'était l'encouragement dont il avait besoin. Il prit ses seins en coupe et caressa les pointes durcies de ses tétons à travers la dentelle. Elle laissa échapper un petit soupir, qu'il captura dans un autre baiser. Il fit glisser les bretelles de son soutien-gorge et baissa un bonnet. Doucement, il taquina son téton engorgé et la sentit frissonner sous sa main.

— Je peux continuer ? gronda-t-il.

— Oui, continuez. S'il vous plaît.

Il répéta le mouvement puis baissa la tête et attrapa le bouton rose foncé entre ses lèvres. De nouveau, elle trembla et soupira. Poursuivant son assaut sensuel, il passa la langue sur la pointe ferme avant de le mordiller.

— Encore, murmura-t-elle, lui maintenant la tête contre son sein comme si elle craignait qu'il n'obéisse pas.

Logan n'avait aucune intention de s'arrêter. Tout en elle l'attirait. Son parfum, sa saveur, ses suppliques rauques qui le rendaient fou. Tout cela ressemblait à un rêve insensé, mais il n'avait aucune envie de se réveiller. La réalité le rattraperait bien assez tôt. Pour l'instant, il prendrait ce que cette femme lui offrait. Et il lui donnerait autant en retour.

Il la plaqua contre le lit et la fit s'étendre sur le matelas. Tout en se calant entre ses jambes, il déboucla sa ceinture avant de retirer ses chaussures et son jean. Il n'enlèverait pas son caleçon tout de suite, par sécurité. Car il était si excité que la moindre caresse intime pourrait avoir raison de lui. Il était hors de question qu'il gâche cette occasion unique. Tout d'abord, il allait faire en sorte que sa mystérieuse maîtresse soit tout aussi excitée que lui.

Il lui retira lentement son slip, caressant au passage ses splendides jambes. Un triangle de poils blond foncé nettement taillé était niché au sommet de ses cuisses ; Logan n'avait rien vu d'aussi sexy depuis très longtemps. Il s'étendit sur elle et glissa la main dans son dos pour dégrafer son soutien-gorge. Puis il retira le sous-vêtement de dentelle et le lança sur le sol.

— On vous a déjà dit que vous étiez d'une beauté exquise ? demanda-t-il, passant la main sur ses tétons avant de les pincer doucement.

— Non, vous êtes le premier, murmura-t-elle d'une voix rauque de désir.

Elle battit des paupières quand il commença à embrasser ses seins.

Elle s'agita, plaquant les hanches contre les siennes. Il eut bien du mal à ne pas prendre possession d'elle sur-le-champ. Mais il comptait bien lui donner du plaisir avant de prendre le sien. Il déposa une pluie de baisers chauds et humides sur sa poitrine, descendant jusqu'au centre de son ventre et formant un cercle moite autour de son nombril. Il fit tourner le bout de sa langue dans le creux nettement dessiné avant de s'aventurer plus bas.

S'agenouillant sur le sol, il se pencha vers elle. Il respira le parfum musqué de son sexe et sentit son excitation atteindre un nouveau pic. Jamais il n'avait désiré une femme aussi fortement. Doucement, il caressa son sexe chaud, et elle avança contre sa paume.

— Impatiente ? demanda-t-il.

Il retira sa main et souffla sur son sexe aux replis moites et luisants. Les vagues de chaleur qui émanaient d'elle faillirent lui brûler les doigts lorsqu'il explora l'entrée de son intimité.

— C'est un supplice, gémit-elle lorsqu'il enfonça un doigt en elle.

— Mais c'est un supplice agréable, n'est-ce pas ?

Elle se contracta autour de lui et, pendant une seconde, Logan ne pensa qu'à une chose, la sensation que pourraient lui procurer ses muscles intimes autour de son pénis. Mais ce n'était pas encore le moment. Pour l'instant, il devait satisfaire sa partenaire. Ensuite, il l'emmènerait de nouveau sur les cimes du plaisir. Il respira profondément, s'imprégnant de son parfum si enivrant. Il commença à taquiner son clitoris. Il commença par de simples pressions puis fit tourner sa langue autour du bouton de nerfs. L'inconnue respirait de plus en plus vite... Il leva les yeux vers elle. Elle avait la tête appuyée contre le lit, et une fine couche de sueur faisait briller sa poitrine. Une coloration rosée s'étalait sur ses seins, dont les pointes s'étaient encore raffermies.

Logan glissa un second doigt en elle, la caressant de l'intérieur et la conduisant vers ce qu'il espérait être la satisfaction ultime. Il continua les mouvements de sa langue et, quand il sentit qu'elle était sur le point de basculer, referma les lèvres autour de son clitoris. Elle se cambra soudain. Ses muscles intimes furent secoués de spasmes qui le rendirent fou. Il attendit que les tremblements cessent pour retirer ses doigts.

— Je ne savais pas que tu avais ce talent, dit-elle d'une voix satisfaite.

— Oh ! j'en ai d'autres.

Il prit son portefeuille dans la poche de son pantalon et en sortit un préservatif. Retirant prestement son caleçon, il déroula le préservatif sur lui. Puis il se leva, attrapa ses genoux et l'amena vers le bord du lit.

— Tu es toujours sûre de vouloir continuer ? demanda-t-il.

Il s'arrêterait là si elle répondait non. Ce serait sans doute très difficile, mais il s'arrêterait.

— Je n'ai jamais été plus sûre de quoi que ce soit. Viens. Prends-moi.

Se fendant d'un sourire, il se mit en position. Elle était encore moite après son orgasme, et il se glissa en elle en un mouvement fluide. Il ferma les yeux et s'accrocha au peu de contrôle qu'il lui restait tandis qu'il patientait quelques secondes pour lui laisser le temps de s'adapter à lui.

— Qu'est-ce que tu attends ? demanda-t-elle, contractant ses muscles internes.

— Ça, dit-il.

Il se retira et s'enfonça en elle d'un mouvement brusque.

Ensuite, tout se brouilla.

Plus rien n'existait excepté leurs deux corps enlacés, unis de la plus intime des manières. Il alla et vint en elle, et elle accompagna chacun de ses coups de reins. Bien vite, elle haleta et serra les draps. Logan se força à ouvrir les yeux, à la regarder, à graver son image dans sa mémoire.

De nouveau, une coloration rosée apparut sur ses seins, et il sut qu'elle était proche de l'orgasme. Il fallait qu'il la voie basculer avant de pouvoir se laisser aller. Les pulsations entre ses replis intimes se renforcèrent à chaque va-et-vient, jusqu'à ce qu'elle s'atomise entre ses bras. Dès qu'il la sentit trembler, il atteignit la jouissance à son tour. Encore et encore, des vagues de plaisir déferlèrent sur lui. Un plaisir profond, intense et primaire.

Logan s'étendit sur sa partenaire puis l'entraîna sur le côté. Il était encore en elle et sentait leurs cœurs battre à un rythme parfaitement synchronisé. Peu à peu, le plaisir se dissipa, et la réalité revint aux abords de sa conscience. L'inconnue posa la main sur son visage et plongea le regard dans le sien.

— J'ignorais que ça pouvait être aussi magique entre nous, murmura-t-elle. C'était… Non, tu étais parfait.

— Nous étions parfaits, approuva-t-il.

Il lui donna un baiser langoureux. Tous les deux, ils avaient atteint une perfection que peu de gens avaient la chance de connaître pour leur première nuit ensemble.

Leur première et leur dernière nuit, se rappela-t-il. Il s'allongea à côté d'elle, et tous deux reprirent lentement leur respiration.

Après quelques instants, Logan se rendit dans la salle de bains, et lorsqu'il en ressortit, il remarqua que son amante d'un soir avait remonté les draps sur elle et qu'elle dormait profondément. Bien que son instinct le pousse à la rejoindre, il sentait qu'il n'était pas le bienvenu.

Elle avait eu une envie, qu'il avait assouvie. Cela s'arrêtait là, et il n'y voyait pas d'inconvénient.

Il ramassa ses vêtements et s'habilla prestement. Laissant la clé sur la table de chevet, il éteignit la lumière avant de sortir de la chambre.

Il ne reverrait jamais cette femme, mais il ne l'oublierait pas. Pas plus qu'il n'oublierait cette nuit, aussi longtemps qu'il vivrait.

2

Honor ouvrit les yeux à l'aube le lendemain. Lorsqu'elle tendit le bras vers Keaton, elle fut déçue mais guère surprise de constater qu'il n'était plus là. Un grand sourire se dessina sur son visage. La nuit dernière avait dépassé toutes ses attentes. Son corps vibrait encore du plaisir que Keaton lui avait procuré.

Lorsqu'elle avait suggéré de mettre du piment dans leur relation, elle n'avait pas cru qu'il prendrait sa proposition au sérieux.

Certes, il l'avait bien entendue lorsqu'elle avait abordé le sujet une semaine plus tôt mais, puisqu'il avait à peine répondu, elle avait relégué sa requête dans un coin de son esprit. Keaton était, eh bien, Keaton. Calme, parfois tatillon, et toujours maître de lui-même. Même la veille au soir, il avait gardé son self-control, mais cette histoire de jeux de rôle était tout à fait inédite. Entre Keaton et elle, les rapports sexuels avaient toujours été, au mieux, sommaires. Et peu fréquents. Pour tout dire, Honor avait commencé à craindre que Keaton ne rompe leurs fiançailles. Faire semblant d'être un inconnu, quelle brillante idée ! Il avait exploré son corps comme si tout était nouveau pour lui. Il avait même pris un léger accent étranger pour prononcer les quelques mots qu'il avait échangés avec elle.

Elle se caressa la poitrine, se remémorant les mains de Keaton sur elle, la délicieuse rugosité de sa barbe contre sa peau. Son fiancé se rasait en général deux fois par jour. Hier soir, elle avait trouvé cette barbe naissante fichtrement sexy. Pourrait-elle le convaincre de se laisser aller un peu plus souvent ? De relâcher ce contrôle incroyablement strict qu'il exerçait sur lui-même ? La prochaine fois, ils pourraient peut-être inverser les rôles.

Elle se fendit d'un rire quand elle imagina différents scénarios pour réaliser son fantasme. L'idée que Keaton lui fasse une proposition qu'elle ne pouvait refuser, comme elle l'avait fait avec lui la veille, l'excitait immensément. Elle s'agita légèrement entre les draps, en regrettant que son fiancé ne soit pas là. La veille, elle avait été couverte d'attentions, ce qu'elle avait beaucoup apprécié. La prochaine fois, elle lui montrerait à quel point elle lui était reconnaissante pour cet effort.

Elle jeta un coup d'œil vers l'horloge. Elle ferait mieux de se préparer si elle voulait arriver à temps pour sa présentation. Elle sortit du lit, fila vers la salle de bains et se plaça sous le jet de la douche sans attendre que l'eau devienne chaude. Pour l'instant, elle devait se concentrer sur la conférence. Tout à l'heure, elle retrouverait son bureau. Et son fiancé.

À cette idée, son sang pulsa dans ses veines. Elle espérait que la nuit dernière était le commencement d'une phase nouvelle et excitante dans leur relation. Ses peurs concernant l'éloignement émotionnel de Keaton avaient été fondées, elle en était sûre. Mais ce qui avait provoqué cette distance entre eux, quoi que ce soit, ne semblait plus être un problème.

Si ses pires craintes s'étaient réalisées et que Keaton avait rompu leurs fiançailles, elle aurait dû quitter Richmond Developments, sans nul doute. Même si elle y travaillait depuis des années. Douglas et Nancy Richmond étaient d'une loyauté farouche avec leurs enfants, Keaton et Kristin. Leur progéniture était leur priorité, et tout le monde savait que Keaton, en tant que fils aîné, reprendrait le poste de P-DG de son père lorsque Douglas prendrait sa retraite, dans deux ans. Honor espérait gravir encore les échelons pour pouvoir seconder Keaton à ce poste.

C'était l'enfance pauvre de Honor qui nourrissait son

ambition. Ses parents s'étaient déchirés à cause de leurs infidélités respectives, et lorsque son père avait fini par quitter le foyer conjugal, sa mère avait basculé dans une spirale de désespoir et de culpabilité. Honor était bien décidée à ne jamais tomber dans le même piège. C'était pourquoi elle avait accepté la demande en mariage de Keaton. Son fiancé était un homme fiable. Il n'y aurait pas d'émotions exacerbées menant à des disputes violentes et toxiques. Leur mariage serait fondé sur leurs rêves et leurs objectifs communs. Ils mèneraient une vie stable et sécurisante et ne seraient jamais dans le besoin.

Elle s'était persuadé que la situation la contentait. Que c'était exactement ce qu'elle avait toujours voulu. Mais Keaton étant réticent à fixer une date pour le mariage, elle avait commencé à avoir peur, et avec la peur était réapparu ce terrible sentiment d'insécurité qu'elle n'avait connu que trop bien pendant son enfance.

Elle sortit de la douche et se sécha puis prit dans sa trousse de toilette la bague de fiançailles que Keaton avait glissée à son doigt il y avait maintenant six mois. Même sa demande en mariage avait été faite lors d'une discussion calme et pragmatique. Après cela, ils étaient allés ensemble choisir un solitaire. Un exercice de retenue, encore une fois, car bien qu'il n'ait mis aucune limite sur le prix du bijou, Keaton l'avait vu davantage comme un investissement que comme une déclaration d'amour éternel. Honor portait avec fierté le diamant taille princesse monté sur un anneau de platine. À ses yeux, c'était un exemple de plus de tout le chemin qu'elle avait parcouru.

La bague coinça sur son articulation mais, en insistant un peu, Honor parvint à la remettre à sa place. Elle ignorait pourquoi elle l'avait retirée la veille, après avoir donné sa clé à Keaton. Sans doute pour mieux se plonger dans son fantasme.

La nuit que Keaton et elle venaient de partager était de bon augure pour leur avenir à deux, se dit-elle tout en appliquant son maquillage. Elle coiffa ses cheveux en un chignon banane et enfila le tailleur-pantalon qu'elle avait préparé pour l'occasion.

L'ensemble classique, couleur crème, lui donnait un air sophistiqué et professionnel. Elle l'avait assorti à un chemisier beige rehaussé d'un col en dentelle ancienne qui apportait un peu de douceur à sa tenue. Elle se regarda une dernière fois dans le miroir et fit un signe de tête approbateur.

Lorsqu'elle fut dans l'ascenseur, elle prit son téléphone et tapa un message destiné Keaton.

Tu me manques déjà. Impatiente de te revoir. Je t'embrasse.

Elle souriait béatement quand elle envoya le SMS et rangea le téléphone dans sa poche. D'habitude, Keaton ne répondait pas à ce genre de messages. Mais après la nuit dernière il le ferait peut-être.

Avant d'entrer dans la salle de conférences, elle vérifia son téléphone. Rien. Elle ne devait pas se formaliser, se dit-elle tout en allumant son ordinateur portable et en ouvrant son diaporama.

Quelques instants plus tard, juste avant que les premiers participants n'entrent dans la salle, elle vérifia ses messages une fois encore.

Toujours rien. Étouffant sa déception, Honor se concentra sur ses notes. Quand elle retournerait au bureau tout à l'heure, elle aurait tout le loisir de dire à Keaton de vive voix à quel point elle avait apprécié leur nuit.

Allongé sur son lit, Logan se mit sur le dos et fixa le plafond. Le décalage horaire, quelle plaie ! Il avait eu beau essayer de s'adapter, il avait encore l'impression qu'il lui faudrait dormir toute une semaine pour se sentir à peu près normal.

Il s'obligea à se lever et gagna la salle de bains.

La nuit dernière n'avait certainement pas été normale, en aucune manière. En toute franchise, il s'en voulait un peu. Il n'avait jamais couché avec une femme uniquement pour le plaisir. Pas sans apprendre à la connaître et à la comprendre un peu, au moins. Il ne connaissait même pas le prénom de sa maîtresse d'un soir, pourtant il savait exactement quelles étaient ses zones les plus érogènes...

Allait-il la recroiser ce soir ? Ou même ce matin, dans le hall de l'hôtel ? Il étudia son reflet dans le miroir et secoua la tête. Eh bien, il avait mauvaise mine ! Sa barbe était trop longue et lui donnait un air de mauvais garçon. Il allait remédier à cela dès maintenant.

Après s'être douché, rasé et habillé, il décida d'aller prendre un petit déjeuner en ville. Il avait deux heures environ pour s'adapter au fuseau horaire et pour se préparer mentalement avant de rencontrer sa vraie famille. À cette pensée, il eut le ventre noué. Et il sut qu'il serait incapable d'avaler quoi que ce soit ce matin. Car, aujourd'hui, il allait faire la chose la plus difficile de sa vie. Il allait rencontrer les personnes qui auraient dû l'élever. Les personnes qui auraient dû partager chaque étape importante de son existence.

Seraient-ils émus de savoir que, comme eux, il adorait l'architecture, et ce depuis l'enfance ? Il avait bâti une entreprise prospère, qui pesait aujourd'hui plusieurs millions de dollars. Il était spécialisé dans la rénovation de vieux bâtiments qu'il transformait en lieux de vie et de travail écologiques, dans toute l'Australasie. Ses parents seraient-ils séduits par sa vision des choses et sa façon de travailler ? Logan s'intégrerait-il dans la famille dont il était issu, mais qu'il n'avait jamais connue ?

Évidemment, les Richmond exigeraient des preuves de son identité. Logan n'était pas stupide, il avait fait ses recherches. Il avait découvert que Richmond Developments était à la pointe dans le domaine de la promotion immobilière, dans toute la région du Nord-Ouest Pacifique. Logan travaillait donc dans le même domaine. Excepté que l'entreprise de ses parents achetait des bâtiments anciens dans des sites prisés pour les raser et en construire de nouveaux. Lui, en revanche, préférait mettre en valeur le caractère historique des vieilles bâtisses. Il préservait leurs particularités tout en les amenant dans le XXIe siècle.

Non, sa famille ne l'accueillerait sans doute pas à bras ouverts. Puisque Logan travaillait dans la même branche, les Richmond penseraient qu'il avait des motifs cachés. Ils seraient prudents, et à raison. Ils feraient faire des tests, mais au bout du compte, son lien biologique avec eux serait avéré. Et qu'adviendrait-il ensuite ?

Aurait-il fait le même métier s'il avait grandi ici et non en Nouvelle-Zélande ? Alison Parker savait-elle ce qu'elle faisait lorsqu'elle l'avait volé dans son berceau, à l'hôpital, afin de l'élever comme son propre fils ? Elle n'avait pas été dans son état normal lorsqu'elle avait commis cet enlèvement. Après avoir appris que son mari, militaire spécialisé dans les opérations secrètes, était mort en mission, Alison, sous l'effet du choc, était entrée en travail. Elle avait accouché d'un enfant mort-né le jour où Logan et son frère jumeaux étaient venus au monde. Ce double drame l'avait fortement perturbée. Après la mort d'Alison, qui remontait à quelques mois, Logan avait lu ses carnets intimes, dans un état de stupeur croissant.

Bien qu'il ne soit pas médecin, il était clair pour lui qu'Alison avait sans doute basculé dans une sorte de psychose après la perte de son mari et de son bébé. Remplacer son fils mort par un des jumeaux qu'une autre femme avait mis au monde lui avait semblé parfaitement normal à l'époque. Comme elle l'avait écrit dans son journal, pourquoi ces gens devraient-ils avoir deux bébés en bonne santé alors que le sien était décédé ? Ce n'était que justice que chaque mère ait un des jumeaux, non ? C'était un raisonnement terrible, mais Logan pouvait comprendre comment son esprit accablé de chagrin avait justifié ses actes ce jour-là.

Et Alison avait fait de son mieux pour l'élever. Elle avait quitté les États-Unis pour rentrer dans son pays d'origine, la Nouvelle-Zélande. Logan était devenu un enfant de l'Océanie, faisant du surf l'été et du ski l'hiver. Il avait grandi choyé par sa mère et ses grands-parents maternels, et chaque fois que quelqu'un demandait pourquoi il était différent de ses cousins, avec ses cheveux blond foncé, son teint clair et ses yeux gris pâle, on répondait qu'il ressemblait à son défunt père. Pour les Parker, il était de la famille, sans le moindre doute.

Malgré tout, Logan s'était toujours senti un peu déconnecté, comme s'il n'était pas vraiment à sa place. Et après avoir trouvé une boîte contenant les carnets intimes de sa mère, le bracelet d'identification qu'il portait à sa naissance et celui de l'enfant mort-né d'Alison, il avait enfin compris pourquoi.

L'heure de se rendre au siège de Richmond Developments arriva bien trop vite à son goût. Logan retourna à l'hôtel pour prendre son attaché-case puis héla un taxi. Une fois dans la tour Richmond, Logan vérifia son apparence dans les parois métalliques de l'ascenseur. Il avait opté pour un costume strict qui lui donnait un air très professionnel. Dans sa mallette se trouvaient des copies du journal intime d'Alison et les bracelets de naissance. Il avait organisé un rendez-vous avec son père biologique au prétexte de discuter d'une opportunité professionnelle. Et ce n'était pas vraiment un mensonge. Logan croyait sincèrement que Richmond Developments pourrait se lancer sur le marché de la rénovation. La préservation de vieux bâtiments était une pratique plus écologique et en plein essor. Les gens avaient besoin de se raccrocher à leurs racines. Logan était bien placé pour le savoir.

Les portes de l'ascenseur s'ouvrirent sur un vaste espace d'accueil. Deux hôtesses levèrent les yeux vers lui et lui sourirent. Mais derrière les sourires il décela de la surprise. La plus jeune des deux jeunes femmes se leva.

— Monsieur Richmond ?

— Je suis Logan Parker, rectifia-t-il, et je viens voir M. Douglas Richmond.

— Vous êtes monsieur Parker, bredouilla-t-elle, manifestement déroutée.

L'autre hôtesse tira sur sa manche et lui murmura quelque chose à l'oreille. La première hôtesse afficha un sourire forcé.

— Je vais le prévenir de votre arrivée, dit-elle, saisissant le combiné d'un téléphone.

Logan savait qu'il avait un jumeau et que ce dernier travaillait au sein de l'entreprise familiale. Il avait espéré qu'en rencontrant ses parents sur leur lieu de travail cela faciliterait les choses. Ce qu'il n'avait pas prévu, c'était l'intérêt que sa visite susciterait. À en juger par les réactions des hôtesses, son frère et lui se ressemblaient comme deux gouttes d'eau.

— Un certain M. Parker est ici pour voir M. Richmond, dit l'hôtesse. Oui, monsieur. Je l'accompagnerai moi-même.

Elle se leva et se dirigea vers Logan.

— Venez avec moi, monsieur Parker.

Il la suivit dans un long couloir et longea un grand *open space* où des gens travaillaient industrieusement. Enfin, l'hôtesse s'arrêta devant deux grandes portes en bois. Elle frappa puis ouvrit l'un des battants.

— M. Parker est ici, annonça-t-elle.

Elle fit signe à Logan d'entrer.

— Merci, dit-il.

Il redressa les épaules et avança. Il avait l'impression de pénétrer dans l'antre du lion.

Ce qui allait se passer dans cette pièce changerait le cours de sa vie.

3

Logan se retrouva face à un homme d'un certain âge, installé derrière un vaste bureau en acajou.

— Keaton ? Mais qu'est-ce que tu fabriques ?

— Monsieur, vous faites erreur. Je suis Logan Parker.

L'autre homme pâlit.

— Qui êtes-vous, bon sang ? tonna-t-il.

— Comme je vous l'ai dit, je m'appelle Logan Parker. Mais vous me connaissez peut-être sous un autre nom.

— Un autre nom ? Expliquez-vous !

— Je suis né Kane Douglas Richmond, énonça-t-il aussi calmement qu'il le put.

— Ce n'est pas possible. Notre fils a disparu il y a plus de trente ans. N'est-ce pas, Nancy ?

Lorsqu'il était entré dans la pièce, Logan n'avait pas vu la femme qui se tenait près des grandes fenêtres du vaste bureau d'angle. Il pivota vers elle et l'entendit inspirer brusquement.

— Kane ? Douglas, se pourrait-il... ?

Elle chancela et s'appuya sur une chaise pour se soutenir. Des larmes roulèrent sur son visage, et elle tendit une main tremblante vers lui.

— Kane... Oh ! Seigneur... Douglas, c'est lui ! C'est notre petit garçon. Il nous a retrouvés après toutes ces années !

Douglas Richmond se précipita vers son épouse et la fit asseoir. Puis il reporta son attention sur Logan.

— Qu'est-ce que cela signifie ? s'exclama-t-il. Qui êtes-vous ?

— Monsieur, je suis désolé. J'aurais sans doute dû vous dire qui j'étais avant notre entrevue, mais je ne savais pas si vous accepteriez de me recevoir si je prétendais être le fils que l'on vous a volé il y a des décennies.

— Et c'est ce que vous prétendez ?

— Douglas, tu ne le vois donc pas ? Il ressemble trait pour trait à Keaton, plaida Nancy, saisissant la main de son mari. C'est forcément Kane. Notre fils.

Mais son époux ne semblait guère convaincu.

— Je croyais que vous souhaitiez parler affaires, rappela-t-il. Qu'attendez-vous réellement de nous ?

— C'est vrai, je voulais parler affaires, admit Logan. Et c'est toujours le cas. Mais d'abord, j'aimerais vous montrer quelque chose. Je peux comprendre que vous soyez tous les deux choqués. Je l'ai été aussi quand j'ai découvert ma véritable identité.

Il posa sa mallette sur une chaise et l'ouvrit. Il saisit les copies des carnets intimes de sa mère ainsi que les bracelets d'identification et les posa sur le bureau de son père.

— Ils appartenaient à la femme qui m'a élevé. Vous pouvez les regarder tranquillement. Si vous préférez, je peux vous les laisser et revenir plus tard.

Il était évident que son père et sa mère étaient stupéfaits. Pour être tout à fait honnête, il l'était aussi. Regarder son père était comme se voir lui-même dans trente ans. Logan ressemblait aussi à sa mère ; il avait les mêmes yeux gris pâle. Et il sentait déjà qu'un lien ténu l'unissait à ses parents. Le lien du sang. Néanmoins, il valait peut-être mieux partir, et leur laisser le temps de digérer toutes ces informations.

— Je vois que mon arrivée vous a perturbés tous les deux. Je vais m'en aller.

Il posa une carte de visite sur le bureau.

— Vous pouvez me joindre sur mon téléphone portable. Je serai à mon hôtel en attendant votre appel.

Il pivota sur ses talons.

— Non, ne pars pas ! s'écria Nancy.

Elle approcha et prit son visage entre ses mains.

— Nancy, tu n'es pas sûre que ce soit bien lui, dit Douglas.

— Tu oses me dire que je ne sais pas reconnaître mon propre fils ! répliqua-t-elle farouchement.

Elle plongea le regard dans celui de Logan.

— Tu es mon petit garçon. Tu as grandi en moi. Je t'ai mis au monde, je t'ai pris dans mes bras, je t'ai allaité, et ensuite on t'a arraché à moi. Mais maintenant tu es là, et notre famille est à nouveau complète.

Logan ne savait que répondre.

— Douglas, fais venir Keaton et Kristin. Il faut qu'ils voient leur frère.

À la grande surprise de Logan, Douglas obéit à sa femme. Il passa deux appels rapides pour convoquer ses deux enfants dans son bureau.

— Asseyez-vous, jeune homme. Mes enfants ne vont pas tarder, marmonna Douglas avant de reprendre place derrière son bureau.

Logan obtempéra, et Nancy s'assit à côté de lui. Ses deux parents le dévisageaient, sa mère avec un air de pur émerveillement, son père avec incrédulité. Une minute plus tard, un homme frappa à la porte et entra. Logan se leva et se retourna vers le nouveau venu.

— Mais que se passe-t-il, bon sang ? s'exclama le jeune homme, l'air choqué.

Logan observa son frère jumeau. Ils étaient identiques. C'était si étrange de voir une personne qui était le portrait craché de soi… Même leur coupe de cheveux était similaire.

— Keaton, je te présente ton frère, Kane, ou Logan Parker, son nom actuel, déclara Nancy d'une voix légèrement tremblante.

— J'ignore qui est cet imposteur, mais je n'ai pas de frère ! répliqua Keaton.

Logan eut l'impression qu'on venait de le gifler. Toute sa vie, il avait rêvé d'avoir des frères et sœurs. Il était donc d'autant plus important pour lui de convaincre son jumeau qu'il disait vrai.

— Si ça peut vous consoler, dit-il, jusque très récemment, j'ignorais que vous existiez, moi aussi.

Une jeune femme pénétra dans la pièce. Sans doute sa sœur, à en juger par sa ressemblance avec Nancy.

— Que se passe-t-il ? demanda-t-elle.

Elle se figea net quand elle vit son frère face à son double.

— Kristin, voici ton frère, dit Nancy. Ton autre frère.

— Ce n'est pas possible ! Mon autre frère est mort.

— Je peux vous assurer que je suis bien en vie, intervint Logan.

— Comment est-ce possible ? demanda Kristin à sa mère. Quand j'étais petite, tu m'as dit qu'il était mort.

— Ce que ta mère t'a dit, c'est que ton frère avait disparu. Le reste relève de ton interprétation, intervint Douglas d'un ton bougon. Manifestement, il y a une forte ressemblance...

— Les ressemblances, ça ne prouve rien, insista Keaton.

Il fit un pas vers Logan.

— Je ne sais pas qui vous êtes, mais vous avez un sacré culot de venir ici et d'essayer de nous duper ! Combien voulez-vous ?

Logan ricana.

— Vous croyez que j'en ai après votre fortune ? J'ai déjà beaucoup d'argent. Ce que je n'ai pas et qu'on m'a volé, c'est une famille.

— Alors, vous vous êtes dit que vous alliez prendre la nôtre ? persifla Kristin.

Logan serra les lèvres. Ce n'étaient pas les retrouvailles chaleureuses qu'il avait espérées...

— Sachez que je ferai tout ce qu'il faut pour vous prouver que je suis celui que j'affirme être.

Il s'adressa à Keaton.

— Dites-moi simplement où et quand je peux passer un test ADN.

— Vous semblez très sûr de vous, répliqua Keaton.

— Je n'ai pas pour habitude de mentir ou de tromper les gens. Jusqu'à ce que ma mère - du moins, la femme qui m'a élevé - décède récemment, j'ai toujours cru que son défunt mari et elle étaient mes parents, bien que je ne leur ressemble pas physiquement. Maman était une infirmière néo-zélandaise. Elle travaillait en Antarctique dans une base militaire internationale, où elle a rencontré son mari, militaire des forces interarmées. Elle l'a suivi aux États-Unis, où ils se sont mariés. Ce n'est qu'après le décès de ma mère que j'ai trouvé ça, dit-il.

Il montra les copies des carnets intimes et les bracelets de naissance posés sur le bureau.

— D'après ce que je sais, Alison Parker était enceinte quand elle a appris que son mari avait été tué en mission. Cela a déclenché le travail et, malheureusement, elle a accouché d'un bébé mort-né. Je suppose que la perte de son époux et celle de son enfant l'ont conduite à la folie. Elle dit dans son journal que le jour de sa sortie, au moment du changement d'équipe des infirmières, la nursery est restée sans surveillance un court instant. Ma mère m'a simplement pris dans mon berceau, m'a caché dans son sac de voyage et a quitté la maternité.

« Ensuite, elle s'est rendue à Los Angeles. Elle m'a fait faire un passeport au consulat de Nouvelle-Zélande, sous le nom de son fils décédé. En tant que veuve de militaire, elle a bénéficié de l'aide de l'armée pour retourner dans son pays d'origine. Et, parce que tout le monde savait qu'elle était enceinte, personne n'a trouvé bizarre qu'elle revienne avec un bébé. Elle était entrée aux États-Unis avec son passeport néo-zélandais, sous son nom de jeune fille. Je suppose que c'est pour cela qu'elle a pu quitter le pays sans être inquiétée. »

Nancy se redressa sur sa chaise.

— Ça explique tout... Rappelle-toi, Douglas, le personnel de l'hôpital et la police ont fouillé partout pour retrouver Kane. Ils ont interrogé toutes les personnes présentes au moment de sa naissance. Il y avait une patiente qu'ils avaient du mal à retrouver, mais ils l'avaient exclue de l'enquête car sur les bandes vidéo, elle ne portait pas de bébé, seulement un sac.

Elle ravala un sanglot.

— Et tu étais dans ce sac, conclut-elle.

On frappa à la porte.

— Désolée d'être en retard. Je viens d'arriver et...

Tous les regards se portèrent sur la jeune femme qui venait d'entrer dans le bureau. Une femme que Logan reconnut aussitôt. Sa maîtresse d'un soir. Mais ce n'était pas la créature chaleureuse et sexy qui l'avait abordé, embrassé et invité à la rejoindre dans sa chambre. Non, c'était une femme froide et distante, qui portait un énorme diamant à son annulaire gauche.

Et, tandis qu'elle regardait tour à tour son frère et lui, il vit le moment exact où elle comprit à qui au juste elle avait fait une proposition indécente la veille.

— Keaton ? Que se passe-t-il ?

Logan la regarda traverser la pièce pour rejoindre son frère.

— C'est ce que nous aimerions tous savoir. Ce type prétend être mon frère jumeau.

Honor réprima l'envie de fuir. Ce n'était pas possible... Il ne pouvait pas y avoir deux Keaton... Mais plus les secondes passaient, plus la vérité devenait évidente. Elle avait couché avec un parfait inconnu... Oui, il ressemblait trait pour trait à son fiancé, mais dans les faits, elle avait trompé Keaton. Qui plus est, avec son frère.

Ce n'était pas possible, songea-t-elle, horrifiée. La fidélité était une valeur fondamentale pour elle. Elle savait par expérience que l'adultère pouvait détruire une famille, et elle s'était fait le serment de ne jamais tromper son fiancé. Pourtant, elle avait trahi ce serment...

Douglas prit l'un des carnets sur le bureau.

— Je suppose que je devrais lire ça. En attendant, Nancy, pourrais-tu te charger du test ADN ?

— Tout de suite.

Elle se leva, s'apprêta à quitter la pièce puis revint vers Logan.

Honor regarda sa future belle-mère prendre la main de l'homme avec qui elle avait commis sa plus grande faute.

L'homme qui, en quelques mots, pouvait détruire son avenir patiemment et douloureusement bâti.

Comment allait-elle pouvoir s'extirper de ce bourbier ?

Nancy se pencha vers l'étranger.

— Ne t'inquiète pas, mon fils. Le test confirmera ton identité. Je sais au fond de moi que tu dis la vérité. Une mère sent ce genre de choses.

Honor regarda Nancy gagner son bureau, adjacent à celui de son mari. Les deux époux travaillaient ensemble depuis toujours. Et malgré le kidnapping de leur premier enfant, trente-quatre ans plus tôt, ils avaient su rester forts et unis. Honor espérait avoir un mariage tout aussi solide avec Keaton. Et, bien qu'elle n'ait pas un poste aussi élevé que lui, elle ne ménageait pas ses efforts pour se hisser à son niveau. Quand Douglas et Nancy prendraient leur retraite, Keaton et elle seraient le nouveau couple de pouvoir de Richmond Developments. Pour Honor, ce serait un rêve devenu réalité.

Mais seulement si sa nuit avec le jumeau de Keaton demeurait à jamais secrète.

Une douleur vive lui transperça la poitrine à cette pensée. Comment pourrait-elle cacher son infidélité ? Au fond d'elle, elle savait bien qu'elle devrait dire la vérité. Mais cela détruirait sa relation avec Keaton, et sa carrière au sein de cette entreprise. Par conséquent, elle garderait le silence.

Et son amant d'un soir ? Éviterait-il de parler de leur nuit de passion illicite ou chercherait-il à tirer profit de ce secret ?

Pour l'heure, elle n'avait aucun moyen de savoir quel genre de personne il était. Du moins, elle savait qu'il était doué et généreux en tant qu'amant, mais comment était-il en tant que personne ? Il avait accepté sans hésiter de la rejoindre dans sa chambre. Coucher avec une parfaite inconnue ne plaidait pas en sa faveur, mais elle était tout aussi coupable que lui. Et peu importait qu'elle ait cru faire l'amour avec l'homme qu'elle avait promis d'épouser. En tant que fiancée de Keaton, elle aurait dû savoir dès le début que cet homme n'était pas la même personne.

N'as-tu pas vu les différences et choisi de les ignorer ? railla une petite voix qui ressemblait terriblement à celle de sa mère. *Tu te crois irréprochable, mais tu ne vaux pas mieux que moi, en fin de compte.*

Honor chassa aussitôt cette pensée. Peut-être s'inquiétait-elle pour rien. Peut-être était-ce Keaton qui était à l'hôtel hier soir. Après tout, elle lui avait dit à quel point la remise de prix comptait pour elle. Et il savait qu'elle souhaitait pimenter leur relation.

Elle se pencha vers lui et lui murmura à l'oreille :

— Keaton, je peux te poser une question ?

— Bien sûr.

— Où étais-tu hier soir ?

— Je te l'ai dit, j'avais un dîner d'affaires. Je suis désolé de ne pas avoir pu être là pour fêter ta réussite. Félicitations, au fait. Nous pouvons dîner ensemble ce soir, et tu me raconteras tout. Mais d'abord occupons-nous de cette pagaille.

Honor croisa le regard de son amant secret. Et elle fut parcourue d'un frisson. De peur ? Ou de désir ?

— Honor ? demanda Keaton.

— Oui ? répondit-elle, rassemblant ses esprits.

Que venait-il de lui dire ? Ah, oui, le dîner.

— Ce serait formidable, répondit-elle. Il me tarde d'être à ce soir.

Douglas s'adressa à sa fille.

— Kristin, peux-tu demander à Stella d'apporter du café fort ? Je pense que nous en avons tous besoin.

— Du whisky serait plus adapté, grommela-t-elle avant de s'exécuter.

— Keaton, tu n'as pas encore présenté ta fiancée à M. Parker, souligna Douglas.

Honor vit l'étranger sursauter, comme s'il venait de recevoir un choc électrique. Il les observa Keaton et elle, l'air décontenancé. Elle ne put soutenir son regard, craignant d'y voir de la réprobation. À côté d'elle, Keaton se raidit. Malgré tout, il fit les présentations.

— Honor, voici, apparemment, mon frère jumeau disparu, Kane, aussi connu sous le nom de Logan Parker. Parker, je vous présente ma fiancée, Honor Gould.

Logan s'avança et tendit la main à Honor.

— Enchanté, mademoiselle Gould.

Honor laissa échapper le souffle qu'elle avait retenu. Elle avait craint qu'il ne vende la mèche mais, apparemment, il préférait faire comme s'il ne l'avait jamais vue. Comme s'il ne l'avait jamais embrassée, ni caressée de manière si intime qu'elle pourrait se consumer de désir rien qu'en repensant à ces instants.

Mais elle voyait les questions dans ses yeux, et elle savait qu'elle devrait les affronter à un moment ou à un autre. Le plus tôt serait le mieux. Elle ne pouvait pas prendre le risque qu'il révèle tout à Keaton. Au moins, étant donné l'attitude hostile de Keaton envers Logan, il était peu probable qu'ils aient une conversation amicale avant un moment.

Elle serra la main de Logan, en s'intimant de rester calme. Mais elle fut surprise par le courant électrique que provoqua ce contact physique.

— Moi de même, monsieur Parker, parvint-elle à répondre. Votre apparition est une sacrée surprise.

Un doux euphémisme.

— Je peux l'imaginer, répondit Logan Parker.

Était-ce une lueur amusée dans ses yeux ? Trouvait-il cette situation drôle ? Comment osait-il ! Il fallait qu'il comprenne qu'elle avait commis une erreur en toute innocence, même si ce qui s'était passé entre eux n'avait rien d'innocent. Elle devait lui parler en privé, pour éclaircir la situation et s'assurer qu'il garde le secret sur leur nuit de passion.

Mais pourrait-elle lui faire confiance ?

4

Durant l'heure suivante, que Logan trouva interminable, Nancy réussit à faire venir un technicien de laboratoire chez Richmond Developments. Il recueillit des échantillons salivaires de Douglas et de Nancy, puis de Keaton et de Logan. Manifestement, quand on avait de l'argent, on pouvait tout obtenir, et rapidement.

Après le départ du technicien, Honor prit la parole.

— Je suis navrée, j'ai une réunion en extérieur avec un client dans une demi-heure. J'espère que vous m'excuserez.

— Bien sûr, Honor, assura Nancy en souriant. Nous devrions tous dîner en famille ce soir, à la maison. Ce serait l'occasion d'apprendre à mieux connaître Logan.

— Je suis désolée, Keaton et moi avons d'autres projets.

Elle interrogea son fiancé du regard.

— À moins que tu...

— Oui, maman, nous sommes pris, confirma Keaton. Peut-être une autre fois.

Logan était sûr que Keaton espérait que cette « autre fois » n'arriverait jamais. L'hostilité qui émanait de lui était presque palpable. Ce qui était compréhensible. Durant trente-quatre ans, Keaton avait été le seul fils de ses parents. À présent, il avait de la concurrence. Kristin aussi paraissait distante. Elle n'avait montré aucune curiosité à son égard, alors que Logan en aurait montré à sa place.

Cependant, il comprenait qu'une famille comme les Richmond

soit prudente. Ses parents avaient bâti un véritable empire. Il était donc logique que leurs enfants resserrent les rangs pour le protéger. En tout cas, Logan avait vu de la joie sur le visage de Nancy. Douglas aussi semblait moins méfiant que ses enfants.

Logan s'adossa à sa chaise. Il lui faudrait du temps pour le prouver, mais il était certain d'avoir autant le droit d'être là que n'importe lequel d'entre eux.

Il reporta son attention sur la fascinante Honor Gould. Elle était en train de discuter avec Keaton près des fenêtres qui donnaient sur le fleuve. À l'évidence, elle avait été horrifiée en découvrant qu'elle avait couché avec le mauvais jumeau. Quel genre de relation entretenait-elle avec son fiancé ? se demanda-t-il. Elle avait sûrement vu que les similarités entre Keaton et lui étaient uniquement physiques, non ? Autant qu'il puisse en juger, Keaton était du genre à contrôler ses émotions. Se contrôlait-il aussi dans l'intimité ?

L'idée que son frère et Honor couchaient ensemble provoqua chez lui une émotion déplaisante - et un puissant élan de possessivité. Il secoua la tête. Quoi qu'il y ait entre Honor et Keaton, cela ne le regardait pas. Si Honor voulait faire comme si elle ne l'avait jamais rencontré, il n'y voyait pas d'inconvénient. Du moins, pour l'instant. Mais leur attirance réciproque était toujours là, et la situation ne tarderait pas à devenir inconfortable. Tout à l'heure, il avait remarqué que Honor portait une bague de fiançailles. Une bague qu'elle n'avait pas sur elle quand il était monté la rejoindre dans sa chambre la veille.

Bon sang, la veille... Il ravala le gémissement de désir qui menaçait de se déverser de ses lèvres. Il fallait qu'il cesse de penser à cette femme. Mais la tâche était difficile, étant donné que Honor était dans la pièce. N'avait-elle pas un rendez-vous à l'extérieur ? Elle ne semblait plus très pressée de partir, finalement. Elle était là, à discuter avec Keaton, tout en jetant quelques regards furtifs vers Logan.

Dieu merci, elle finit par quitter le bureau. Logan nota qu'il n'y avait eu ni baiser, ni accolade entre Keaton et elle.

Intéressant. Ils étaient peut-être fiancés, mais il ne semblait y avoir aucune proximité réelle entre eux. En fait, Logan était prêt à parier qu'il avait été plus proche de Honor hier soir que son frère ne l'avait été depuis un bon bout de temps.

Arrête, s'intima-t-il. *Tu te raccroches aux branches. Tu te mets en compétition avec un frère dont tu ignorais l'existence il y a encore quelque temps. Cette femme est sa fiancée, ne l'oublie pas.*

Logan ne connaissait pas Honor. Il ne savait pas ce qu'elle aimait, quel petit déjeuner elle préférait, quelle musique elle écoutait, ni quels livres elle appréciait. Et il ne connaissait pas son frère. Peut-être que sous ses dehors froids et guindés, Keaton était un homme au sang chaud.

Il croisa le regard de son jumeau et lui adressa un petit sourire, mais Keaton demeura impassible. Il détourna même la tête et marmonna des excuses à son père avant de quitter la pièce.

Ne restaient plus maintenant que Kristin et ses parents. Logan décida qu'il était temps de connaître sa sœur un peu mieux.

— Alors, Kristin… Ou est-ce que je peux vous appeler Krissie ?

— Kristin. Je déteste qu'on m'appelle Krissie.

Une réponse succincte et teintée d'animosité.

— D'accord, c'est noté. En faisant des recherches sur votre entreprise, j'ai appris que vous étiez la directrice financière, et que vous étiez très impliquée dans le domaine des locations de…

— Vous avez fait des recherches sur nous ? C'est un peu bizarre, vous ne trouvez pas ?

— Et vous, vous n'avez pas tapé mon nom sur Internet depuis que vous avez appris mon existence ?

Il l'avait vue surfer sur son téléphone tout à l'heure, pendant que le technicien de laboratoire était là.

— Peut-être bien que si, avoua-t-elle, l'air penaud.

— Vous étiez « bizarre », ou vous cherchiez seulement à vous informer sur votre interlocuteur ?

— Touché, commenta Douglas avec un petit gloussement. Il t'a bien eue, Kristin.

Elle parut contrariée, et Logan tâcha d'éteindre le feu de la colère dans ses yeux.

— Je comprends votre méfiance. Moi-même, je déteste être pris au dépourvu. Je l'admets, j'aurais dû demander à mes avocats de prendre contact avec votre famille au préalable.

Il secoua la tête.

— Non pas que j'aie la moindre demande d'ordre financier. Je voulais juste retrouver ma famille. Ma vraie famille. Celle à laquelle je suis rattaché par les liens du sang. La femme qui m'a élevé m'aimait, et sa famille m'aime comme si j'étais l'un des leurs, mais j'ai toujours su que j'étais différent. Pouvez-vous imaginer ce que j'ai ressenti en apprenant la vérité ?

Il vit le regard de Kristin s'adoucir et entendit un murmure de compassion de Nancy. Il attendit quelques secondes, laissant ses paroles planer dans l'air.

— Donc, reprit-il, je pense que vous pouvez comprendre mon besoin d'en savoir plus sur mon histoire. Je ne m'attends pas à ce que vous m'accueilliez dans votre vie. Mais cela me plairait d'avoir des échanges avec ma famille, que ce soit sur un plan personnel ou professionnel.

— Professionnel ? s'étonna Kristin. Vous étiez sérieux à ce sujet ? Ou était-ce juste une ruse pour rencontrer maman et papa ?

— Ce n'est pas une ruse. Si vous avez regardé mon profil sur Internet, vous savez que je suis un architecte expérimenté, spécialisé dans la rénovation de bâtiments anciens.

— Et si vous avez regardé notre profil sur Internet, vous savez que nous sommes spécialisés dans la démolition de bâtiments anciens.

La combativité de sa sœur l'amusait et forçait son respect.

— Eh bien, selon moi, vous passez à côté de tout un marché.

— Dites-m'en plus, intervint Douglas, appuyant les coudes sur son bureau.

Durant les heures suivantes, qui passèrent très vite, Logan et sa famille biologique discutèrent du pour et du contre de leurs pratiques respectives. À la fin, Douglas se cala dans son fauteuil et sourit.

— Si vous êtes l'homme que vous prétendez être et qu'on ne vous avait pas enlevé à nous, je me demande où en serait Richmond Developments aujourd'hui.

— Allons, papa ! Nous ne sommes même pas certains qu'il est ton fils, objecta Kristin, toujours réticente à accepter l'idée que Logan soit son frère.

— Kristin, je pense que plus vite tu accepteras le fait que notre dynamique familiale est sur le point de changer, mieux ce sera, répliqua Douglas.

— Eh bien, ça ne va pas changer grand-chose pour moi, non ? Tu as toujours dit que ton fils aîné te succéderait quand tu prendrais ta retraite. Alors, qu'en est-il à présent ? Désigneras-tu Logan à la place de Keaton, puisqu'il est né en premier ?

Logan était abasourdi. Il n'était pas du tout dans ses projets de prendre la place de Keaton, ni dans sa famille ni dans son entreprise.

— Tu connais mes positions, Kristin, répondit Douglas avec sévérité. N'essaie pas de me créer des ennuis, je te prie.

— Papa, cesse de me traiter comme si j'avais cinq ans.

— Alors cesse de te comporter comme si tu avais cinq ans.

Kristin sembla blessée.

— Je crois que je ferais mieux de retourner travailler.

Sans ajouter un mot, elle s'en alla.

— Je suis désolé que vous ayez dû assister à ça, dit Douglas. Kristin a tendance à se laisser dépasser par ses émotions.

— Doug, tu n'es pas juste. Tu l'as provoquée, objecta Nancy.

— Il faut qu'elle apprenne que, parfois, il faut écouter sa tête, et non son cœur, se défendit Douglas.

Logan observa ses parents. Nancy allait-elle continuer à tenir tête à Douglas ? Non, il était clair qu'elle allait lui concéder ce point.

— On dirait qu'il n'y a plus que nous trois, commenta Nancy.

Si nous retournions à la maison ? Logan, tu aimerais peut-être séjourner chez nous en attendant de trouver un logement ?

— Ma chambre d'hôtel me convient pour l'instant. Et puis je compte retourner en Nouvelle-Zélande et non m'installer ici.

— Non ! s'écria Nancy. Je ne t'ai pas vu pendant trente-quatre ans. Tu ne peux pas repartir si vite !

— Eh bien, je ne vais pas repartir tout de suite, mais je finirai par rentrer dans mon pays. J'ai une entreprise à diriger.

— Peut-être deux, avança Douglas d'un ton énigmatique. Mais pour l'instant vous allez au moins venir dîner chez nous, n'est-ce pas ?

— Volontiers. Merci.

Il avait encore beaucoup de questions à poser. Autant continuer cette conversation ce soir, et tant pis si son frère et sa sœur n'étaient pas là. *Ni Honor*, souligna la petite voix dans sa tête. Il chassa cette pensée avant qu'elle ne se développe. Pour l'heure, il devait se satisfaire de ce qu'on lui offrait. Après tout, n'était-il pas venu jusqu'ici pour connaître ses parents ?

Mais il avait beau essayer de se raisonner, son corps pulsait encore de désir pour la fiancée de son frère.

Honor attendait Keaton avec impatience. Elle vérifia le dressage de la table une fois de plus, alluma les chandelles, puis arrangea les fleurs qu'elle avait achetées au marché de Pike Place tout à l'heure.

Tout était parfait. En apparence, du moins. Mais elle avait le sentiment étrange que son existence était sur le point de changer irrévocablement. Et cela la terrifiait.

Elle entendit son Interphone sonner. C'était sûrement Keaton. Il était le seul à figurer sur la liste des personnes autorisées qu'elle avait laissée au gardien d'immeuble. Elle traversa la pièce en hâte, ouvrit la porte et prit son fiancé dans ses bras.

— Tu m'as tellement manqué, dit-elle dans un souffle.

Il s'extirpa de son étreinte.

— Honor, je t'ai vue ce matin.

— Mais nous n'étions pas seuls. J'ai l'impression que nous n'avons plus de temps l'un pour l'autre.

Keaton sembla surpris, et elle s'avisa qu'elle en avait peut-être dit un peu trop, et trop vite.

— Je suis désolée. J'ai eu une journée chargée. Tu veux boire quelque chose ?

— Volontiers. Je l'ouvre, d'accord ?

Keaton lui montra la bouteille de merlot qu'il avait apportée et alla dans le salon.

— Ça sent très bon, commenta-t-il.

— Des lasagnes. Le merlot sera parfait pour les accompagner.

Elle apporta deux verres, et Keaton les servit. Il lui donna l'un des verres, et elle s'installa à côté de lui sur le canapé.

— Ça ne te plairait pas que nous nous retrouvions ainsi tous les soirs ? demanda-t-elle.

Quelques mois plus tôt, elle avait suggéré qu'ils s'installent ensemble. Keaton avait fait une réponse évasive, puis il avait orienté la conversation vers un problème avec un fournisseur. Sa tendance à éviter de répondre à une question directe par une réponse directe l'agaçait.

— Ça aurait ses avantages, dit-il en déposant un baiser sur le bout de son nez.

Elle fit la grimace.

— Ce n'est pas une façon de saluer correctement la femme que tu vas épouser, protesta-t-elle.

Elle leva le visage et l'embrassa sur la bouche.

Elle mit tout son cœur dans ce baiser. Mais Keaton ne le lui rendit pas. Peut-être était-elle trop empressée ? Il aimait prendre les initiatives, d'habitude. Elle n'y avait jamais vu d'inconvénient jusqu'ici. Mais, maintenant, si.

Pourquoi Keaton ne réagissait-il pas ? Il devrait l'étreindre et prendre possession de son corps. Après tout, ils avaient été séparés plusieurs jours. Et puis, il avait été secoué par l'arrivée de Logan Parker. Il devrait se tourner vers elle pour oublier ses soucis. N'était-ce pas ce que les couples faisaient dans les moments difficiles ?

Keaton finit par lui rendre son baiser. Mais sans passion.

Y avait-il jamais eu de la passion dans leur relation ?

Bon sang ! Elle était en train de remettre en question une relation sur laquelle elle était prête à bâtir tout son avenir. Du moins, elle avait été prête, jusqu'à ce qu'elle comprenne qu'elle avait couché avec le mauvais jumeau. Non ! Elle ne pouvait pas voir les choses ainsi. Elle avait honnêtement cru qu'elle était avec Keaton, non ? Elle avait réellement pensé que son fiancé guindé avait porté des vêtements qu'elle ne connaissait pas et qu'il avait pris un accent étranger pour jouer un jeu de rôle destiné à bousculer leur routine.

Elle mit fin à leur baiser et prit une gorgée de vin. Sa main trembla un peu quand elle porta le verre à sa bouche. Oui, elle avait remarqué des choses étranges chez Logan Parker et elle avait choisi de les ignorer, en dépit du bon sens.

Résultat, elle avait été infidèle à Keaton. Et cette idée lui était insupportable. Elle qui avait cru être bien mieux que sa mère, elle se rendait compte qu'elle était issue du même moule. Le mieux serait d'avouer son horrible erreur à Keaton, de lui rendre sa bague et de quitter son poste chez Richmond Developments. Mais, si elle faisait cela, elle perdrait tout.

Keaton soupira, et elle leva les yeux vers lui, inquiète. Keaton ne soupirait jamais. Pour lui, c'était un signe de faiblesse.

— Tout va bien ? s'enquit-elle. C'était une journée insensée, n'est-ce pas ?

— On peut le dire. Tu penses qu'il est sincère ?

— Qui ? Logan ?

— Je n'ai aucun autre frère qui soit revenu d'entre les morts aujourd'hui donc, oui, Logan.

Elle hésita. Elle l'avait trouvé très sincère la veille...

— Eh bien, oui, je pense qu'il est sincère. Pourquoi croyais-tu qu'il était mort ?

— Sans doute parce que les rares fois où j'ai entendu papa

et maman parler de lui, ils l'appelaient leur fils disparu. Je n'étais qu'un enfant et j'ai supposé que ça voulait dire qu'il était mort. Et comme sa disparition avait fait tant de peine à mes parents, je ne leur ai jamais posé de questions. Ils n'avaient qu'une photo de nous deux, prise la veille de son enlèvement.

— Ils ont encore cette photo ?

— Oui, maman l'a mise sur la commode de sa chambre pour la voir chaque jour. Je trouvais cela morbide, mais j'imagine qu'elle n'a jamais perdu l'espoir de revoir son fils un jour.

— Et maintenant il est revenu.

— Nous n'en sommes pas sûrs, objecta Keaton, sur la défensive.

Il poussa un autre soupir.

— Mais, oui, j'imagine qu'il faut se rendre à l'évidence, admit-il. Tu sais, j'ai l'impression d'avoir passé ma vie entière à essayer de compenser l'absence de mon frère. À essayer d'être plus qu'un fils pour mes parents. À travailler comme un fou pour qu'il ne leur manque pas trop, et à croire que je pouvais remplir le vide laissé par sa disparition. Apparemment, j'ai eu tort.

— Oh ! Keaton... Ce n'est pas vrai. Tes parents t'adorent. Ils savent à quel point tu travailles dur et ils apprécient tout ce que tu fais. Ils t'aiment comme tu es. Comment pourrait-il en être autrement ?

Il lui adressa un petit sourire triste, si semblable à celui de Logan qu'elle éprouva de la compassion, mêlée de regrets. Pauvre Keaton ! Au fond, il était encore ce petit garçon qui recherchait l'approbation et l'acceptation de ses parents.

Et maintenant sa place était menacée par son propre jumeau. Ce devait être très perturbant pour lui. Raison de plus pour ne jamais lui avouer qu'elle avait couché avec Logan. S'il l'apprenait, cela le briserait. Bien sûr, il ne le montrerait pas. Il continuerait de travailler et d'être l'homme exceptionnel qu'il était. Mais intérieurement il serait anéanti, elle le comprenait à présent.

La sonnerie du minuteur retentit.

— Le dîner est prêt, parvint-elle à dire malgré son émotion.

Keaton la suivit dans la cuisine.

— Je peux t'aider ?

— Oui, merci. Tu peux mettre la salade sur la table ? Et le vin. Je crois que nous allons en avoir besoin ce soir, non ?

Il lui sourit, un peu plus chaleureusement cette fois.

— Bonne idée.

Ils parlèrent de leur travail durant tout le repas. Ce ne fut que lorsqu'ils débarrassèrent la table et qu'ils remplirent le lave-vaisselle que Honor aborda un sujet plus personnel.

— Keaton, j'ai réfléchi.

— Mm ?

— Fixons une date pour le mariage. Une vraie date. Pas besoin d'une grande fête. Nous travaillons trop tous les deux pour préparer un grand événement. Je me satisferai d'une cérémonie chez tes parents, dans la salle de bal qui donne sur le lac. Qu'en dis-tu ?

— Tu penses à l'été prochain ?

Elle prit une grande inspiration.

— Si les bans sont publiés demain, nous pourrions nous marier plus tôt. Peut-être fin janvier ou début février. Nous pouvons limiter le nombre d'invités et opter pour un buffet plutôt qu'un repas à table avec une foule de gens que nous connaissons à peine. Qu'en penses-tu ?

— On dirait que tu as beaucoup réfléchi à tout cela.

Il éludait la question, nota-t-elle, déçue. N'était-il pas désireux de consolider leur relation ? Ne voulait-il pas passer au stade supérieur ?

— Bien sûr que j'y ai beaucoup réfléchi, rétorqua-t-elle d'un ton brusque. Il faut que nous décidions d'une date, Keaton. Notre relation stagne depuis bien trop longtemps.

— Janvier, c'est trop tôt.

Elle voulut protester, mais il l'interrompit en levant la main.

— Non, écoute-moi jusqu'au bout. Nous avons tous les deux bien trop de choses à gérer pour envisager un mariage le mois prochain. Et puis, ce ne serait pas juste pour maman. Tu sais à quel point elle adore préparer les choses à l'avance.

Le bonheur de sa mère était-il plus important que celui de sa fiancée ? s'agaça-t-elle. Aussitôt, elle se réprimanda. Nancy était une femme aimante et chaleureuse, qui avait accueilli Honor au sein de leur famille sans une hésitation. C'était mesquin de penser que Keaton faisait passer Nancy avant elle.

— Tu ne veux pas te marier ? demanda-t-elle.

— Si, je le veux, dit-il en souriant. Tu vois, je m'entraîne déjà pour le grand jour.

Elle ne put s'empêcher de lui rendre son sourire. Parfois, Keaton savait faire preuve d'humour. Mais il ne lui avait toujours pas donné de date...

— Si nous en reparlions demain ? suggéra-t-il. La nuit porte conseil.

Il la prit dans ses bras et se pencha pour l'embrasser. Mais elle détourna la tête. Pour qu'il ne se sente pas rejeté, elle enfouit le visage contre son cou. Elle ne voulait plus de demi-mesures. Elle voulait tout. Elle voulait vivre un amour à couper le souffle. Une passion à couper le souffle. S'ils s'embrassaient maintenant, ce serait un baiser automatique. Et s'ils faisaient l'amour ? Eh bien, elle n'avait même pas envie d'y penser. Pas alors que le souvenir de Logan était gravé dans son esprit. Elle était une horrible garce et elle méritait d'aller en enfer pour ce qu'elle avait fait. En attendant, il fallait qu'elle repousse son fiancé.

Elle se dégagea de son étreinte.

— Il est tard, dit-elle avec des regrets sincères dans la voix.

— Tu veux que je m'en aille ? s'étonna-t-il.

— Je suis désolée. Je suis fatiguée et, ce soir, je préfère être seule.

Il serra les lèvres. C'était à peu près sa seule façon d'exprimer du déplaisir ou de l'irritation.

— Je crois que je ne te comprendrai jamais, Honor. Tout à l'heure, tu me poussais à fixer une date de mariage, et maintenant tu me repousses littéralement ? Tu cherches à te venger parce que je refuse de me marier le mois prochain ?

— Non ! Bien sûr que non ! Je suis désolée. Je n'aurais pas dû insister sur ce sujet. Je sais que tu as beaucoup de choses à gérer en ce moment. Mais je suis fatiguée. Je te vois au bureau demain, d'accord ?

— Oui, d'accord.

Elle sentait qu'il était fâché contre elle. Elle le serait aussi, à sa place.

— Keaton ? appela-t-elle tandis qu'il se dirigeait vers la porte.

Il se retourna vers elle.

— Oui ?

Soudain, elle se sentit très vulnérable. Elle avait franchi une limite la veille, et peut-être atteint un point de non-retour. Elle aurait sans doute dû coucher avec Keaton ce soir, mais, pour une raison qu'elle ne pouvait expliquer, elle avait l'impression que cela aurait été une plus grande insulte encore que de le repousser.

— Tout ira bien, n'est-ce pas ?

Il la regarda dans les yeux, et elle retint son souffle tandis que le silence s'étirait entre eux.

— Bien sûr, finit-il par répondre.

Et il s'en alla.

5

Honor avait très peu dormi cette nuit-là, et lorsqu'elle arriva dans son bureau le lendemain, elle eut la mauvaise surprise de découvrir que quelqu'un s'y trouvait déjà. Plus précisément, l'indésirable était assis à un second bureau qui n'était pas là la veille, et les canapés avaient été retirés. Elle fronça les sourcils puis sentit son ventre se serrer lorsqu'elle reconnut Logan Parker.

Comment savait-elle que c'était lui, alors que, l'avant-veille, elle l'avait pris pour Keaton ? Était-ce son port de tête, la ligne de ses épaules ? Au premier coup d'œil, on pouvait le prendre pour son jumeau, mais Honor savait, de manière viscérale, que ce n'était pas son fiancé.

Elle avança dans la pièce.

— Qu'est-ce que vous faites dans mon bureau ? demanda-t-elle.

Il leva la tête et soutint son regard.

— Notre bureau, rectifia-t-il calmement.

Puis il reporta son attention sur l'écran de son ordinateur.

— Vous n'êtes pas sérieux ? s'exclama-t-elle.

— Écoutez, ce n'est pas moi qui l'ai décidé. Apparemment, le bureau que Douglas voudrait que j'occupe est en rénovation, alors, ma présence ici n'est que temporaire.

— Et il n'a pas pu vous trouver d'autre endroit ?

Logan montra l'*open space* visible derrière les parois de verre du bureau. Tous les espaces disponibles étaient occupés par l'équipe de décorateurs de Honor.

— Voyez avec le patron si ça vous pose un problème.

— J'y compte bien, répliqua-t-elle.

Elle posa son manteau sur la console d'un geste brusque puis s'installa dans son fauteuil.

Elle alluma son ordinateur et tâcha de se concentrer sur son travail. Mais, après quelques instants, elle comprit qu'elle était incapable d'occulter la présence de l'homme assis en face d'elle.

— Vous voulez bien me dire pourquoi vous êtes là ? lui demanda-t-elle.

Logan ferma le clapet de son ordinateur avant de répondre.

— Hier soir, Douglas a passé beaucoup de temps à m'expliquer la structure de son entreprise. Il s'intéresse à ce que je fais en Nouvelle-Zélande et il veut que je donne un avis de consultant. Il songe à appliquer certaines de mes idées chez Richmond Developments. Comme vous êtes la directrice de l'équipe de décorateurs, il a pensé que nous aurions beaucoup de choses à nous dire.

— Et vous n'avez pas protesté ?

— Protesté ? Comment aurais-je pu ? Je vous connais à peine et je ne sais pas ce que vous faites.

Il la transperça de son regard gris pâle. Elle frissonna, mais cette réaction n'avait rien à voir avec la température du bureau et tout à voir avec le souvenir vivace de ces yeux rivés aux siens quand Logan s'était glissé en elle.

— Exactement, dit-elle, se sentant plus troublée qu'elle ne voulait l'admettre.

— Votre dîner avec Keaton s'est bien passé ?

Il avait posé la question d'un ton détaché, mais elle vit un muscle tressauter dans sa mâchoire. Il ne voulait peut-être pas le montrer mais lui aussi était troublé, songea-t-elle avec une pointe de satisfaction.

— Oui, c'était un excellent moment, lui répondit-elle en mentant.

Elle n'allait certainement pas admettre que leur soirée avait été embarrassante et déprimante.

— Et vous ? Votre dîner avec Douglas et Nancy était-il à la hauteur de vos espérances ?

— Mes espérances ? demanda-t-il, le sourcil arqué.

— Oui, le retour du fils prodigue. Vous voyez le genre.

Elle regretta ses paroles presque aussitôt. Rien dans cette situation n'était la faute de Logan, pourtant elle semblait décidée à faire de lui le méchant de l'histoire.

— C'était une agréable soirée, répondit-il d'un ton neutre. Leur maison est très belle.

— C'est là-bas que Keaton et Kristin ont grandi. Je suis désolée que vous n'ayez pas eu ce privilège, dit-elle avec plus de douceur.

— Oh ! je n'ai manqué de rien durant mon enfance. J'avais un toit au-dessus de ma tête et l'amour de ma famille. Ma mère et mes grands-parents m'ont donné tout ce qu'ils pensaient nécessaire à mon bien-être.

Un silence gêné s'instaura. Honor se sentit obligée de le rompre.

— Alors, sur quoi travaillez-vous ?

— L'ensemble de bâtiments que Richmond Developments a acheté le mois dernier.

— Le projet en front de mer ?

— Oui.

— Et ?

— J'étudie les plans des bâtiments d'origine, la disposition du terrain, les rapports de l'ingénierie historique.

— Douglas a déjà des plans de construction pour ce projet. Pourquoi veut-il que vous l'étudiiez ?

— Je sais qu'il a prévu une démolition et une reconstruction, mais il est ouvert à une rénovation de la structure existante.

— Vous savez que l'équipe de démolition est déjà réservée pour ce mois-ci ?

Il lui adressa un regard appuyé, comme pour dire : *soyez gentille, taisez-vous et laissez-moi travailler*. Elle sentit ses joues s'empourprer de colère.

— Ce pourrait être une vaste une perte de temps, vous savez ?

Il haussa les épaules, et elle trouva ce mouvement étrangement sensuel.

— Peut-être. Peut-être pas. Je n'ai pas investi dans ce projet, alors je n'ai rien à perdre. Mais je pense que Douglas pourrait être surpris de voir à quel point une rénovation peut être rentable.

Logan en avait assez. L'attitude passive agressive de Honor l'agaçait au plus haut point. Il n'avait rien fait de mal, et il était temps que Honor l'accepte. Il était également temps d'aborder le sujet qu'elle cherchait manifestement à éviter.

— C'est un gros diamant que vous avez là, lança-t-il, désignant sa main gauche.

Elle pâlit visiblement et effleura le solitaire avec son pouce.

— Vous voulez bien me dire où était cette bague avant-hier soir ?

Elle rougit.

— Je... Eh bien... quand je suis revenue dans ma chambre, je l'ai retirée.

— J'imagine que vous m'avez pris pour lui.

Il avait dit cela d'un ton dénué d'émotion mais, intérieurement, il bouillonnait. Savoir qu'il avait couché avec la fiancée de son frère le rendait malade, et il s'était senti coupable à la minute où il avait été formellement présenté à Honor. Keaton n'ayant pas été très accueillant, Logan ne voulait surtout pas donner à son frère d'autres raisons de le détester.

— En effet, dit-elle. Entre Keaton et moi, les choses étaient un peu... Nous étions tous les deux très occupés par le travail. Pour être tout à fait honnête avec vous, nous... Nous ne nous étions pas retrouvés depuis un moment, et je croyais qu'il était venu à l'hôtel pour me faire une surprise et mettre un grain de folie dans notre relation.

Logan se contenta de la regarder pendant qu'elle bredouillait ses explications. Il avait passé une bonne partie de la journée d'hier à fulminer en son for intérieur. Non pas qu'il l'ait montré, mais il avait été tour à tour fou de rage contre elle et furieux contre lui-même. Avant de rencontrer Honor, il ne s'était jamais autorisé une aventure d'un soir. Jamais. S'il avait simplement rapporté la clé de sa chambre à la réception comme il aurait dû le faire, rien de tout cela ne serait arrivé, et il ne serait pas ici, dans leur bureau partagé, les sens tourmentés par le parfum de Honor et le corps assailli par les souvenirs de leur nuit de passion. D'un autre côté, si Honor n'était pas venue l'aborder...

Comment avait-elle pu le confondre avec Keaton ?

— Retrouvés ? répéta-t-il. Intimement, vous voulez dire ?

Elle répondit d'un hochement de tête.

— Et vous n'avez pas trouvé mon accent bizarre ?

— Pour être franche, jusqu'à ce que vous montiez dans ma chambre, je ne vous avais pas vraiment écouté. Et ensuite je me suis dit que vous jouiez un rôle, simplement.

— Un rôle ?

Il secoua la tête.

— Bon, et maintenant ? demanda-t-il.

— Comment ça, et maintenant ?

— Quelle est la suite ? Vous allez le lui dire ?

Elle déglutit.

— Je... Je ne sais pas. Je croyais vraiment que vous étiez Keaton. Dans mon esprit, je couchais avec mon fiancé, pas avec un inconnu rencontré dans un bar. Croyez-moi, je n'ai jamais d'aventures d'un soir.

— Moi non plus, avoua Logan avant de s'enfoncer dans son siège. Alors, que faire, maintenant ? Allons-nous simplement prétendre qu'il ne s'est rien passé ?

— Je préférerais, oui.

Il ne put s'empêcher de se rappeler la douceur de sa peau, la saveur de ses lèvres. Elle avait été si réactive à ses caresses... Il se raidissait de désir rien que d'y penser. Il ne fallait pas qu'il pense à elle. Et il ne fallait surtout pas qu'il la touche. Bon sang, comment allait-il faire pour partager un bureau avec elle toute la journée ? De surcroît, il devrait supporter de la voir avec son frère.

C'était le châtiment qu'il méritait, pour avoir couché avec la fiancée de son jumeau.

— D'accord. Donc, nous nous sommes rencontrés hier matin, dans le bureau de Douglas, dit-il.

Elle s'illumina.

— Vous pourriez faire ça ? Oublier que…

— Il le faut bien. Je ne crois pas que vous mesuriez ce que je risque de perdre. Quand j'ai découvert qui j'étais, mon identité m'a été arrachée brutalement. Vous avez la moindre idée de ce que cela fait ?

Il vit de la compassion dans son regard. Mais il ne voulait pas de compassion de la part de Honor Gould. Ce qu'il voulait d'elle, c'était tout ce qu'il ne pouvait pas avoir. Mais s'ils pouvaient trouver un terrain d'entente tous les deux, ils pourraient peut-être s'en sortir.

— La femme qui m'a volé à ma famille avait gardé toutes les coupures de presse concernant mon enlèvement. Vous imaginez ? Maintenant que j'ai découvert la vérité sur mes origines, je ne veux pas gâcher ma seule chance de connaître ma vraie famille. Alors, pour répondre à votre question, oui, je le peux. Je peux oublier, ou au moins faire semblant d'oublier ce qui s'est passé entre nous.

— Je suis vraiment navrée, Logan. Je l'avoue, je n'ai pas pensé aux conséquences que cette histoire pourrait avoir pour vous.

— Alors nous sommes d'accord ?

Elle se leva et approcha.

— Oui. Une poignée de main pour sceller notre accord ?

Il accepta la main qu'elle lui tendit mais fut pris de court par les picotements d'excitation que ce contact physique provoqua. Ignorer son attirance pour Honor serait bien plus difficile qu'il ne l'avait pensé. Mais il fallait qu'il réussisse, sinon, il pourrait tout gâcher. Il relâcha rapidement la main de Honor, de crainte de commettre un acte stupide comme l'attirer dans ses bras et l'embrasser, comme son corps le pressait de le faire.

Douglas Richmond entra en trombe dans le bureau, et Logan s'efforça d'avoir l'air calme bien qu'il ait l'impression d'avoir été pris la main dans le sac. Il jeta un regard furtif à Honor qui semblait tout aussi gênée. Ils s'écartèrent l'un de l'autre comme s'ils avaient été surpris en train de partager bien plus qu'une innocente poignée de main.

— Ah, je suis content de voir que vous vous entendez bien tous les deux ! Désolé de ne pas vous avoir consultée au préalable pour la réorganisation de votre bureau, Honor. Mais puisque je souhaite que Logan et vous travailliez ensemble, cela me semblait logique. Des objections ?

Douglas la fixa, comme s'il la mettait au défi de protester.

Ce qu'elle fit, à la grande surprise de Logan.

— En toute franchise, j'aurais préféré être prévenue, mais je suis disposée à aider M. Parker aussi longtemps qu'il sera parmi nous.

Douglas rit.

— Aussi longtemps qu'il sera parmi nous ? Nous avons attendu trente-quatre ans pour que notre famille soit au complet. Si Logan est bien celui qu'il prétend être, Nancy et moi ne voudrons certainement pas qu'il reparte dans l'hémisphère sud. Je compte sur vous pour le mettre à l'aise, Honor. Vous savez à quel point la famille est importante pour nous.

Logan vit Honor se raidir. Pour elle, sans doute, son pire cauchemar était en train de se réaliser. Elle devrait être face à l'homme avec qui elle avait fauté chaque jour. Et elle devrait travailler en étroite collaboration avec lui. Pour eux deux, la pression serait immense.

Tout comme la tentation...

— Bien sûr, vous pouvez compter sur moi, Douglas. Vous savez que je ferais n'importe quoi pour cette famille.

— Notre famille, rectifia Douglas. Vous faites partie des nôtres, Honor. Logan a des idées très intéressantes pour

Richmond Developments. Je veux que vous lui montriez vos activités quotidiennes, pour qu'il sache comment nous fonctionnons. Et je suggère que vous m'accompagniez tous les deux sur le chantier du front de mer, afin que Logan puisse voir les bâtiments et le terrain.

Logan opina.

— Si cela ne vous ennuie pas, j'aimerais passer à mon hôtel pour prendre mon appareil-photo. Ainsi, je pourrai prendre quelques clichés en haute résolution.

— Bien entendu. Honor ? Vous êtes libre ?

Logan avait la nette impression que même si elle ne l'était pas, Douglas attendait d'elle qu'elle laisse tout en plan pour les accompagner.

— Je vais vérifier mon agenda, dit-elle.

Elle parcourut l'écran de son ordinateur puis répondit :

— Je peux me rendre disponible maintenant, mais je devrai être revenue en début d'après-midi car j'ai une réunion.

— Bien, bien, répondit Douglas en se frottant les mains. Je vous retrouve tous les deux dans le parking souterrain d'ici dix minutes.

Sans même attendre leur réponse, il quitta la pièce.

— Il est toujours comme ça ? demanda Logan.

— Vous voulez dire, est-ce qu'il s'attend toujours à ce que tout le monde lui obéisse au doigt et à l'œil ? La réponse est oui.

— Il vous impose ma présence, n'est-ce pas ?

— Ce n'est pas à moi d'en juger. Je ne suis qu'une employée.

— Mais vous êtes fiancée à mon frère. Douglas dit que vous faire partie de la famille.

— Oui, c'est vrai. Et je vous saurais gré de garder cela à l'esprit. Je sais que vous ne voulez pas perdre votre nouvelle famille mais, moi aussi, j'ai beaucoup à perdre.

— C'est noté, dit-il d'un ton sec.

Ils sortirent du bureau et prirent l'ascenseur. Pendant que la cabine descendait, Honor sembla songeuse. Après quelques secondes, elle demanda :

— Douglas a-t-il parlé à Keaton de ses nouvelles idées pour Richmond Developments ?

— Pas hier soir, en tout cas. Vous êtes bien placée pour savoir qu'il avait d'autres projets. Kristin aussi était absente.

— Vous ne croyez pas que Keaton devrait être mis au courant ? Après tout, il est vice-président. Vous êtes peut-être le nouveau joujou de Douglas et Nancy, mais Keaton fait le gros du travail depuis qu'il est diplômé de l'université.

— Je suis venu à Seattle avec un projet de collaboration, et avec l'espoir de me faire accepter par une famille dont j'ai été privé toute ma vie. Je ne veux marcher sur les plates-bandes de personne.

— Il serait peut-être utile d'en informer Douglas. Quand il a une idée en tête, il a tendance à foncer sans se soucier des conséquences pour les autres.

— Merci pour cet avertissement. J'aborderai le sujet avec Keaton dès que j'en aurai l'occasion.

Ils sortirent de l'ascenseur et marchèrent d'un pas synchronisé, comme s'ils faisaient cela tous les jours. Honor marchait-elle au même pas que Keaton ? se demanda-t-il. Non, il ne fallait pas qu'il songe à ce genre de choses.

Après quelques mètres, Honor s'arrêta.

— Attendons ici, dit-elle. La limousine ne va pas tarder.

— La limousine ? Douglas ne conduit pas ?

— Douglas ne fait rien qu'il peut faire faire par ses employés.

— J'ai toujours préféré faire les choses moi-même quand c'est possible. Cela me permet de rester alerte.

— Ah, oui ? Cela nous fait au moins un point commun.

— Je crois que nous en avons bien d'autres, fit-il valoir.

Et aussitôt, la température entre eux s'éleva dangereusement.

6

— Non, Logan, lui dit Honor comme pour l'avertir. N'allez pas sur ce terrain.

Douglas sortit de l'ascenseur juste au moment où un long véhicule noir arrivait dans le parking souterrain.

— Voilà Douglas, annonça-t-elle. Et la voiture est pile à l'heure.

Logan avait la nette impression que Honor s'était retenue d'ajouter : *Dieu merci*. Il ouvrit la portière pour Douglas et Honor. Lorsqu'ils furent assis, il s'installa sur la banquette à côté de Honor. Elle se décala légèrement, lui faisant passer un message très clair. Douglas, heureusement, ne parut rien remarquer.

Après un court arrêt à l'hôtel afin que Logan puisse récupérer son appareil-photo, ils effectuèrent un trajet d'une demi-heure jusqu'à un site en front de mer, entouré de petits immeubles de bureaux et de résidences.

Logan sortit de la limousine et commença à prendre des photos des alentours avant de se concentrer sur le chantier lui-même. Cerné par des clôtures provisoires, l'ensemble de bâtiments semblait délabré et à l'abandon, mais Logan voyait de la chaleur dans les briques rouges et dans la forme des ouvertures. Avec de nouvelles huisseries, ces ouvertures seraient comme des fenêtres sur l'âme de ces constructions.

Oubliant Douglas et Honor, il explora les lieux, prenant des centaines de photos. Lorsqu'il fit une pause, il remarqua que son père l'observait en souriant.

— Votre travail est une passion, n'est-ce pas, Logan ? Je le vois sur votre visage, dans la façon dont vous êtes absorbé par ce que vous faites.

Logan opina.

— Des endroits comme celui-ci méritent d'être préservés chaque fois que c'est possible. C'est cela qui me passionne. Trouver la manière la moins coûteuse et la plus écologique de s'appuyer sur le passé, tout en s'assurant que les bâtiments peuvent supporter les exigences de l'avenir, c'est un véritable défi. Parlez-moi de ces bâtiments. Quand ont-ils été construits, et quelle était leur fonction principale ?

Douglas lui expliqua qu'il s'agissait principalement de hangars construits un siècle et demi plus tôt. Logan hochait la tête et prenait mentalement des notes tandis qu'ils exploraient le rez-de-chaussée de l'un des bâtiments. Déjà, l'envie le démangeait de dessiner des plans. D'abord, il travaillerait sur papier, à l'ancienne. Puis il entrerait les données dans son ordinateur et utiliserait son logiciel de conception. Bien entendu, l'équipe d'architectes devrait étudier ses suggestions pour s'assurer que tout était compatible avec les exigences du planning, mais son esprit allait déjà dans mille directions. Si Logan pouvait convaincre Douglas d'engager Richmond Developments dans une nouvelle direction, ce serait encore mieux.

Il savait qu'il avait pris un grand risque en venant à Seattle, sur le plan personnel comme sur le plan professionnel, mais il avait compris que retrouver sa vraie famille était sa plus grande priorité. En Nouvelle-Zélande, il avait des employés formidables, sur lesquels il pouvait désormais se reposer partiellement ou entièrement. C'était donc le moment idéal pour poursuivre son nouveau but : connaître sa famille biologique.

Tandis qu'ils passaient d'immeuble en immeuble, Logan sentit que Honor s'impatientait. Lui aurait pu passer la journée entière ici. Il le ferait sans doute dans une semaine ou deux mais, pour l'instant, il devait faire en sorte de rester dans les bonnes grâces de Honor.

— Je crois que j'ai tout ce qu'il me faut pour l'instant. Merci à vous deux d'avoir pris du temps pour moi et de m'avoir montré le chantier, dit-il tout en rangeant son appareil dans sa sacoche.

— C'est intéressant de vous voir travailler, commenta Douglas tandis qu'ils retournaient à la voiture. Vous voyez tout avec un œil d'artiste, il me semble, plutôt que d'un point de vue pratique.

— J'aime penser que je prends en compte les deux aspects mais j'imagine que vous avez raison. Si on ne peut pas voir la beauté d'un projet avant de commencer, alors pourquoi continuer ?

Douglas émit un petit rire.

— Un peu comme quand on rencontre la femme de ses rêves, n'est-ce pas ?

Logan sourit.

— En quelque sorte. Dites-moi, Honor, vous avez déjà travaillé sur les palettes de couleur pour les nouveaux bâtiments que Richmond Developments prévoit de construire ici ?

— Évidemment. Cela fait un mois que mon équipe travaille sur ce dossier à temps plein.

Elle semblait agacée. Comme si tout le dur labeur de son équipe n'avait servi à rien.

— J'aimerais voir ces palettes, si vous êtes disponible cet après-midi.

— Je ne le suis pas.

Elle avait répondu si sèchement que cela lui valut un regard étonné de la part de son futur beau-père.

— Peut-être demain matin, dans ce cas, suggéra Logan.

— Mon assistant vous montrera les documents à notre retour au bureau.

Cherchait-elle à lui faire comprendre qu'il empiétait sur son territoire professionnel ? Ou essayait-elle simplement de réduire ses contacts avec lui ? Il la regarda rejoindre la limousine, les laissant Douglas et lui loin derrière elle. Elle s'engouffra à l'arrière du véhicule et s'assit dos au chauffeur.

— C'est une belle femme, glissa Douglas. Mais parfois, je

me dis que Keaton et elle sont bien trop semblables pour que leur mariage soit réellement heureux.

— Comment ça ? demanda Logan.

— Ils veulent tant grimper les échelons chez Richmond Developments qu'ils ont oublié de consacrer du temps à leur relation, à mon avis. J'ai l'impression qu'ils sont encore bloqués à la phase des rendez-vous galants. Nancy me répète de ne pas m'inquiéter, mais je ne peux m'empêcher de penser que ces deux-là font les choses machinalement. Ils ne pensent qu'à leur carrière alors qu'il est plus important de prendre le temps de vivre et d'être heureux.

Logan ne sut que répondre. Une fois que Douglas eut pris place dans la limousine, il grimpa à son tour dans le véhicule et s'installa face à Honor. Il effleura son genou - très légèrement, mais volontairement - puis recula sur la banquette. Honor sembla perturbée et, durant tout le trajet, elle évita son regard.

Honor était impatiente d'aller à son rendez-vous, pour échapper à la présence bien trop tentante de Logan Parker. Le voir à l'œuvre tout à l'heure, sur le chantier, aurait dû être d'un ennui total. Pourtant, elle s'était surprise à étudier son expression pendant qu'il observait les bâtiments et prenait des photos. Il avait semblé si enthousiaste, si passionné...

Chaque fois que leurs regards s'étaient croisés, elle avait eu l'impression que c'était un contact physique, et son corps avait réagi en conséquence. À présent qu'ils étaient de retour au bureau, elle était impatiente de remettre de la distance entre Logan et elle. Il était trop troublant. Et, se rappela-t-elle, il n'était pas Keaton.

La veille au soir, après le départ de Keaton, elle n'avait pas réussi à trouver le sommeil. Elle s'en était voulu non seulement d'avoir repoussé son fiancé, mais aussi de continuer à désirer son jumeau. Elle ne s'était jamais crue particulièrement intéressée par le sexe, mais après sa nuit avec Logan... *Non !* Il fallait qu'elle oublie cela. Ce qu'elle avait fait était répréhensible et, au fond d'elle, elle savait qu'elle ne pourrait pas coucher avec Keaton tant que cet horrible secret se dresserait entre eux.

Logan avait accepté de garder le silence, mais pouvait-elle lui faire confiance ? Ce secret était sans conteste le plus grand et le plus dangereux de toute son existence. Ce qu'elle avait fait était bien pire que ses vols occasionnels au supermarché, quand sa mère n'avait pas eu assez d'argent pour acheter du pain ou un litre de lait. Honor avait toujours soupçonné le gérant de fermer les yeux quand la faim l'avait obligée à voler. C'était un homme bon, qui savait que la mère de Honor était souvent incapable de subvenir aux besoins de sa fille.

Honor cligna les yeux et revint au présent quand elle se rendit compte que Douglas lui parlait. Ils venaient d'entrer dans l'ascenseur.

— Je suis navrée, je pensais déjà à ma réunion

— C'est ce que j'apprécie chez vous, Honor. Vous anticipez toujours tout, dit-il avec un sourire satisfait. Je disais que Logan devrait vous accompagner. C'est une réunion avec le nouveau fournisseur de murs végétalisés, n'est-ce pas ?

—Oui, mais je comptais demander à Steve de montrer les palettes de couleur à Logan cet après-midi.

Douglas balaya son argument d'un revers de la main.

— Logan a plus important à faire que d'étudier des palettes de couleur. Je veux qu'il connaisse tout de notre groupe, aussi vite que possible et, pour cela, il doit être sur le terrain, avec les yeux et les oreilles grands ouverts.

Honor serra les dents.

— C'est Logan qui a demandé à voir les palettes cet après-midi, rappela-t-elle à Douglas.

— Oui, c'est vrai, enchérit Logan. Et, pour être franc, je suis encore fatigué par le décalage horaire. Je préférerais rester au bureau et réfléchir à de nouvelles idées pour le projet du front de mer. Je pourrai passer toute la journée de demain avec Honor.

Toute la journée ? Elle frémit à cette pensée. Elle n'arriverait jamais à avancer dans son travail si Logan observait ses moindres faits et gestes.

— Parfait, dit-elle d'un ton indiquant qu'elle pensait tout le contraire. Maintenant, si vous voulez bien m'excuser, ma réunion va commencer.

Elle tourna rapidement à l'angle du couloir et se dirigea vers la salle de conférences qu'elle avait réservée pour l'après-midi. Elle était si contrariée et déconcentrée qu'elle ne se rendit compte qu'une fois devant la porte qu'elle avait laissé ses notes et son ordinateur dans son bureau. Ce n'était plus seulement son bureau, mais aussi celui de Logan, se corrigea-t-elle. Elle serra les poings et fit rapidement demi-tour pour aller chercher ses affaires. Et elle faillit heurter Logan qui avançait dans la direction opposée. Elle plaqua les mains contre son torse ferme pour éviter une collision. Aussitôt, un désir physique la parcourut, et elle se rappela leurs caresses, leurs corps nus enlacés. Logan la saisit par les bras pour la maintenir en équilibre. Elle recula d'un pas, rompant le contact aussi vite que possible.

— Désolée, dit-elle d'une voix un peu essoufflée. Je ne regardais pas devant moi.

— Ce n'est rien. Steve m'a dit que vous auriez besoin de ça pour votre réunion, alors je vous l'ai apporté.

— Merci, dit-elle d'un ton sec, lui prenant la sacoche des mains.

Elle vérifia rapidement que son ordinateur et tous les documents nécessaires étaient dans la sacoche. Ce qui était bien sûr le cas, car Steve était d'une efficacité redoutable.

— Eh bien, dit-elle, je vais en avoir pour le reste de la journée, alors je vous dis à demain.

Sans attendre de réponse, elle s'éloigna d'un pas ferme. Pourquoi fallait-il que Logan soit ici ? Pourquoi fallait-il qu'il existe ? Apparemment, elle était incapable de partager le même espace que Logan Parker sans que son corps ne brûle de désir. Mais quel était le problème chez elle ? Elle avait déjà un fiancé.

Un homme qui ressemblait en tout point à celui qu'elle fuyait comme si c'était une question de vie ou de mort.

En tout point ? railla une petite voix dans sa tête.

Elle sentit son ventre se nouer tandis que son esprit pointait la différence entre les deux hommes. Oui, elle aimait Keaton et elle avait promis de l'épouser. Il était séduisant et intelligent. Mais il ne la faisait pas vibrer comme Logan Parker. Pourquoi ?

Elle tritura sa bague de fiançailles pendant tout le trajet jusqu'à la salle de conférences. Ce ne fut que lorsque le nouveau fournisseur et son équipe arrivèrent qu'elle parvint à reprendre le contrôle sur ses pensées et à se concentrer sur le travail. Un jour, Keaton et elle dirigeraient Richmond Developments, ensemble, en tant que mari et femme. Comme Douglas et Nancy aujourd'hui. Son fiancé et elle partageaient les mêmes rêves et les mêmes visions pour leur avenir. Son futur mariage avec Keaton était un passeport pour la sécurité éternelle. Elle devait garder cela à l'esprit.

Logan travaillait sur son ordinateur portable quand Kristin passa la tête par la porte du bureau.

— Oh ! vous êtes là ! fit-elle. Je cherchais Honor.

— Elle est en réunion avec un fournisseur tout l'après-midi. Vous voulez que je lui transmette un message ?

— Non, je la verrai plus tard.

Elle jeta un coup d'œil vers l'écran de son ordinateur, sans chercher à cacher sa curiosité.

— Ce sont les photos du nouveau chantier, non ?

— Oui, nous nous sommes rendus là-bas aujourd'hui, répondit-il. J'essaie de convaincre votre père de sauver la plupart des bâtiments.

— Vraiment ? Vous savez, on ne fait pas ce genre de choses chez Richmond Developments. Ce n'est pas rentable.

Logan haussa les épaules.

— Eh bien, nous verrons.

— Croyez-moi, je sais de quoi je parle. Je ne suis pas directrice financière pour rien. Avec une rénovation, il est impossible de faire des bénéfices aussi vite qu'avec une nouvelle construction, voire de faire des bénéfices tout court.

Elle se plaça face à lui, les bras croisés et les pieds fermement plantés dans le sol. Elle semblait aussi combative que la veille.

— Parfois, il ne s'agit pas seulement de gagner de l'argent, argua-t-il.

Elle rit.

— Vous êtes sûr que vous êtes de notre famille ? dit-elle en plaisantant.

Il sourit.

— Oui, j'en suis sûr. Au fait, savez-vous si les résultats du test ADN sont arrivés ?

— Je crois que même l'argent de papa ne peut pas accélérer les choses. Il faudra patienter encore quelques jours, mais on dirait que papa n'a plus vraiment besoin de cette preuve.

— Et vous ?

Elle décroisa les bras et se laissa tomber sur une chaise.

— Vous ressemblez à mon frère physiquement, mais vous êtes différent sur le plan du caractère.

— Et pourtant je sais, au fond de moi - il plaqua la main sur son cœur - que je suis votre frère. C'est fou, non ?

Elle marqua un temps avant de répondre.

— Et que se passera-t-il si vous êtes celui que vous pensez être ? Vous resterez vivre à Seattle ? Vous occuperez un poste chez Richmond Developments ?

— C'est encore flou pour l'instant, avoua-t-il. J'ai une équipe solide qui gère mes affaires, mais il faut tout de même quelqu'un à la barre. Après tout, cette entreprise est mon bébé, et cela m'ennuierait que quelque chose se passe mal en mon absence.

— Vous avez déjà envisagé une carrière dans la politique ? Parce que vous maniez très bien la langue de bois.

— C'est vrai, reconnut-il avec un petit sourire. Je vous dois une réponse plus franche si nous sommes frère et sœur, n'est-ce pas ?

Il poussa un soupir et s'adossa à sa chaise.

— Pour être honnête, je me plais à penser que je pourrais me faire une place ici, tant que je n'empiète sur le territoire de personne. Je sais que Keaton et vous travaillez pour l'entreprise familiale depuis la fin de vos études, voire depuis plus longtemps.

— Oui, et ?

— Et je ne veux pas être le nouveau venu qui vous marche dessus pour obtenir ce qu'il veut. Cela dit, j'aurais dû faire partie de cette famille et de Richmond Developments depuis le début. Je veux ma place dans ma famille.

— Je comprends. Mais tant que les résultats du test ADN ne sont pas connus, vous ne pouvez pas avancer, n'est-ce pas ? Comment vous êtes-vous organisé en Nouvelle-Zélande ? Vous êtes en congé pour une période donnée, vous avez nommé un P-DG par intérim ?

— Pour l'instant, je suis en congé pour trois mois.

Elle pencha la tête sur le côté et l'observa de près.

— C'est vraiment important pour vous, n'est-ce pas ? Il ne s'agit pas seulement de retrouver votre famille biologique. Vous voulez aussi retrouver votre identité.

Logan sentit un peu de la tension en lui se dissiper.

— C'est exactement ça. Je me suis dit qu'en trois mois je pourrais prouver mon lien biologique avec votre famille, et découvrir si, oui ou non, je pouvais m'adapter ici. Si ce n'est pas le cas, eh bien, j'ai toujours mon autre famille et mon entreprise en Nouvelle-Zélande. Je ne compte pas les abandonner non plus.

— Comment vos proches ont-ils réagi quand vous leur avez fait part de votre projet ?

— Certains craignent que cela ternisse le nom de ma défunte mère, puisqu'elle m'a kidnappé. Mais la plupart de mes cousins comprennent pourquoi cette quête est si importante pour moi. Je ne vais pas leur tourner le dos. Je les aimerai et je les respecterai toujours. Ma grand-mère maternelle est toujours en vie, et elle m'a donné sa bénédiction. Nous considérons toujours que nous sommes de la même famille. Point final.

— Nous n'avons pas de grands-parents en vie, dit Kristin. Ils sont décédés avant ma naissance, et Keaton était trop petit pour se souvenir d'eux. Croyez-vous que votre grand-mère nous accepterait aussi ?

Logan afficha un grand sourire.

— Elle vous accueillerait à bras ouverts. Si vous êtes liés à moi, vous serez liés à elle aussi, ça ne fait aucun doute. Ce sera la même chose pour mes cousins et, croyez-moi, ils sont nombreux.

— Papa et maman sont des enfants uniques, alors nous n'avons pas de cousins. Je crois que ça me plairait de faire partie d'une grande famille.

— On dirait que nous aurions tous les deux intérêt à ce que les résultats du test soient positifs.

Pendant qu'il avait parlé de sa famille néo-zélandaise, il avait vu le visage de Kristin s'adoucir. Sa sœur était une femme de pouvoir chez Richmond Developments, mais c'était aussi une personne qui chérissait les liens familiaux, manifestement. Elle cherchait à appartenir à un clan, tout comme lui. Cette pensée lui donna un peu d'espoir. Peut-être Kristin commençait-elle à l'accepter en tant que frère, et à accepter l'idée qu'il ait une place dans leur famille.

Elle approcha et regarda l'écran de son ordinateur.

— Ce sont de superbes photos, commenta-t-elle. Quel genre d'appareil avez-vous utilisé ? Ce n'est pas l'appareil de votre téléphone, je me trompe ?

À l'évidence, le moment de communion frère-sœur était terminé.

— Non, en effet.

Il sortit son appareil de sa sacoche et le tendit à Kristin.

— Je m'en sers quand je suis en repérages et je l'emmène aussi quand je voyage. Je ne veux manquer aucune source d'inspiration potentielle.

Le visage de Kristin s'éclaira. Et Logan fut surpris de découvrir qu'ils avaient en commun une passion pour la photographie.

— Oh ! mince ! s'exclama-t-elle après quelques minutes de discussion. Je suis attendue ailleurs. Il faudra que nous reprenions cet échange plus tard.

Logan se leva et lui tendit la main. Kristin hésita un instant puis la serra.

— Merci, dit-il.

— De quoi ?

— De me parler comme si je n'étais pas un ennemi. Je n'en suis pas un, vous savez.

Elle hocha la tête.

— Eh bien, ce n'est pas moi qu'il faut convaincre.

7

Le dimanche suivant, pendant un dîner chez ses parents, Logan eut la confirmation que c'était Keaton qu'il devait convaincre. Son frère jumeau était aussi méfiant qu'au premier jour et ne montrait pas le moindre signe d'acceptation ou d'amitié. Pire, il semblait encore plus hostile qu'avant.

Honor aussi était devenue encore plus distante. Mais il savait qu'elle était troublée par sa présence, tout comme il l'avait été par la sienne toute la soirée. Honor et Keaton ne lui avaient dit que quelques mots jusqu'à maintenant. Apparemment, cela allait changer, se dit-il en voyant son frère se diriger vers lui, l'air déterminé.

— Keaton, je voulais justement vous parler. On ne s'est pas beaucoup croisé ces derniers jours, et j'aimerais rattraper le temps perdu quand vous serez disponible.

— Éloignez-vous de ma fiancée, lâcha Keaton à voix basse.

Eh bien, Logan ne s'était certainement pas attendu à cela...

— Je vous demande pardon ?

— J'ai dit, éloignez-vous de ma fiancée. J'ai vu la façon dont vous la regardiez. Elle n'a pas besoin de ça et elle ne devrait pas avoir à repousser une attention malvenue. Comportez-vous en gentleman, Parker. Bas les pattes.

Logan redressa les épaules et fusilla son frère du regard.

— Bas les pattes ? Ça implique que j'essaie de la toucher.

Quelqu'un les avait-il vus à l'hôtel l'autre soir ? Le secret sur sa nuit avec Honor allait-il lui exploser à la figure ? Ses parents ne seraient pas aussi accueillants s'ils savaient que Honor et lui avaient couché ensemble, c'était certain. Il jeta un coup d'œil par-dessus l'épaule de Keaton et vit que Honor discutait avec Kristin.

— Vous voyez ? accusa Keaton. Vous ne pouvez pas vous empêcher de la regarder. Ça nous met mal à l'aise, Honor et moi. Alors reprenez-vous.

— Je suis désolé.

Il valait mieux jouer l'apaisement. De plus, Keaton avait raison. Logan n'avait pas pu s'empêcher de regarder Honor pendant tout le dîner. Elle était, comme toujours, d'une beauté stupéfiante, mais il y avait une fragilité chez elle qu'il n'avait pas perçue le soir de leur rencontre. Cela lui donnait envie de la protéger, de régler tous ses problèmes, pour qu'elle redevienne la femme sûre qu'il connaissait. Mais ce n'était pas à lui de la protéger, il ferait mieux de ne pas l'oublier.

— C'est une femme belle et brillante, Keaton, et je suis navré si je vous ai mis dans l'embarras, tous les deux. Malheureusement, votre père m'a installé dans le bureau de Honor. Je peux demander un autre espace de travail, si cela peut vous apaiser votre fiancée et vous.

— Inutile. Papa pense que Honor et vous devez travailler ensemble, et je peux l'accepter, bien que je trouve les idées de mon père irrationnelles en ce moment. Mais restez professionnel, d'accord ? Cessez de la dévisager comme si elle était un triple burger et que vous n'aviez pas mangé depuis une semaine.

— Un triple burger ? répéta Logan en riant.

Keaton daigna sourire.

— Que voulez-vous ? J'ai encore faim. L'idée que maman se fait d'un dîner ne convient pas vraiment aux gens qui ont beaucoup d'appétit.

— Ça vous dirait d'aller manger un triple burger tout à l'heure ? Ça nous donnerait l'occasion de discuter entre frères.

Logan savait que la branche d'olivier devait venir de lui. C'était lui, l'étranger. Et s'il n'était pas prêt à faire tout son possible pour rendre son frère heureux alors il ne méritait pas d'être ici. Mais devait-il faire le bonheur de son frère aux dépens de son propre bonheur ? Il chassa cette pensée avant qu'elle ne le mène plus loin.

— Désolé, répondit Keaton, j'ai une journée chargée demain. Un rendez-vous d'affaires à San Antonio. Et les jours suivants, je devrai me rendre à Houston et à Dallas. Je compte me coucher tôt ce soir.

— Peut-être une autre fois, alors.

— Oui. À mon retour. Nous trouverons un moment.

Keaton commença à s'éloigner.

— Keaton ?

— Oui ?

— Ne vous inquiétez pas pour Honor. Je sais qu'elle est votre fiancée, et je ne ferais rien qui puisse la perturber.

Keaton l'observa de près, comme pour décider s'il disait ou non la vérité. C'était troublant de se regarder dans un miroir vivant. Ce que Keaton vit dans le regard de Logan le satisfit sans doute, car il hocha la tête. Les deux frères échangèrent une poignée de main, puis Keaton alla voir ses parents pour prendre congé. Honor l'imita.

Tandis que Logan regardait le couple s'en aller, une question surgit dans son esprit. Finirait-il par trahir la promesse qu'il venait de faire à son frère ? Son désir pour Honor n'avait pas diminué. Pendant tout le dîner, elle avait soigneusement évité son regard. Était-elle de mauvaise humeur parce qu'elle luttait continuellement contre son attirance pour lui, ou parce qu'il la mettait mal à l'aise, comme Keaton l'affirmait ?

Quoi qu'il en soit, Honor était la fiancée de Keaton. Il devait donc cesser de penser à elle. Lorsqu'il imaginait les mains de son frère sur elle, une rage meurtrière comme il n'en avait jamais connu l'envahissait. Ce qui prouvait bien qu'il devait contrôler les sentiments que Honor lui inspirait. Non, pas seulement les contrôler. Il devait les supprimer, tout bonnement.

Honor était inaccessible, point final.

Tandis que Keaton la reconduisait chez elle, Honor songea qu'il allait être absent plusieurs jours. Tant qu'il était près d'elle, elle pouvait se convaincre que l'attraction magnétique que Logan Parker exerçait sur elle n'était pas un souci. Mais quand Keaton serait parti ? Elle tâcha de se ressaisir tandis qu'ils arrivaient dans le parking souterrain de son immeuble. Elle était plus forte que sa mère. Elle était bien plus ambitieuse et bien plus déterminée. Elle n'allait pas laisser Logan Parker la détourner de son rêve de toute une vie. Elle n'avait pas travaillé si dur pour voir tout s'écrouler à cause d'une réaction hormonale incontrôlée face à un homme qui ressemblait comme deux gouttes d'eau à son fiancé.

Keaton et elle auraient une vie merveilleuse, elle n'avait aucun doute là-dessus. Ils étaient sur la même longueur d'onde sur de nombreux sujets. Par exemple le nombre d'enfants qu'ils désiraient, et le fait qu'ils veuillent continuer à travailler ensemble après leur mariage. Certes, il manquait un peu de passion dans leur relation, mais elle pouvait s'en accommoder.

Keaton le pourrait-il aussi ?

Avant aujourd'hui, elle ne s'était jamais vraiment posé la question. Forçait-elle Keaton à se contenter de moins que ce qu'il méritait ? Était-il prêt à vivre un amour tiède pour les cinquante ou soixante prochaines années ? Pourquoi doutait-elle de ses sentiments et de ceux de Keaton, tout à coup ? De toute évidence, ils devaient discuter de leur avenir. Elle devait s'assurer que Keaton était heureux. Elle l'aimait sincèrement et elle voulait combler tous ses souhaits. Mais pourrait-elle faire son bonheur ?

— Tu montes un moment ? demanda-t-elle tandis qu'il se garait sur sa place de parking.

— Je te raccompagne jusqu'à ta porte, comme toujours, dit-il en souriant.

— J'espérais que tu resterais un peu plus longtemps.

— Plus longtemps ?

— Oui, pour parler de notre avenir.

Il poussa un petit soupir.

— Allons chez toi, dit-il.

Il sortit de la voiture et alla lui ouvrir sa portière. Un parfait gentleman, comme à son habitude. Elle aimait cela chez lui, mais les bonnes manières ne suffisaient pas à faire une relation, non ? Keaton et elle avaient besoin de davantage.

Une fois qu'ils furent chez elle, Honor lui proposa un café.

— Non, merci. De quoi voulais-tu parler précisément ? demanda-t-il.

Elle prit une grande inspiration. Ce serait tellement plus simple s'il s'asseyait au lieu de rester debout. On aurait dit qu'il attendait la première occasion pour décamper.

— De notre couple. J'ai l'impression qu'il y a une distance entre nous depuis quelque temps, et qu'elle s'agrandit. Es-tu heureux, Keaton ? demanda-t-elle en l'étudiant de près.

Elle avait toujours été capable de dire si Keaton était sincère ou non mais, pour l'heure, il semblait plus distant que jamais, et son regard était insondable.

— Il se passe beaucoup de choses en ce moment, et je dois prendre le vol de nuit pour San Antonio tout à l'heure. Cette discussion ne pourrait pas attendre mon retour ? lui répondit-il en éludant la question.

Elle fit un pas vers lui.

— C'est un sujet important, Keaton. Il faut que je sache. Est-ce que tu es heureux ?

Il ferma les yeux une seconde. Quand il plongea le regard dans le sien, elle regretta d'avoir posé sa question. Car elle avait peur de ce qu'elle allait entendre.

— Je crois que nous devrions envisager de faire une pause, déclara Keaton de but en blanc.

— Tu veux que nous partions en week-end ? demanda-t-elle avec espoir, tout en sachant que ce n'était pas ce qu'il voulait dire.

— Non, une pause dans notre relation.

Honor émit un petit son étranglé. Soudain, c'était comme

si tout ce pour quoi elle avait travaillé, tout ce qu'elle avait toujours désiré, lui échappait.

— Je sais que c'est sans doute un choc pour toi, mais j'ai l'impression que ces derniers temps, nous ne sommes plus sur la même longueur d'onde. J'ai essayé d'ignorer les signaux. J'ai même essayé de mettre ça sur le compte de la résurrection de mon saint frère. Mais si je suis totalement honnête avec moi-même, je dois admettre que ce sentiment d'éloignement a commencé avant même qu'il n'entre dans nos vies. Tu le ressens aussi, n'est-ce pas ?

Honor se surprit à hocher la tête. Elle savait exactement de quoi Keaton parlait.

Il la prit dans ses bras.

— Prenons du temps pour penser à ce que nous voulons vraiment, suggéra-t-il.

— Je croyais que nous savions ce que nous voulions rétorqua-t-elle, sa voix se brisant sur les derniers mots.

Il soupira et secoua la tête.

— Je le croyais aussi. Écoute, je serai absent pour le reste de la semaine. Profitons-en pour réfléchir et, si nous avons besoin de plus de temps à mon retour, nous prolongerons cette pause jusqu'à ce que nous soyons d'accord sur nos chemins pour l'avenir.

Leurs chemins ? Insinuait-il que ce seraient des chemins séparés ? Honor ne pouvait se résoudre à formuler la question, car elle avait peur de la réponse de Keaton.

— D'accord ? insista-t-il.

— Il faut bien que je sois d'accord, non ? répondit-elle avec prudence. Quand nous nous marierons, ce sera pour la vie. Comme tu l'as dit, il faut que nous soyons certains de notre choix.

— Je suis désolé, Honor. Avec tout ce qui se passe au travail et avec ma famille, je me sens dépassé.

— En tant que couple, nous devrions nous soutenir pour traverser cette épreuve. Je ne suis pas certaine que prendre du temps soit la meilleure idée.

Elle devait se battre pour leur relation, pour Keaton, même si elle avait l'impression de s'enfoncer dans des sables mouvants.

— Crois-moi, Honor, même si tu n'as pas besoin de cette séparation pour réfléchir, moi, j'en ai besoin. Tout ce que j'ai tenu pour acquis dans ma vie a été chamboulé avec l'arrivée de Logan. Cela m'oblige à reconsidérer toutes les choses qui sont importantes à mes yeux, et je commence à me rendre compte que certaines de ces choses ne sont pas aussi importantes que je le croyais.

— Et je suis une de ces choses ?

Elle sentit des larmes soudaines et brûlantes couler sur ses joues.

Il poussa un soupir désolé et essuya ses larmes.

— Notre relation est importante pour moi, lui assura-t-il. Je t'aime, Honor. Mais est-ce que je t'aime suffisamment pour t'épouser et passer le reste de ma vie avec toi ? Je n'en suis plus certain.

Le fait qu'il exprime ce qu'elle-même ressentait envers lui n'était d'aucun réconfort pour son esprit affolé. Elle s'extirpa de son étreinte, et il recula aussitôt, comme s'il était heureux de retrouver son espace. Elle afficha un sourire forcé malgré ses larmes.

— Tu ferais mieux de t'en aller, Keaton. Ton avion décolle bientôt, comme tu l'as dit.

— Ça va aller ?

Elle redressa les épaules.

— Oui, ne t'en fais pas.

Il l'embrassa, mais ce n'était pas le genre de baiser que des amoureux se donnaient. C'était plutôt l'expression douce-amère d'un au revoir plein de regrets, et Honor vit cela comme un signe peu rassurant.

Elle accompagna Keaton à la porte de son appartement tout en retirant sa bague de fiançailles.

— Tu veux la récupérer pendant que nous faisons cette pause ? demanda-t-elle, lui tendant le solitaire en diamant.

— Non, bien sûr que non ! Et même si nous...

Il secoua la tête et remit la bague à son doigt.

— La bague t'appartient, quoi que nous décidions.

Après une autre nuit quasiment sans sommeil, Honor était dans un état d'irritation élevé quand elle arriva chez Richmond Developments. Comme d'habitude, Logan Parker était déjà installé à son bureau. Cet homme ne se reposait-il donc jamais ? Il était toujours le premier arrivé et le dernier parti. Peut-être essayait-il d'impressionner Douglas. Non, elle se montrait injuste. Logan n'avait pas besoin d'impressionner Douglas ou Nancy. Il n'en avait pas après leur argent. C'était un millionnaire qui avait bâti sa fortune tout seul ; elle le savait car elle avait fait plus de recherches sur lui qu'une personne non intéressée ne le devrait.

Qu'est-ce que cela prouvait, au juste ? Qu'elle était intéressée ? Elle chassa cette pensée et s'efforça de se reprendre.

— Bonjour, dit-il.

— Si vous le dites, répondit-elle, posant sa mallette sur son bureau.

— Nuit difficile ?

Depuis que Logan était apparu dans leur vie, chaque nuit avait été difficile - du moins, presque chaque nuit - mais elle n'allait pas le lui dire. Elle ne lui ferait pas ce plaisir.

— Je déteste quand Keaton est en voyage d'affaires. Il me manque déjà.

C'était ce qu'une fiancée amoureuse devrait dire, non ? Quelle hypocrite elle faisait !

Douglas Richmond entra dans le bureau, l'air enthousiaste.

— Content que vous soyez là tous les deux, car j'ai à vous parler, annonça-t-il sans préambule. Je viens d'apprendre que les enchères pour le site en front de mer de Portland sont relancées. Les propriétaires ne voulaient pas que le site soit rasé et reconstruit. Ils avaient donné des raisons sentimentales quand ils avaient refusé notre offre, pourtant supérieure à celle des acheteurs qu'ils ont fini par choisir. Maintenant, les acheteurs se retirent car ils trouvent les clauses du contrat de vente trop restrictives. Les vendeurs nous proposent de nouveau d'acheter, si nous sommes prêts à conserver les structures existantes et à les rénover. Je pense que c'est l'occasion parfaite pour Logan de diriger un projet pour nous. Et je veux que vous deux, vous alliez voir le site. J'attendrai votre rapport avant de signer. Ne montrez pas que nous sommes trop enthousiastes, mais j'ai le sentiment que ce chantier pourrait devenir le joyau de notre couronne.

— Et le site que nous avons visité la semaine dernière ? demanda Logan.

— Votre projet ne semble pas réalisable. Nous pouvons conserver certains des bâtiments pour les commerces et les restaurants, mais Kristin pense qu'il nous faut une meilleure rentabilité pour les résidences. Je suis d'accord avec elle. Ma fille maîtrise les chiffres, et nous ne sommes pas là pour nous faire des amis.

Honor crut que Logan allait protester, mais il se contenta de hausser les épaules.

— Je dois me ranger à l'avis des comptables, conclut-il avec philosophie. Mais je suis content que nous puissions préserver certains des bâtiments, au moins.

Douglas hocha la tête.

— Et il y a ce nouveau projet. J'ai besoin que vous preniez le prochain vol pour Portland, tous les deux. Pouvez-vous faire vos bagages et être prêts dans deux heures ? Mon assistante a déjà réservé les billets et l'hôtel.

— J'ai un sac de voyage dans le coffre de ma voiture, dit Honor. Je suis toujours prête.

— Je sais que je peux compter sur vous pour ce genre de choses, Honor. Et vous, Logan ? demanda Douglas.

— Si nous pouvons passer à mon hôtel avant d'aller à

l'aéroport, je n'aurai besoin que de dix minutes pour faire ma valise. Ce n'est que pour une nuit, j'imagine ?

— Peut-être deux. Cela dépend du temps qu'il vous faudra pour rassembler toutes les informations nécessaires.

Honor réprima le frisson qui la parcourut. Deux jours, seule, avec Parker ? Heureusement qu'elle s'était sermonnée ce matin.

— Dans ce cas, nous ferions mieux d'y aller, déclara-t-elle. Je suppose que Stella nous a déjà envoyé par mail les informations sur le vol ?

Elle vérifia ses messages sur son téléphone et hocha la tête.

— Oui, tout est là, conclut-elle.

— Bien. Je suis impatient d'avoir votre compte rendu. Je tiens beaucoup à ce projet. J'étais assez contrarié quand nous avons laissé passer le marché la première fois, et inutile de vous dire que beaucoup d'heures de travail ont été perdues. Je ne veux pas qu'il y ait le moindre problème cette fois. Compris ?

— Compris, affirma Logan.

Douglas répondit d'un signe de tête et partit aussi vite qu'il était arrivé.

— Eh bien, ne restez pas planté là, Logan, dit Honor. Il faut que nous nous mettions en route. Vous avez entendu Douglas ?

— D'accord, allons-y.

Logan se baissa pour prendre son appareil-photo dans le dernier tiroir de son bureau. Le tissu de son pantalon s'étira sur son postérieur, et Honor fut assaillie par des pensées érotiques. *Non, non, non.* Elle se força à détourner le regard. Elle avait le contrôle de la situation. Elle n'allait rien dire ou faire qui mette encore plus en péril son avenir précaire avec Keaton. Malgré tout, elle ne put s'empêcher de jeter un autre coup d'œil vers Logan. Et elle se rappela la sensation de son corps ondulant contre le sien.

Ses paumes devinrent moites sous l'effet de l'excitation. Mieux valait qu'elle sorte de cette pièce, sinon, elle pourrait commettre une erreur irréparable. Elle fila dans le couloir, mais Logan la rattrapa près de l'ascenseur.

— Est-ce que tout le monde fait toujours tout ce que Douglas exige ? demanda-t-il.

— Oui. On ne fait pas long feu ici si on ne fait pas ce qu'il veut, répondit-elle en priant pour que l'ascenseur arrive rapidement. C'est un patron juste envers ses employés. Mais sa priorité, ce sont les résultats.

Lorsque les portes de l'ascenseur s'ouvrirent, Honor alla directement au fond de la cabine. Elle vit Logan serrer la mâchoire imperceptiblement. Il était irrité qu'elle mette de la distance entre eux ? Eh bien, tant pis.

Elle tenta de se convaincre que c'était uniquement parce qu'il ressemblait à Keaton qu'elle trouvait Logan si attirant. Mais elle savait que c'était plus que ça. Bien plus que cela. Leur attraction mutuelle était primaire, instinctive.

Et cela la terrifiait.

8

— Comment ça, il n'y a qu'une chambre réservée pour nous ? À l'évidence, il nous faut deux chambres ! C'est inacceptable ! dit Honor à la réceptionniste de l'hôtel.

La journée avait été rude et, en ce qui la concernait, ce contretemps était la goutte d'eau.

— Madame, nous avons prévenu la personne qui a fait la réservation, mais elle a affirmé que ce ne serait pas un problème puisque M. Richmond et vous étiez en couple. Je suis désolée, nous sommes complets, et puisque plusieurs grands événements ont lieu en ville cette semaine, aucun des autres hôtels de notre groupe n'a de chambres disponibles.

— Au moins, pourrions-nous avoir une chambre avec lits jumeaux ? Ou pourrait-on nous apporter un lit de camp ?

Honor refusait de partager un lit avec Logan. C'était hors de question. S'ils ne pouvaient pas changer de chambre, Logan pourrait trouver un hôtel ailleurs.

— Je crains que non, madame, et les règles de sécurité nous interdisent d'ajouter un lit de camp dans cette chambre. Souhaitez-vous annuler votre réservation ? Car nous avons une liste d'attente. Comme je l'ai dit, c'est une période chargée.

Honor avait envie de hurler, mais elle savait que la réceptionniste ne faisait que son travail. Le voyage avait été organisé à la dernière minute, et Stella n'avait sans doute pas compris avec lequel des jumeaux Richmond Honor voyageait.

— Écoutez, je suis désolée pour mon impolitesse, dit-elle. Je vais prendre la chambre.

Elle regarda Logan par-dessus son épaule.

— Pouvez-vous passer des coups de fil pour essayer de vous trouver une chambre ailleurs ?

— Vous pensez que nous ne sommes pas capables de partager cette chambre ? demanda-t-il, le sourcil arqué.

Croyait-il vraiment qu'elle allait passer la nuit avec lui ?

— Après tout, continua Logan à voix basse, nous sommes deux adultes, non ? Nous pouvons respecter notre pacte. À moins que vous n'ayez peur qu'une fois seule avec moi vous ne puissiez pas vous contrôler ?

— Bien sûr que je peux me contrôler, répondit-elle d'un ton réprobateur.

— Donc vous suggérez que c'est moi qui en suis incapable ? Vous croyez que je serai si submergé par votre beauté, votre parfum, votre proximité, que je n'arriverai pas à rester maître de moi-même ?

Le désir se répandit en elle comme un feu de forêt. Elle le réprima, refusant de se laisser guider par ses propres hormones déchaînées.

— Pouvez-vous me garantir que vous saurez vous comporter en gentleman ?

— Oh ! oui, je peux vous le garantir. Je n'ai jamais eu à forcer personne, Honor, et ce n'est pas maintenant que je vais commencer.

Elle l'avait mis en colère et elle le regrettait, étrangement.

— Voyons d'abord si je peux vous dénicher un autre hôtel. S'il n'y a absolument rien de disponible, alors nous partagerons ma chambre.

Logan croisa les bras et l'observa d'un air las tandis qu'elle appelait différentes centrales de réservations. Trente minutes plus tard, elle admit sa défaite et donna à Logan la seconde clé magnétique de la chambre.

— Je suis fatiguée et je suis sûre que vous aussi. La journée a été chargée. Autant monter et voir l'étendue des dégâts.

La chambre en elle-même était charmante. Spacieuse, avec une grande salle de bains et de grandes fenêtres donnant sur un parc en bordure de la Willamette. Le lit était exactement comme sur la description : de taille standard. Honor considéra le tapis et se demanda si elle pourrait dormir dessus toute une nuit. Peut-être avec une couette en guise de matelas ?

— Quel côté préférez-vous ? demanda Logan, posant sa valise cabine sur le sol.

— Quel côté ?

— Du lit.

— Ah...

Elle fixa le lit puis Logan. Son compagnon de voyage n'était pas petit. Avec son mètre quatre-vingt-cinq et ses épaules de nageur olympique, il prendrait une bonne partie de l'espace.

— Je peux dormir sur le sol, avança-t-elle. Si je replie le couvre-lit pour en faire un matelas, je suis sûre que ça m'ira très bien.

— Vous plaisantez ? Une autre journée chargée nous attend demain. Si vous ne dormez pas correctement, vous ne pourrez pas faire tout ce que Douglas exige de vous.

Elle avait perçu une pointe de désapprobation dans sa voix.

— Vous n'êtes pas fan de votre père nouvellement retrouvé ?

— Je n'approuve pas toutes ses méthodes de travail. En ce qui me concerne, je gère mes équipes de manière moins agressive. Mais je peux accepter l'idée que nous ayons des opinions différentes. Et je peux rester de mon côté du lit, aussi. Puisque vous ne semblez pas décidée, je vais dormir côté fenêtre, d'accord ? Vous pouvez prendre le côté le plus proche de la salle de bains.

Cela semblait si simple, à l'entendre, que Honor se dit presque qu'elle pouvait y arriver. En fait, oui, elle pouvait partager un lit avec Logan. Dormir sur le sol, c'était bon pour les enfants qui faisaient une soirée pyjama. Elle était une adulte, maîtresse d'elle-même en toutes circonstances. Et si elle se répétait cela suffisamment, elle pourrait même finir par y croire.

— Nous pourrions enrouler le couvre-lit et le placer entre nous, suggéra-t-elle.

— Bien sûr, faites comme il vous plaît.

C'était lui qui lui plaisait. Et c'était bien là le problème. Non, c'était elle, le problème.

Keaton. Elle devait penser à lui. Elle devait garder espoir, et se dire qu'ils réussiraient à résoudre leurs difficultés. Bien qu'il ait émis le souhait de faire une pause dans leur relation, elle savait qu'il serait contrarié, et à raison, s'il découvrait que Logan et elle partageaient une chambre, même si c'était de la manière la plus innocente qui soit. Comprendrait-il que c'était une situation indépendante de sa volonté ? Avait-il besoin d'être au courant, d'ailleurs ?

Elle détestait être dans un tel tourment intérieur, à remettre en cause chacune de ses pensées, chacun de ses sentiments. Logan Parker la déstabilisait sur bien des plans.

— Si nous allions dîner quelque part, pour discuter de notre mission ? suggéra Logan.

— Bonne idée.

Mieux valait dîner dehors que de faire appel au service d'étage. Moins ils passeraient de temps dans l'espace confiné de cette chambre, mieux cela vaudrait.

— Vous voulez prendre une douche d'abord ? demanda-t-il.

— Merci, je ne serai pas longue.

— Prenez votre temps.

Il retira ses chaussures et s'allongea sur son côté du lit.

Tandis qu'elle l'observait, elle se sentit rougir. Le voir ainsi semblait si intime… Mais son estomac gronda, lui rappelant qu'ils avaient sauté le déjeuner aujourd'hui et que le petit déjeuner remontait à très loin. Elle sortit de sa valise le T-shirt de créateur et le jean qu'elle emportait toujours en voyage d'affaires. Une tenue assez décontractée pour se détendre si elle était seule, tout en étant assez élégante si elle l'associait à des escarpins, de gros bijoux et son manteau, pour un dîner au restaurant, par exemple.

Lorsqu'elle ressortit de la salle de bains une demi-heure plus tard, Logan semblait endormi. Sa respiration était lente et régulière, et même ses traits étaient plus détendus. Il était d'une nature plus calme que Keaton, indéniablement, mais elle avait eu des aperçus de sa force et de sa dureté, des qualités qui lui avaient sans doute permis d'arriver là où il en était aujourd'hui.

— Vous êtes prête ? murmura-t-il.

Elle comprit qu'il l'avait surprise en train de l'observer.

— Oui, la salle de bains est à vous...

Il se leva et prit quelques vêtements dans sa valise avant de s'enfermer dans la salle de bains. Elle eut beau faire, elle ne put chasser de son esprit des images de Logan nu sous le jet de la douche. Cependant, elle n'eut pas à lutter trop longtemps, car après quelques minutes, il ressortit, habillé et coiffé.

— C'était rapide, dit-elle tout en prenant son sac à main.

— Que voulez-vous ? Je suis un homme.

Il n'y avait absolument rien à répondre à cela, pensa-t-elle tandis qu'ils sortaient de la chambre.

La pizzeria dans laquelle ils décidèrent de dîner était bruyante et bondée, exactement ce dont Honor avait besoin pour éviter de trop discuter avec Logan. Avec lui, même parler travail était difficile. Puisqu'ils avaient faim, ils avalèrent rapidement leur repas. Par conséquent, il leur restait beaucoup de temps devant eux quand ils quittèrent le restaurant.

— Si nous prenions un verre au bar de l'hôtel ? suggéra Honor. Pour finir notre discussion ?

— D'accord. Je boirais volontiers une bière.

Il faisait froid dehors, et leur souffle formait des nuages de buée. Ils marchèrent côte à côte jusqu'à l'hôtel, en s'effleurant de temps en temps. Honor tentait d'ignorer les sensations que provoquaient ces contacts physiques involontaires et s'écartait continuellement de lui. Mais le trottoir était plein de lampadaires, de bouches d'incendie et de piétons qui, à son grand désarroi, ne cessaient de les rapprocher.

Eh bien, si elle ne pouvait même pas marcher avec Logan sans que ce soit un problème, comment allait-elle pouvoir dormir ce soir ? Dans le hall de l'hôtel, elle fut soulagée de pouvoir mettre enfin de l'espace entre eux. Ils se rendirent au bar, où Logan commanda une bière blonde et Honor, une coupe de champagne. Ils s'installèrent dans un coin de la salle, et la serveuse ne tarda pas à leur apporter leurs boissons.

Honor s'efforça de parler uniquement de leur mission. Ils avaient tous les deux la même vision pour ce projet immobilier, ce qui facilitait beaucoup les choses. Keaton aurait-il été aussi facile à convaincre ? se demanda-t-elle. Il avait l'habitude de contredire n'importe quel argument, qu'il soit d'accord ou non. Il avait fait partie d'un groupe d'éloquence à l'université, ce qui expliquait sans doute sa tendance à la contradiction, comme elle le lui avait souvent fait remarquer sur le ton de la plaisanterie.

— Nous allons recommander à Douglas de faire une offre, non ? demanda Logan après avoir fini sa bière.

— Il serait bête de ne pas se lancer. Surtout s'il compte vraiment développer une branche rénovation. Pour être franche, je m'étonne qu'il ait été si ouvert à votre suggestion.

— C'est un homme d'affaires. Il sait que nous pouvons appliquer des loyers plus élevés pour les commerces et les résidences si le caractère historique du lieu est préservé.

— C'est ce que vous faites en Nouvelle-Zélande ? Vous visez le marché haut de gamme ?

— Absolument. Il y a une immense demande mondiale pour les rénovations. Plus grand, plus neuf, ce n'est pas toujours la meilleure solution, et si nous pouvons rénover les constructions d'une manière écologique et durable, alors c'est encore mieux. En parallèle, j'aimerais développer des logements abordables pour les familles aux revenus modestes, et je travaille en ce sens avec mon équipe.

Leur conversation se porta sur le potentiel des pratiques écologiques dans la construction, et Honor fut ravie de partager ses idées avec quelqu'un qui réfléchissait comme elle. Mais bientôt elle ne put réprimer un bâillement.

— Désolée, ce n'était pas poli.

— Ne soyez pas désolée. Il est normal que vous soyez fatiguée. Nous avons eu une journée chargée et nous en aurons une autre demain. Si vous alliez dans la chambre ? Je vais rester ici, prendre une autre bière, et je monterai plus tard. Ça vous va ?

Elle hocha la tête et se dépêcha de filer. Elle avait redouté le moment où ils iraient au lit, et la suggestion de Logan simplifiait tout. Avec un peu de chance, elle dormirait à poings fermés quand il monterait dans la chambre.

Dix bières n'auraient pas suffi à étouffer son désir pour la femme avec qui il s'apprêtait à se coucher - et non à coucher. Honor avait été si nerveuse aujourd'hui qu'il avait eu envie de l'embrasser à pleine bouche, rien que pour dissiper la tension électrique entre eux. Mais il avait promis à Honor, et surtout à Keaton, de ne tenter aucune approche.

Donc, il n'embrasserait pas Honor. Il ne caresserait pas son corps délicieux. Et il ne se perdrait certainement pas entre ses replis moites comme il l'avait fait le soir de leur rencontre.

Mince. Voilà qu'il était en érection, maintenant...

Au moins, Honor serait endormie quand il la rejoindrait. Il avait attendu au bar assez longtemps pour cela. À présent, lui aussi tombait de fatigue.

Il faisait sombre dans la chambre quand il se glissa à l'intérieur. Heureusement, Honor avait laissé la lumière de la salle de bains allumée et la porte entrouverte, lui permettant de se repérer. Il alla dans la salle de bains pour se changer, et se rendit compte qu'il n'avait pas emporté de pyjama. Il lui faudrait donc dormir en caleçon.

Honor gémit légèrement quand il entra dans le lit. Il étendit prudemment un pied, pour vérifier si elle avait mis une sorte de barrière entre eux. Il sourit quand son orteil toucha ce qui était manifestement une serviette enroulée au milieu du matelas. Il ferma les yeux et s'étendit sur le dos, en espérant trouver rapidement le sommeil.

Évidemment, il n'y parvint pas. Alors il resta là, à écouter Honor respirer. Elle dormait, mais pas d'un sommeil paisible. De temps en temps, elle émettait un son de détresse, comme si elle faisait un mauvais rêve et qu'elle n'arrivait pas à verbaliser ce qu'elle avait besoin de dire. Soudain, elle sursauta puis s'agita.

— Honor ? murmura-t-il.

Il ne pouvait pas rester sans rien faire. Manifestement, elle faisait un cauchemar. Il posa doucement la main sur son épaule.

— Honor, tout va bien. Ce n'est qu'un mauvais rêve.

Elle marmonna ce qui ressemblait à un « non ». Puis elle agita frénétiquement la tête. Il serra son épaule, la secouant doucement et répétant ses paroles apaisantes.

Enfin, elle se réveilla, poussant un cri aigu suivi d'un profond soupir. Elle tendit les bras vers lui et se blottit contre son torse comme si elle cherchait du réconfort. Sans réfléchir, Logan l'étreignit. Il sentit de l'humidité sur ses pectoraux. Honor pleurait ? Bon sang, quel genre de rêve avait-elle fait ?

Il caressa ses cheveux, ses épaules, son dos, pour essayer de lui faire oublier ce qui l'avait mise dans cet état. Elle s'accrocha à lui et, malgré cette fichue serviette enroulée qui les séparait, il ne put empêcher son corps de réagir. Il avait beau inspecter la situation sous tous les angles, il désirait Honor, mais il savait que c'était inconvenant en l'occurrence. Non, c'était inconvenant en toutes circonstances. Elle était la fiancée de son frère. Peu importait que Keaton et elle n'aient pas couché ensemble depuis des mois. Ça ne le regardait pas. La vie de Honor ne le regardait pas.

Et pourtant Honor était là, dans ses bras.

Puis, soudain, elle l'embrassa.

9

Honor huma le parfum de Logan, en essayant de se convaincre que c'était uniquement pour apaiser ses sens en émoi. Mais son esprit n'était pas dupe. Pas alors qu'elle pulsait de désir pour lui, et que ses seins engorgés se pressaient contre son torse ferme chaque fois qu'il inspirait.

Le cauchemar qu'elle venait de faire était récurrent. Ses racines étaient ancrées dans ses souvenirs d'enfance, et dans ce sentiment d'abandon qui l'avait toujours accompagnée bien que sa mère n'ait jamais été physiquement absente. Du moins, pas plus de trois jours d'affilée. Honor n'avait aucune envie de repenser à tout cela. Il était plus que temps de laisser le passé derrière elle. Mais, chaque fois qu'elle était angoissée, le sentiment de solitude et la peur resurgissaient, la poussant à se trouver une distraction.

Elle mit tout ce qu'elle pouvait dans ce baiser. Tout ce qu'elle avait toujours rêvé d'être. Tout ce qu'elle avait perdu. Et elle avait perdu beaucoup... Elle savait à présent qu'elle avait atteint un point de non-retour. Ce qu'elle s'apprêtait à faire avec Logan fermerait définitivement la porte à un avenir avec Keaton.

Rompre ses fiançailles était un choix qu'elle faisait en toute conscience, et qu'elle aurait dû faire dès qu'elle avait découvert l'identité de Logan. Ce qui se passerait après cette nouvelle nuit de passion, elle y songerait plus tard.

Elle retira la serviette qui faisait obstacle entre eux et posa une main sur la hanche de Logan, effleurant la taille de son caleçon puis descendant vers sa cuisse. Elle avait envie de lui. Ici, maintenant. Et, surtout, elle voulait échapper à ses pensées, se perdre en lui et se laisser submerger par le plaisir qu'ils créeraient ensemble.

Elle laissa sa main dériver sur ses pectoraux et sentit ses tétons se durcir sous ses doigts. Elle caressa ses abdominaux fermes puis revint vers son caleçon. Logan saisit sa main, tenant fermement son poignet pour l'empêcher d'atteindre son but.

— Tu es sûre de cela ? demanda-t-il d'une voix rauque.

— Oui, dit-elle, ponctuant sa réponse d'un baiser.

Il la relâcha, et elle continua son exploration. Il était déjà si raide de désir qu'elle laissa échapper un gémissement d'excitation lorsqu'elle entoura son sexe de sa main. À présent, il n'y avait pas de retour en arrière possible. Elle avait besoin de faire l'amour avec Logan autant qu'elle avait besoin de respirer. C'était instinctif. Vital.

Il mêla ses lèvres et sa langue aux siennes dans un duel acharné. La douleur exquise au creux de son ventre fit place à des pulsations insistantes, exigeant qu'elle accueille Logan en elle sur-le-champ, mais Honor voulait que ces instants durent aussi longtemps que possible. La première fois, Logan avait pris le contrôle des événements. Ce soir, c'était son tour, et elle tenait à en profiter au maximum.

Elle se mit à califourchon sur lui puis retira sa nuisette et la lança sur le sol. Elle voulait sentir la chaleur de son corps. Contre elle, en elle, autour d'elle.

Elle brûlait de goûter sa saveur, de sentir sa peau sous ses mains. Tirant son caleçon vers le bas, elle libéra son sexe dressé et se mit en position. Il saisit ses hanches pour la maintenir immobile.

— Protection, gronda-t-il.

— Je prends un contraceptif.

Il gémit de plaisir quand elle commença à descendre sur lui et la laissa aller à son propre rythme. Elle unit leurs deux corps, lentement, sûrement. Jamais elle n'avait été aussi déterminée de toute sa vie.

C'était ce qu'elle voulait. Non, ce qu'il lui fallait. Se noyer dans ces sensations délicieuses pour oublier ses tourments. À cet instant, elle n'était plus la jeune femme peu sûre d'elle qui recherchait désespérément la stabilité et la sécurité. Prendre le pouvoir et s'en servir, voilà ce dont elle avait besoin plus que tout. Et tandis que son corps s'ajustait à celui de Logan, les vagues de plaisir commencèrent déjà à se former. Elle se mit à onduler, doucement d'abord, puis de plus en plus vite. Logan accompagnait chacun de ses mouvements frénétiques.

Il taquina ses tétons rigides et massa ses seins doux et ronds.

— Laisse-toi aller, ordonna-t-il. Emmène-nous au septième ciel.

Ses paroles eurent raison d'elle. Elle laissa échapper un cri tandis qu'elle laissait libre cours aux sensations qui vrillaient en elle. Impossible de les retenir plus longtemps alors qu'un orgasme la traversait de part en part. Vaguement, elle sentit Logan atteindre la jouissance en même temps qu'elle. Au moment où il se figea, enfoncé entre ses replis intimes, elle s'effondra sur lui. Tous deux étaient trempés de sueur et essoufflés.

Elle resta là, étendue, épuisée, peinant à croire à ce qu'elle venait de faire. Logan lui caressait le dos de bas en haut mais, bientôt, elle sentit son bras s'alourdir tandis qu'il s'endormait. Elle s'extirpa de son étreinte, se leva et se dirigea vers la salle de bains, prenant sa nuisette au passage.

Sous la lumière crue de la pièce, elle regarda son reflet. La culpabilité qui la tenaillait se lisait sur ses traits. Elle observa la bague qu'elle portait encore à son doigt. Après un instant, elle la retira et la rangea dans sa trousse de toilette. Elle ne pourrait plus jamais la porter… Elle la rendrait à Keaton dès qu'elle le reverrait et elle lui annoncerait que leur histoire était bel et bien terminée. Elle le savait depuis qu'il avait décidé de faire une pause dans leur relation, mais ce n'était que lorsqu'elle s'était réveillée en sursaut tout à l'heure et qu'elle s'était blottie contre Logan qu'elle avait enfin accepté la vérité.

Elle observa de nouveau son reflet et y vit beaucoup de choses déplaisantes. Elle avait les mêmes yeux que sa mère, la même forme de visage. La même couleur de cheveux. Et les mêmes mœurs… Cette pensée provoqua une douleur aiguë dans sa poitrine. Elle ne valait pas mieux que sa mère, au bout du compte. Comme elle, elle était prête à tout envoyer valser pour une brève liaison avec un autre homme, et au diable les conséquences.

Elle prit une douche rapide et enfila sa nuisette, puis éteignit la lumière et retourna dans la chambre. Dès qu'elle se glissa entre les draps, Logan posa le bras autour de sa taille et l'attira vers lui. Il marmonna quelque chose qu'elle ne comprit pas, puis elle entendit de nouveau sa respiration profonde et régulière. Elle resta là, allongée à côté de lui, ne retirant qu'un léger réconfort de sa présence tandis qu'elle visualisait son monde en train de se désintégrer.

Dès que la lumière grise de l'aube filtra par les fenêtres, Honor bondit hors du lit et, prenant ses vêtements, fila dans la salle de bains pour se préparer. Elle avait sans doute dormi un peu, se dit-elle en se regardant dans le miroir. Mais pas assez, à en juger par les cernes sombres sous ses yeux. Lorsqu'elle retourna dans la chambre, douchée et habillée, Logan était bien réveillé.

Croisant les bras derrière la tête, il l'observa.

— Tu as l'air bien coupable, nota-t-il.

— La salle de bains est à toi, lui dit-elle esquivant sa remarque.

Elle rangea sa trousse de toilette et sa nuisette dans sa valise.

— Tu comptes faire comme si nous n'avions pas couché ensemble ? demanda-t-il.

— Pourquoi pas ? Ça a marché la dernière fois, répondit-elle avec une insouciance feinte.

Elle vit une lueur de colère passer dans ses yeux.

— Donc, c'est tout ce que je suis pour toi ? Un amant temporaire bien pratique ? Nous allons retourner à Seattle aujourd'hui, faire comme s'il ne s'était rien passé, et tu vas continuer ta relation avec mon frère comme la dernière fois ?

Elle soupira.

— Keaton et moi faisons une pause dans notre relation, d'un commun accord. Et...

— Qu'est-ce que ça veut dire ? Que tous les deux, vous êtes libres de coucher à droite et à gauche ?

Elle tressaillit, décontenancée par sa brusquerie. Mais Logan avait parfaitement le droit d'être fâché. Elle gérait très mal la situation.

— Non, pas du tout. Il y a deux jours, nous avons décidé de faire une pause, mais quand il reviendra de voyage, je vais rompre nos fiançailles. J'aurais dû rompre juste après ma première nuit avec toi. Ma relation avec Keaton n'est pas à la hauteur de ce qu'il mérite. Je ne suis pas à la hauteur de ce qu'il mérite.

— Ni moi, apparemment. J'ai bien du mal à me faire accepter par ma famille. Et ce qui vient de se passer va anéantir tous mes efforts.

— Pourquoi ? Personne n'a besoin de le savoir.

— Tu plaisantes ? Nous avons couché ensemble à deux reprises, deux nuits époustouflantes, et tu voudrais faire comme si ça n'était jamais arrivé ?

Il écarta les draps et se leva brusquement. Il fit quelques pas vers elle puis poussa un soupir de dégoût et prit la direction de la salle de bains.

— Logan, attends !

Il s'arrêta mais garda le dos tourné.

Honor prit une profonde inspiration.

— Toi et moi, nous ne pouvons pas avoir de relation sérieuse, dit-elle. Je ne peux pas faire cela à Keaton.

— Mais coucher avec moi, ça ne te pose pas de problème ?

— Si, au contraire.

À son grand désarroi, elle sentit des larmes lui monter aux yeux.

— Je t'en prie, ne dis rien à propos de nous, supplia-t-elle.

— Oh ! rassure-toi ! J'ai saisi le message. Tu n'as rien à craindre de moi.

Il gagna la salle de bains et claqua la porte. Honor profita de ce répit pour finir de préparer ses bagages et, après avoir écrit un court message à Logan pour le prévenir qu'elle l'attendrait dans le hall, elle s'enfuit littéralement de la chambre.

Pendant toute la descente de l'ascenseur, elle se réprimanda. Pourquoi n'avait-elle jamais ressenti pour Keaton ce qu'elle ressentait pour Logan ? Il y avait encore quelques semaines, sa vie était toute tracée. Son avenir, assuré. Tout ce qu'elle avait toujours voulu était là, à portée de main. Et elle avait tout gâché. Elle s'était investie dans sa relation avec Keaton durant deux ans. Deux ans à préparer ensemble leur avenir. Deux années irrévocablement perdues… Elle passa le pouce sur son annulaire gauche et éprouva une pointe de tristesse quand elle se souvint que sa bague n'y était plus, et pour quelle raison.

Elle avait beau retourner le problème sous tous les angles, elle en arrivait toujours à la même conclusion. Elle était comme sa mère. Et cette vérité douloureuse était très difficile à accepter.

Honor avait compté les jours jusqu'au retour de Keaton. Ils s'étaient parlé au téléphone plusieurs fois, mais rompre n'était pas le genre de choses que l'on faisait à distance. Keaton était son fiancé. Il méritait qu'elle soit honnête et qu'elle lui annonce la nouvelle en face-à-face.

Elle avait mentionné son voyage d'affaires avec Logan, surtout parce qu'elle avait craint que l'assistante de Douglas ne vende la mèche. Stella était très efficace mais aussi très bavarde.

Keaton avait été choqué d'apprendre que Logan et Honor avaient partagé la même chambre du fait d'un malentendu, mais Honor avait souligné que Stella avait commis cette erreur en toute bonne foi, et que Logan s'était comporté en parfait gentleman. Ce qu'elle n'avait pas dit, c'était qu'elle-même n'avait pas été une lady. Mais il faudrait bien qu'elle passe aux aveux. Rien que d'y penser, elle en avait des sueurs froides.

Keaton était de retour au bureau aujourd'hui. Honor avait espéré le voir en privé avant la réunion familiale que Douglas souhaitait tenir ce matin, mais son espoir avait été déçu. Leur conversation devrait attendre, songea-t-elle en se dirigeant vers le bureau du P-DG.

Douglas et Nancy n'étaient pas encore là, mais Logan, si. Elle ressentit un frisson de désir familier quand elle le vit campé devant la baie vitrée qui offrait un beau panorama sur la mer. Une fois de plus, elle se demanda pourquoi elle n'avait jamais éprouvé le même genre de désir pour Keaton. Logan et lui se ressemblaient trait pour trait, pourtant. La seule différence, c'était la petite cicatrice que Logan avait au-dessus de son sourcil droit. Et si elle avait remarqué ce détail, c'était parce qu'elle avait couché avec lui, songea-t-elle avec une pointe de culpabilité.

Honor adressa un signe de tête à Logan qui lui répondit de la même manière. Elle l'avait peu vu ces derniers jours. Il avait assisté à de nombreuses réunions avec Douglas et les architectes, et il avait passé du temps dans la bibliothèque de Richmond Developments afin d'étudier la réglementation en vigueur concernant le projet de Portland. Soit Logan se montrait très efficace, soit il cherchait à l'éviter. Elle penchait pour la seconde hypothèse.

Keaton et Kristin entrèrent en même temps. En voyant le frère et la sœur rire ensemble, Honor eut le cœur serré. À quand remontait la dernière fois où elle avait fait rire Keaton ? Elle n'arrivait même pas à s'en souvenir.

Elle s'avança pour l'accueillir.

— Bienvenue chez toi, dit-elle, le prenant dans ses bras et lui donnant un baiser.

Keaton tourna la tête, et le baiser atterrit sur sa joue. Bien qu'elle sache qu'il n'aimait pas les démonstrations d'affection en public, surtout au bureau, elle se sentit blessée. Jusqu'à ce qu'elle se rende compte qu'elle avait embrassé Keaton uniquement pour irriter son jumeau. Ce qui soulevait une question : pourquoi cherchait-elle à contrarier Logan ? Il avait été clair : il refusait de ramasser les restes de son frère une seconde fois. Les liens du sang étaient plus forts que l'attirance qui faisait rage entre eux, et c'était mieux ainsi, non ?

Douglas et Nancy arrivèrent à leur tour.

— Bien, bien, commença Douglas. Je suis content que vous soyez tous là, dit-il en se frottant joyeusement les mains. Dommage qu'il soit trop tôt pour boire du champagne, car j'ai une excellente nouvelle à vous annoncer.

— Je vous en prie, asseyez-vous, dit Nancy.

Lorsque chacun eut pris place, Douglas s'adressa à son épouse.

— Toi d'abord, dit-il avec un sourire béat.

Nancy porta son regard sur Logan.

— Logan, nous sommes très heureux et très fiers de t'accueillir officiellement dans notre famille. Nous avons reçu les résultats du test ADN, et tu es, sans le moindre doute, notre fils, et le jumeau de Keaton ! Les mots ne peuvent décrire à quel point nous sommes ravis que tu sois revenu au bercail !

Elle se dirigea vers Logan qui se leva et la serra dans ses bras.

— Mon fils disparu est de retour, murmura Nancy d'une voix émue. Tu es enfin là où tu aurais toujours dû être.

Honor observa Keaton et Kristin. Ils ne semblaient guère ravis par la nouvelle. Keaton, en particulier, arborait un air sombre.

Quand Nancy finit par relâcher son fils, Keaton s'adressa à son père.

— Alors, qu'est-ce que cela signifie pour l'avenir, papa ?

Honor remarqua que Keaton serait les poings sur ses cuisses. Était-il ébranlé ? Furieux ? Keaton avait tendance à s'emporter de temps en temps. Une conséquence de sa quête perpétuelle de perfection, sans doute. Keaton s'efforçait toujours de gagner la faveur de son père. Ne voyait-il donc pas qu'il était déjà le fils parfait, sans avoir à faire d'efforts ? Il était très doué dans son travail et ferait un excellent P-DG lorsque Douglas démissionnerait. Pourtant, il n'avait jamais eu le sentiment de combler les attentes de son père.

Douglas se leva.

— Je suis content que tu me poses cette question, mon fils. Maintenant que Logan est de retour dans la famille, et puisqu'il s'intègre si bien dans notre entreprise, j'ai procédé à des changements pour ma succession.

— Quel genre de changements ? s'exclama Kristin d'un ton peu amène.

— Allons, allons, du calme. Comme vous le savez, j'ai toujours pensé que je confierais les rênes de Richmond Developments à Keaton. Maintenant que Logan est parmi nous, et étant donné son expertise dans le domaine, mon souhait est qu'il me remplace lorsque j'aurai pris ma retraite.

Keaton se leva d'un bond.

— Quoi ? Tu plaisantes ! s'exclama-t-il, énervé.

Il jeta un bref regard à Logan.

— Sans vouloir te manquer de respect, Logan, tu viens seulement d'entrer en scène. Il est impossible que tu diriges Richmond Developments quand papa prendra sa retraite. Notre groupe est bien plus grand que ton entreprise en Nouvelle-Zélande, et tu n'as pas passé ta vie entière à être préparé pour ce poste comme je l'ai été. Papa, cette décision est non seulement très injuste envers moi, mais aussi très peu professionnelle. Le conseil d'administration va sûrement s'y opposer. Je te supplie de reconsidérer la question.

— C'est tout réfléchi. Tu sais que je compte prendre ma retraite dans deux ans. Cela laisse beaucoup de temps à Logan pour se mettre à niveau. Beaucoup de P-DG ont bien moins de temps pour se former à leur nouveau rôle. Je conçois que tu sois déçu, Keaton, mais c'est ainsi.

— Et toi, Logan ? demanda Kristin, livide. Que penses-tu de tout cela ?

— Je suis stupéfait, bien sûr. Je n'avais même pas décidé de rester aux États-Unis.

— « Avais » ? répéta Kristin.

— Oui, « avais ». Jusqu'à maintenant.

Elle émit un son moqueur.

— Alors, maintenant que nous avons la preuve que tu es l'un des nôtres, tu penses que tu peux simplement rejoindre la course dans les derniers mètres et arriver premier ?

Kristin reporta son attention sur son père.

— Papa, comment oses-tu ? Comme si cela ne suffisait pas que tu n'aies jamais pensé à moi pour le poste de P-DG ! Alors que mon sens des affaires est cent fois plus développé que celui de Keaton ! Maintenant tu veux piétiner ton fils ? Lui qui a été loyal envers toi pendant toutes ces années, c'est comme ça que tu le remercies ? Franchement, j'ai honte d'être ta fille !

Elle se leva et quitta la pièce en claquant la porte.

— Papa, dit Keaton, je te demande de revenir sur ton idée ridicule. J'espère que dans un jour ou deux, tu retrouveras la raison. Dans le cas contraire, je recommanderai au conseil de se séparer de toi.

Douglas rougit violemment.

— Pour quel motif ? tonna-t-il.

— Altération des capacités mentales, lâcha Keaton, laconique, avant de sortir à son tour.

10

Quand elle rentra chez elle ce soir-là, Honor était épuisée. Après l'annonce de Douglas, l'ambiance au bureau avait été exécrable toute la journée. La nouvelle n'avait pas tardé à se répandre, et beaucoup d'employés étaient choqués qu'un nouveau venu puisse devenir leur futur P-DG. Pour ne rien arranger, Honor ignorait où était passé Keaton. Même son assistante n'avait pas réussi à le trouver, et il ne répondait pas au téléphone. Honor commençait sérieusement à se faire du souci. Elle essayait pour la énième fois de le joindre quand on sonna à sa porte.

Elle courut ouvrir, sûre que c'était lui. Et elle fut sous le choc quand il franchit le seuil de son appartement, empestant l'alcool et la cigarette. Ses cheveux blond foncé d'habitude si bien coiffés étaient en bataille. Sa cravate était de travers, et des taches parsemaient sa veste de costume.

Il passa le bras autour de ses épaules.

— Tu m'aimes encore ? demanda-t-il d'une voix avinée.

— Bien sûr que je t'aime.

— Ça fait au moins une personne.

En réalité, Honor savait qu'elle venait de proférer un mensonge. Du moins, un mensonge partiel. Elle aimait Keaton comme elle aimerait un très bon ami. Mais elle ne l'aimait pas comme elle le devrait. Pas comme il méritait d'être aimé par une femme qu'il avait demandé en mariage.

Elle le conduisit jusqu'au canapé, où il s'allongea aussitôt.

Elle lui retira prestement ses chaussures et alla lui chercher un verre d'eau. Une fois dans la cuisine, elle resta devant le plan de travail pendant une longue minute, s'efforçant de réfléchir. Comment allait-elle avouer à Keaton qu'elle l'avait vu comme un passeport pour une vie respectable et pleine de succès ? Qu'elle avait été prête à se contenter d'un amour sans passion, l'obligeant par là même à en faire autant ? Une fois de plus, elle se dit qu'il aurait mieux valu que Logan Parker ne découvre jamais sa véritable identité. La vie était bien plus simple avant qu'il n'entre dans leur vie.

Non, Logan n'était pas responsable de la situation, se corrigea-t-elle. Cette histoire avec Keaton était une cause perdue depuis le début. S'ils s'étaient mariés, des fissures auraient fini par se former. Au moins, en se séparant maintenant, ils limitaient les dégâts. Elle remplit un verre d'eau et retourna dans le salon. Keaton était déjà endormi. Elle l'observa, n'éprouvant rien hormis de la compassion.

C'était sans doute la première fois que Keaton s'enivrait depuis l'université. Un homme aussi guindé que lui ne se laissait jamais aller. En songeant que c'était l'annonce de Douglas qui l'avait conduit à boire, elle fut envahie par une nouvelle bouffée de colère. Elle en voulait à Logan Parker d'exister. Et à Douglas d'être si indifférent aux aspirations de ses enfants.

Malgré tout, elle devrait trouver le courage d'annoncer à cet homme brisé qu'elle souhaitait rompre leurs fiançailles.

Elle n'avait pas réussi à se bâtir la vie dont elle avait toujours rêvé, et elle ne pourrait certainement pas rester chez Richmond Developments si Logan en devenait le P-DG. Elle devrait repartir de zéro, ailleurs. Une perspective qui lui serrait le cœur. Car cela voulait dire qu'elle ne reverrait plus Logan. Or, elle s'en rendait compte à présent, elle était en train de tomber amoureuse de lui.

Secouée par cette prise de conscience, elle s'assit sur une chaise avant que ses jambes ne se dérobent. Elle, amoureuse de Logan Parker ? C'était de la folie ! Cela ne pouvait mener qu'au désastre. Et peu importait qu'elle se sente irrésistiblement attirée chaque fois qu'elle le voyait… À dire vrai, cette attraction avait commencé dès leur rencontre. C'était une attirance purement animale. Un besoin primaire à assouvir. Et ils l'avaient assouvi. À deux reprises… Chaque fois, c'était elle qui avait pris l'initiative. Et, chaque fois, leurs ébats avaient été intenses et ahurissants.

Cela ne signifiait pas pour autant qu'elle aimait Logan. Elle ne pouvait pas l'aimer, elle le connaissait à peine !

Pourtant, plus elle sondait son cœur, plus la réponse devenait évidente. Ça n'avait pas de sens. En fait, c'était la pire situation possible. Mais elle devait se rendre à l'évidence, elle était amoureuse de Logan. Et elle ne pourrait jamais avoir d'avenir avec lui. Jamais.

Logan était furieux. Comment Douglas avait-il pu faire une telle annonce sans le consulter au préalable, en tête à tête ? Certes, Logan pouvait comprendre que les résultats du test ADN soient dévoilés à toute la famille. Mais pourquoi Douglas leur avait-il fait part de son plan farfelu ? Le désigner comme futur P-DG à la place de Keaton était insensé.

Logan arpenta sa chambre d'hôtel puis se laissa tomber sur le lit quand il comprit que faire les cent pas ne faisait qu'accroître son agitation. Il avait besoin de courir, de nager, de faire quelque chose - n'importe quoi - pour dépenser son surplus d'énergie et chasser ce sentiment d'impuissance qui l'avait tenaillé toute la journée.

Le sexe ferait l'affaire, suggéra une voix dans sa tête, mais Logan rejeta aussitôt cette idée. Il n'y avait qu'une personne avec qui il voulait coucher, et il ne répéterait pas la même erreur. Quand on voyait où cela l'avait mené… Honor Gould était si inaccessible qu'elle était virtuellement dans une autre galaxie.

Non, elle est juste de l'autre côté de la ville, souffla la voix.

Poussant un gémissement d'irritation, Logan enfila rapidement un short, un T-shirt et une paire de baskets puis se rendit dans la salle de sport de l'hôtel. Une heure ou deux sur le tapis de course devraient lui faire du bien, se dit-il en programmant la machine sur l'inclinaison la plus forte et en commençant à courir. Mais après quelques instants, il constata que cela ne l'aidait pas. Certes, l'exercice l'épuisait physiquement, mais il ne l'empêchait pas de songer à Honor. À la douceur de sa peau, à la saveur de ses lèvres, aux sons sensuels qu'elle émettait quand ils faisaient l'amour. L'amour ? Non, entre eux, il ne s'agissait que de sexe, purement et simplement.

Rien de pur là-dedans, intervint encore cette maudite voix. En toutes autres circonstances, Logan aurait caressé l'idée de construire une relation avec Honor. Mais en l'occurrence, il ne s'y risquerait pas. Coucher avec Honor avait été stupide la première fois, et doublement stupide la deuxième. Car cela mettait en péril ses chances d'être accepté au sein du clan Richmond. Tout comme la décision de Douglas de faire de lui son successeur.

Logan ralentit la machine, prit sa serviette et s'essuya le visage et le cou. Son T-shirt trempé de sueur collait à son corps. Peut-être que tout était sa faute, finalement, s'avisa-t-il. Il avait une belle vie en Nouvelle-Zélande. Il avait une famille qui l'aimait même s'il n'était pas de leur sang. Il avait une entreprise florissante, des amis, des centres d'intérêt. Son existence là-bas était bien remplie, en somme. Mais le vide dans son cœur, seule sa famille biologique pouvait le combler.

Et maintenant qu'il avait retrouvé cette famille de sang et que ses parents l'avaient accueilli chaleureusement, un vide béant le séparait de son frère et de sa sœur. Son jumeau, dont il devrait être le plus proche, ne voudrait sans doute plus lui parler. Quant à sa sœur, eh bien, il fallait se méfier de l'eau qui dormait. À l'évidence, elle avait toujours pensé être la meilleure candidate pour le poste P-DG de Richmond Developments. Et il était clair que son père n'avait jamais pensé à elle pour cette fonction. Parce que Kristin était une femme ? Ou parce qu'il avait vraiment cru que Keaton était plus qualifié ?

Quand Logan fut de retour dans sa chambre d'hôtel, il se déshabilla et se mit sous la douche. Réglant l'eau à une température d'un froid piquant, il se savonna, se rinça, puis augmenta légèrement la température. Il pouvait refuser la proposition de Douglas, se dit-il pendant que l'eau ruisselait sur son corps. Ou tendre une branche d'olivier à son frère et à sa sœur. Peut-être pourraient-ils trouver une solution pour diriger le groupe à trois. Keaton et Kristin seraient sûrement d'accord, non ?

La réponse était non.

Dans la salle de conférences, Logan observait Kristin et Keaton. Son frère avait la mauvaise mine d'un homme qui avait trop bu la veille. Logan le savait parce que lui aussi avait eu cette mine quelquefois. Quant à Kristin, elle avait un air fermé et tendu.

— Il faut que nous apprenions à travailler ensemble, insista Logan.

— Ou tu pourrais simplement retourner en Nouvelle-Zélande et y rester, répliqua Kristin d'un ton dédaigneux.

— Oh ! il compte bien rester ici, et je lui souhaite bonne chance. Il découvrira bientôt qu'on a beau travailler dur pendant des années et faire constamment de son mieux, papa n'est jamais satisfait. Au fait, grand frère, ne crois pas que quand il prendra sa retraite, il sera vraiment à la retraite. Il sera là, juste derrière ton épaule. À te critiquer et à intervenir en permanence, parce que c'est ce qu'il fait de mieux.

— Alors, Logan, tu regrettes d'avoir retrouvé ta famille ? persifla Kristin.

— Je vois que mon arrivée a bouleversé votre vie. Mais pour moi, ça n'a pas non plus été une partie de plaisir. J'ai autant le droit d'être ici que vous.

— Sauf que tu n'as pas gagné tes galons comme nous, objecta Kristin, acerbe.

— Et si je les avais gagnés ? Vous me détesteriez un peu moins ? répondit-il tout aussi âprement.

Kristin soutint son regard quelques secondes, puis elle rougit et détourna les yeux.

— Nous ne te détestons pas, Logan, reprit-elle. Comment le pourrait-on ? Nous te connaissons à peine.

— Et c'est peut-être là le problème, répliqua Logan. Nous pourrions essayer de mieux nous connaître, non ?

— J'imagine, approuva sa sœur. Qu'en penses-tu, Keaton ? Tu veux apprendre à connaître Logan avant qu'il ne devienne notre patron ?

Keaton fixa son frère.

— Ça ne changera rien. Je ne pense toujours pas qu'il a les qualités requises pour diriger cette entreprise. Alors que moi, si. On m'a élevé dans l'idée que je deviendrais P-DG un jour. Chacun de mes choix a été guidé par mon futur rôle de dirigeant. Je n'arrive pas à croire que papa t'ait choisi, au bout du compte.

— Moi non plus, enchérit Kristin, se levant de sa chaise. Et j'ai toujours pensé que j'étais la meilleure pour le poste, car, soyons honnêtes, j'ai toujours eu de meilleures notes que toi, Keaton. Et je suis plus sociable. Mais il vaut mieux un ennemi connu qu'un ennemi inconnu, pas vrai ?

— Je suis encore dans la pièce, leur rappela Logan. Pour être franc avec vous, je suis tout à fait capable de diriger cette entreprise tout seul, mais... - il leva la main pour les empêcher de protester - je préférerais parvenir à un accord avec vous. Nous pourrions travailler ensemble au lieu de nous tirer dans les pattes. Si vous ne pouvez pas accepter cette idée, alors je dirigerai seul cette entreprise. Ai-je été clair ?

— Tu entends ça ? lança Kristin à Keaton, le sourire aux lèvres. La condescendance typique des frères aînés.

— Oui, je crois qu'on ferait mieux de filer droit, hein ? répondit Keaton en plaisantant.

Logan fut soulagé. Jusqu'à ce qu'il soit envahi par cette culpabilité qui se réveillait chaque fois qu'il pensait à ce qu'il avait fait avec Honor. Certes, la première fois, il ignorait qu'elle était la fiancée de Keaton. Mais la seconde ? Non, il ne pouvait pas penser à cela maintenant. Néanmoins, cela l'étonnait qu'aucune rumeur ne coure sur la rupture entre Honor et Keaton. Honor avait prévu de rompre ses fiançailles dès leur retour de Portland. Mais avait-elle eu l'occasion de voir Keaton en tête à tête ? Ce n'était pas certain.

En tout cas, Logan espérait que lorsque Honor romprait avec son fiancé, elle ne lui dirait pas exactement pourquoi. Car, dans le cas contraire, Logan doutait de pouvoir construire une relation fraternelle avec son jumeau. S'il était à la place de Keaton, il ne pardonnerait jamais une telle trahison. Et cette pensée lui donnait le sentiment d'être la dernière des ordures.

— Alors, qu'en dites-vous ? Si nous dînions ensemble ce soir ? Rien que nous trois. Quelque part où nous pourrons vraiment faire connaissance.

— C'est toi qui paies ? lança Kristin, le sourcil arqué.

— Évidemment, répondit Logan en souriant. Il faut ce qu'il faut.

— Dans ce cas, je peux me libérer.

— Moi aussi, enchérit Keaton. Mais il vaudrait mieux que ce repas ne me reste pas sur l'estomac.

— Quelques bières t'aideront à digérer, répliqua Logan.

Il lui donna une tape dans le dos et récolta un regard noir.

— Je ne boirai pas d'alcool, affirma Keaton. Plus jamais.

— Je sais ce que c'est, dit Logan en riant.

Kristin roula des yeux tandis que les deux frères discutaient de remèdes contre la gueule de bois.

— Les garçons, pendant que vous échangez de vieux souvenirs, j'ai du travail qui m'attend. À quelle heure nous retrouvons-nous ce soir, Logan ?

— Disons 19 heures ? J'ai repéré un restaurant près de Lake

Union l'autre jour. Je m'occupe de la réservation et je vous retrouve là-bas.

Lorsque chacun fut retourné à son bureau, Logan avait retrouvé un peu d'espoir. L'espoir de bâtir une sorte d'amitié avec son frère et sa sœur.

Mais il restait encore un problème à régler. Honor. Partager un bureau avec elle n'était plus possible. Oui, ils devaient se côtoyer régulièrement, mais ils n'avaient pas besoin de partager le même espace chaque jour, non ? Logan vérifierait dès aujourd'hui si la rénovation de son futur bureau, à l'étage des architectes, était terminée.

Hélas, une semaine plus tard, Logan partageait toujours l'espace de travail de Honor. Point positif, il prenait plaisir à travailler avec elle. Elle était très professionnelle et avait des opinions très intéressantes sur le projet de Portland.

— Oui, je vois où tu veux en venir, lui dit-elle en ce vendredi matin, une semaine avant Noël. Et, bien que je salue tes efforts, je pense que nous devrions choisir un aspect plus industriel pour la décoration des boutiques et des restaurants. Non seulement ce serait plus économique, mais cela améliorerait l'esthétique du futur centre commercial.

Il hocha la tête et observa de plus près les dessins qu'elle avait étalés sur la table devant eux. Ils étaient si près l'un de l'autre que le parfum délicieux de Honor taquinait ses sens. Il rêvait d'enfouir le visage contre son cou pour respirer à fond. Mais il devait résister. Plus facile à dire qu'à faire, constata-t-il quand elle se rapprocha légèrement, lui donnant un aperçu bien trop tentant de son soutien-gorge de dentelle, juste sous le col de son chemisier. De la dentelle rouge. La couleur de la passion.

Logan s'efforça de se concentrer sur les dessins. Sans y parvenir. Honor était si près qu'il percevait la chaleur de son corps.

— Logan ?

Il sursauta.

— Pardon, tu disais ? demanda-t-il.

Elle soupira, et le tissu de son chemisier s'étira, lui offrant un autre aperçu de dentelle rouge rubis.

— Ce serait plus facile si je t'emmenais sur un site qui illustre bien ce que je veux t'expliquer. C'est à une demi-heure d'ici.

Il étouffa un grondement. Une demi-heure seul dans une voiture avec elle, et une autre pour le retour ? Ce serait un véritable supplice.

— Ça me va, s'entendit-il répondre.

— Tu es libre maintenant ?

— Oui.

— Tu sais, au début, quand tu exposais tes idées, je te prenais pour un fou. Je ne voyais pas l'intérêt de préserver de vieux bâtiments délabrés. J'avais toujours adhéré à la politique de Douglas, à savoir repartir de zéro. Mais le projet de créer dans ces vieilles constructions industrielles des logements pour des familles mais aussi des espaces dédiés aux petits commerces, cela me plaît beaucoup. Tu crées de nouvelles communautés, où les gens peuvent tisser des liens, ce qui est rare, de nos jours.

Elle semblait vraiment enthousiaste, et il était fier de l'avoir ralliée à sa cause. Mais il avait perçu une pointe de mélancolie dans sa voix. Comme si elle avait une douleur cachée au fond d'elle. C'était rare qu'elle montre une fissure dans son armure, et cela piquait sa curiosité.

— Tu es proche de la tienne ? demanda-t-il.

— La mienne ?

— Ta famille.

Elle se raidit.

— Non, pas du tout. Mon père nous a abandonnés quand j'avais six ou sept ans. Et ma mère est dans une maison de retraite médicalisée. Démence liée à son alcoolisme.

Elle avait dit cela d'un ton neutre, mais Logan devinait toute la souffrance derrière ces mots.

— Je suis navré.

— C'est comme ça. Si nous y allions ?

Elle venait de clore le sujet. Mais Logan devinait qu'elle n'avait pas eu une enfance facile. Ce qui expliquait peut-être pourquoi il n'avait pas encore entendu parler de la rupture entre Keaton et elle. Avait-elle changé d'avis ? Son passé expliquait-il pourquoi elle s'accrochait à la sécurité qu'un avenir avec Keaton lui offrirait ? Après tout, ce n'était pas comme si lui-même pouvait lui en offrir autant.

Non ?

11

Honor tombait de fatigue lorsqu'elle arriva chez elle. En général, le vendredi soir, elle se sentait épuisée par sa dure semaine de travail. Mais ces derniers jours avaient été particulièrement éprouvants. Passer du temps avec Logan était difficile sur bien des plans et, à la fin de la journée, elle était souvent tendue comme un arc. Logan était trop… tout. Il était si doué dans son travail que c'en était agaçant. Et il était toujours ouvert aux idées des autres, comme la visite d'aujourd'hui l'avait prouvé. Le site dans lequel elle l'avait emmené l'avait impressionné, et lorsqu'ils étaient revenus au bureau, il avait été ravi d'ajouter ses suggestions pour le projet de Portland. Son enthousiasme était contagieux, et elle se surprenait à apprécier sa compagnie alors qu'elle n'aurait pas cru cela possible, après tout ce qui s'était passé entre eux.

Quant à leur attraction réciproque, elle était aussi forte que jamais. Logan était comme un aimant, et elle comme de la limaille inexorablement attirée chaque fois qu'elle le croisait. Elle espérait qu'avec le temps elle serait immunisée. Les contacts fréquents finiraient par la désensibiliser, non ?

Et elle avait un autre problème. Elle n'avait toujours pas trouvé le bon moment pour s'entretenir avec Keaton. Pas seulement parce qu'elle rechignait à lui annoncer leur rupture, mais aussi parce que trouver un moment avec Keaton s'était révélé plus difficile que prévu. Il avait fait un tournoi de golf le week-end précédent puis, toute la semaine, il avait mené des négociations avec des fournisseurs étrangers, prolongées tous les soirs par des dîners d'affaires.

Honor retira ses chaussures et s'affala sur le canapé. La semaine dernière, lorsque Douglas avait annoncé qu'il choisissait Logan comme successeur, Keaton avait paru très fragilisé. C'était comme si on lui avait retiré sa raison d'être. Honor aurait été cruelle de rompre leurs fiançailles dans la foulée. Mais maintenant que Keaton semblait composer avec l'idée que son frère ait une place permanente dans leur famille, le moment d'aborder le sujet était venu. Tout à l'heure, elle avait demandé à Keaton de passer chez elle ce soir. Il ne devrait plus tarder.

Il fallait qu'elle le libère de leur engagement, se dit-elle, se levant et allant se servir un verre de vin.

Elle s'apprêtait à boire une première gorgée quand on sonna à sa porte. Keaton. Envahie par un sentiment d'appréhension, elle posa son verre et, après avoir plaqué un sourire sur son visage, alla l'accueillir.

— Keaton, je pensais justement à toi.

— À moi ? Tu es sûre que tu ne m'as pas confondu avec mon frère ? Vous deux, vous n'arrêtez pas de vous regarder. Je croyais que c'était uniquement de son côté, mais du tien ce n'est pas mieux.

Ses mots lui firent l'effet d'une gifle. Il y avait dans sa voix une pointe de cruauté qu'elle n'avait jamais entendue auparavant.

— Tu devrais entrer, lui dit-elle, esquivant sa remarque et s'effaçant pour le laisser passer.

— Tu ne nies pas, à ce que je vois.

— Je t'en prie, viens t'asseoir.

Il prit place sur le canapé, et elle s'installa face à lui. Bien qu'elle le connaisse depuis des années, elle avait l'impression d'avoir devant elle un parfait étranger. Son expression était implacable, et son regard, glacial.

— J'ai raison ? demanda-t-il froidement. Il y a quelque chose entre mon frère et toi ?

Tout à coup, elle eut la bouche sèche. Keaton avait deviné

la vérité. Elle aurait aimé lui épargner cela. Elle aurait préféré mettre un terme à leurs fiançailles d'une manière aussi civilisée que possible, sans lui révéler à quel point elle avait été stupide.

— Je suis désolée, Keaton, j'ai…

— Je prends cela pour un oui, lâcha-t-il.

Il ferma les yeux un instant et prit une grande inspiration, comme s'il s'efforçait de se calmer. Ses joues étaient rouges, signe qu'il était en colère.

— Je peux tout expliquer…, commença-t-elle.

— Ne m'insulte pas avec tes explications ! Elles arrivent bien trop tard. Je n'en reviens pas qu'il m'ait fallu autant de temps pour comprendre ce que tu es vraiment !

— Ce que je suis ?

— Je savais que tu étais ambitieuse. Et ça me plaisait, idiot que j'étais. Mais je n'aurais jamais cru que tu serais prête à nous manipuler mon frère et moi. Maintenant que Logan a été choisi pour succéder à notre père, j'imagine que c'est à lui que tu vas prêter allégeance désormais. Tu as beaucoup plus à y gagner.

— C'est faux. Entièrement faux ! se défendit-elle. Keaton, je t'assure, la première fois…

— Parce qu'il y a eu plus d'une fois ? s'exclama-t-il, l'air choqué.

Keaton méritait de connaître toute la vérité, décida-t-elle.

— Je t'en prie Keaton, laisse-moi t'expliquer. Il faut que tu saches tout.

— J'en doute.

— J'insiste. Le soir de la remise de prix, j'étais au bar de l'hôtel et j'allais monter dans ma chambre quand j'ai vu un homme s'asseoir à une table. Un homme que j'ai pris pour toi.

— Je t'avais pourtant prévenue que je ne pourrais pas être présent. Pourquoi as-tu cru que c'était moi ?

— Parce que Logan te ressemble comme deux gouttes d'eau ! Honnêtement, je croyais vraiment que tu étais venu me faire une surprise, que tu jouais une sorte de jeu de rôle.

— Un jeu de rôle, répéta-t-il, la voix dénuée d'émotion.

— Nous avions parlé de pimenter notre relation, tu te

souviens ? Je me suis dit que, peut-être, tu m'avais prise au mot. Quoi qu'il en soit, j'ai cru que Logan était toi. Je l'ai abordé. Je l'ai embrassé. Puis je lui ai donné une clé de ma chambre et je lui ai demandé de me rejoindre.

— Et il t'a rejointe, conclut-il froidement.

Raconter cette histoire la faisait paraître encore plus sordide.

— Donc tu as couché avec lui le soir de votre rencontre ? Et à Portland ? La chambre partagée ? Vous aviez manigancé cela tous les deux ?

— Non ! Stella a effectué la réservation en pensant que je voyageais avec toi, et comme l'hôtel n'avait plus aucune chambre de libre, nous n'avions pas d'autre choix que de partager la mienne.

— Quand bien même, tu n'étais pas obligée de coucher avec lui.

Elle baissa la tête, honteuse.

— Je sais. Ça a été plus fort que moi.

Keaton poussa un soupir où se mêlaient la peine et le dégoût puis se leva d'un bond.

— Eh bien, je te souhaite bonne chance. Bien entendu, je ne souhaite plus continuer notre relation.

— Je vais aller chercher ta bague.

— Tu ne la portais plus ?

— Je ne pouvais pas. Pas après Portland. Ce... Ce n'était pas correct.

— Non, en effet. Rien de tout cela n'est correct.

— Tu vas le dire à tes parents et à Kristin ?

— Tu parles de tes infidélités avec mon frère ? Je ne pense pas. Ça ne ferait de bien à personne.

— Merci, murmura-t-elle.

Elle alla chercher le solitaire en diamant qu'elle avait été si fière de porter. Quand elle revint et tendit le bijou à Keaton, elle eut l'impression qu'elle lui rendait tout ce qu'elle avait tant voulu obtenir. La stabilité. La sécurité. Une place dans sa famille. À cause de sa propre inconséquence, elle avait tout perdu.

Keaton saisit la bague, la rangea dans sa poche puis quitta

l'appartement sans un mot. Dès qu'il eut refermé la porte derrière lui, Honor s'effondra sur le sol et fondit en larmes. Des sanglots déchirants secouèrent tout son corps. Quand ils finirent par s'arrêter, elle se sentait brisée et vide comme jamais elle ne l'avait été. Tant bien que mal, elle se releva et prit son verre de vin sur la table basse. Elle le porta à ses lèvres d'une main tremblante mais s'arrêta à mi-chemin.

Combien de fois avait-elle vu sa mère se noyer dans l'alcool quand les choses tournaient mal ? Honor refusait d'être comme elle. Elle gagna la cuisine et vida le verre dans l'évier puis alla dans sa chambre, où elle s'allongea dans le noir, tout habillée.

Elle attendit que le sommeil vienne, en vain. Elle ne cessait de penser à sa relation avec Keaton. Toutes ces fois où la famille de Keaton l'avait accueillie comme si elle était l'une des leurs, comme si elle avait de la valeur et de l'importance… Tout cela était révolu. Elle était une menteuse, et de la pire espèce. Comme son père, et comme sa mère.

Elle se pelotonna sur le lit et laissa des larmes silencieuses couler sur ses joues. Et son cœur se brisa en mille morceaux tandis qu'elle pleurait sur tout ce qu'elle avait détruit. Elle se sentait triste pour la petite fille qui avait eu tant de rêves et d'espoirs d'une vie meilleure, qui avait souhaité être aimée et acceptée pour ce qu'elle était. Cette enfant qui avait voulu améliorer la vie des gens, et faire oublier d'où elle venait.

Hélas, l'adulte qu'elle était devenue avait tout gâché.

Le lundi matin, Honor n'était toujours pas certaine de pouvoir affronter le regard des gens. Quand la vérité éclaterait, elle serait un paria. Personne ne serait dans son camp, et surtout pas Logan. Il lui avait bien fait comprendre qu'une relation sentimentale avec lui était exclue. Et c'était mieux ainsi, d'ailleurs. La situation familiale de Logan était fragile, nouvelle et précieuse. Si Honor avait été à sa place, elle aurait agi comme lui.

La famille était tout. Quand on en avait une.

Une vague de douleur l'envahit, et elle serra les bords du plan de toilette si fort que ses mains lui firent mal. Elle ne pouvait pas aller travailler aujourd'hui. Elle allait téléphoner pour prévenir qu'elle était malade. Mais combien de temps pourrait-elle continuer à se cacher ? demanda-t-elle en silence à son reflet. Il fallait qu'elle aille au bureau et qu'elle affronte les conséquences de ses actes, décida-t-elle.

Combien de temps lui restait-il avant de devoir quitter Richmond Developments ? Tôt ou tard, on lui demanderait de partir, c'était une certitude. Malgré leurs luttes intestines, les Richmond formaient un clan soudé, et ils finiraient par découvrir qu'elle avait commis un acte impardonnable. Alors, autant prendre ses responsabilités et démissionner. Peut-être pourrait-elle obtenir une lettre de recommandation. Elle était compétente et elle avait contribué à faire prospérer l'entreprise. Elle n'aurait sans doute aucune difficulté à trouver un poste ailleurs, avec son portfolio impressionnant.

Cela dit, ses charges financières étaient élevées, et elle ne pouvait se permettre une baisse de revenus pour l'instant. Non seulement elle remboursait encore ses prêts étudiants, mais la maison de retraite médicalisée où vivait sa mère absorbait l'essentiel de ses ressources. Avoir un emploi était donc vital si elle voulait continuer à payer les soins de sa mère. Certes, Honor pourrait emménager dans un appartement moins onéreux, vendre sa voiture et prendre les transports en commun. Mais cela ne résoudrait ses problèmes que temporairement.

Elle allait devoir faire un point sur sa vie, sa nouvelle vie, et adopter des mesures d'urgence : resserrer son budget, rédiger un nouveau CV et s'inscrire dans des cabinets de recrutement. Ensuite, elle n'aurait plus qu'à patienter.

Les deux jours suivants, Honor eut l'impression de marcher perpétuellement sur des œufs. C'était bientôt Noël, et l'ambiance au bureau aurait dû être festive et joyeuse. C'était peut-être le cas pour les employés, mais entre les frères Richmond, et entre Logan et elle, la tension était palpable.

Keaton ne parlait quasiment à personne, et Kristin était si tendue qu'on aurait dit une bombe sur le point d'exploser. Quant à Logan, il trouvait des moyens très créatifs pour ne pas côtoyer Honor. Mais il ne pouvait pas l'éviter en permanence. Ils venaient de sortir de la salle de conférences après avoir assisté à une réunion des chefs de service. Quand Logan voulut parler à Keaton, celui-ci continua son chemin sans lui accorder un regard. C'était pire que ce qu'elle craignait...

Logan se tourna vers elle.

— Qu'est-ce qui lui arrive ? demanda-t-il.

— Il ne t'a rien dit ? demanda-t-elle tandis qu'ils marchaient côte à côte dans le couloir.

— Comme tu vois, il refuse de me parler. Je ne sais pas quelle mouche l'a piqué, mais je croyais que nous faisions des progrès, que nous apprenions à nous connaître. Et, aujourd'hui, il ne m'a même pas dit bonjour. Il est toujours aussi lunatique ?

— Non. C'est ma faute. Du moins, notre faute.

— Notre faute ? Tu lui as dit pour nous ?

— Oui.

Une fois de plus, elle eut le ventre noué en songeant à l'humiliation qu'elle avait fait subir à Keaton.

— Il ne l'a pas bien pris, n'est-ce pas ? demanda Logan avant de marmonner un juron. Je suis vraiment désolé que tu aies affronté Keaton toute seule. Nous aurions dû lui parler ensemble.

Elle l'observa, étonnée par sa réaction.

— Non, c'était ma responsabilité.

— Honor, nous sommes deux dans cette histoire. J'aurais dû être à tes côtés. Je suis navré.

En songeant qu'elle avait provoqué sa propre chute, elle sentit l'air lui manquer et chancela un peu. Logan saisit aussitôt son bras pour l'aider à garder l'équilibre, et la chaleur de sa main filtra à travers l'étoffe de son chemisier. Bien qu'elle rêve de savourer ce contact physique et d'accepter le réconfort qu'il lui offrait, elle dégagea son bras.

— Vous ne pouvez pas vous empêcher de vous toucher, à ce que je vois, ironisa Kristin tandis qu'elle passait devant eux.

Elle décocha un regard réprobateur à Logan puis continua son chemin. Honor ferma les yeux un instant. Manifestement, Keaton avait tout raconté à sa sœur. Alors, il y avait sans doute d'autres personnes au courant… Cette situation était en train de virer au désastre. Ses infidélités avec Logan Parker avaient créé une faille dans la fratrie, plus grande et plus profonde que tout ce qu'elle aurait pu imaginer.

En restant dans cette entreprise, elle rendait les choses encore plus difficiles. Elle ne doutait pas que les Richmond pardonneraient à Logan avec le temps, mais en ce qui la concernait, personne ne lui trouverait d'excuses. Elle devait bien l'admettre, si la situation était inversée et que c'était sa famille qui était déchirée, elle réagirait exactement de la même manière.

Quoi qu'il en soit, il y avait une chose qu'elle pouvait faire pour arranger la situation. Démissionner dès maintenant. Cela permettrait à Logan de se rapprocher de Keaton et Kristin, sans que sa présence leur rappelle constamment le fossé qu'elle avait créé entre les jumeaux.

Elle s'arrêta brusquement.

— Qu'y a-t-il ? demanda Logan.

— J'ai quelque chose à faire. Je te rejoins plus tard pour parler du projet de Portland.

Sans lui laisser le temps de répondre, elle pivota sur ses talons et fila vers le bureau de Douglas.

— Le patron est libre ? demanda-t-elle à Stella.

— Il est seul pour l'instant mais…

— Bien, dit Honor.

Elle frappa à la porte et entra sans attendre d'y être invitée.

Douglas était assis à son bureau. Et il n'avait pas l'air en forme, nota-t-elle.

— Honor ? Que me vaut le plaisir ? Tout va bien, j'espère ?

— Je suis venue vous donner ma démission, annonça-t-elle sans préambule.

Douglas se leva et avança jusqu'à elle. Il prit ses mains dans les siennes.

— Dites-moi, lequel de mes garçons vous a contrariée ? Je réglerai ça. Vous n'avez pas à démissionner à cause d'une petite dispute.

— Douglas, il ne s'agit pas d'une petite dispute. J'ai fait quelque chose de vraiment stupide et je suis la seule personne qui puisse arranger les choses.

Puis, à son grand désarroi, elle éclata en sanglots. Douglas la conduisit vers le canapé et la fit asseoir.

— Allons, allons, Honor. Quoi que vous ayez fait, ce n'est pas si grave !

— C'est pire que ça ! J'ai couché avec Logan. Je croyais coucher avec Keaton, mais je me suis trompée. Maintenant, Keaton est au courant, et nos fiançailles sont rompues. Logan et Keaton ne se parlent plus et Kristin pense que je suis le diable. Voilà pourquoi je ne peux pas rester.

Lorsqu'elle eut fini de déverser tous ses aveux, Douglas sortit de sa poche un mouchoir blanc et le lui donna. Elle s'essuya les yeux et se moucha sans cérémonie.

— Je suis navrée, dit-elle entre ses larmes. Je ne voulais pas tout vous avouer de cette manière, mais c'est la vérité. J'ai commis une erreur, et la seule manière de la réparer, c'est de partir.

Douglas l'observa, l'air sérieux.

— Nous pouvons trouver une solution. Tout le monde commet des erreurs. Certaines personnes plus que d'autres, ajouta-t-il, l'air mélancolique.

— Si je restais, je serais un rappel constant de ce qui s'est passé. Il faut que je tourne la page. Je m'en veux d'avoir trompé Keaton. Vous savez à quel point j'étais impatiente de l'épouser et de faire partie de votre famille. Mais je dois l'avouer, je ne l'aimais pas assez. Car si je l'avais aimé suffisamment, je ne l'aurais jamais confondu avec son frère.

Et elle n'aurait pas couché de nouveau avec Logan à Portland, moins d'une semaine après sa première infidélité.

— Laissez-moi lui parler, proposa-t-il.

— Inutile, ça ne fera aucune différence. J'ai trahi Keaton, Douglas. Je l'ai trompé avec le frère dont il a essayé de compenser l'absence toute sa vie.

— Compenser l'absence ? Mais pourquoi ? Keaton a toujours été une source de grande fierté pour Nancy et moi.

Douglas semblait blessé. Non, perturbé, rectifia-t-elle. Quelque chose le préoccupait. Honor se sentit encore plus coupable de lui créer un problème supplémentaire.

— Je sais, dit-elle, mais il a toujours eu le sentiment qu'il devait en faire plus, à cause de l'enfant que vous aviez perdu. Il n'a jamais pensé qu'il vous suffisait.

Douglas se leva et se mit à faire les cent pas.

— C'est ridicule. Il ne nous en a jamais parlé et...

Il plaqua la main sur son front et grimaça.

— Ce fichu mal de tête ne me lâche pas !

— Je vais aller vous chercher un antalgique. Je suis désolée d'avoir vidé mon sac comme je l'ai fait, mais je suis sérieuse concernant ma démission. Je vous donnerai ma lettre cet après-midi, et j'aimerais partir aussi vite que possible.

Soudain, Douglas eut le regard vide, puis ses yeux se fermèrent et il tomba au sol. Horrifiée, Honor se leva d'un bond et courut vers lui. Il ne respirait plus. Elle posa les doigts sur son cou, cherchant désespérément un pouls.

— Stella ! À l'aide ! hurla-t-elle. Appelez les secours !

Quand Stella arriva en trombe, Honor faisait déjà un massage cardiaque, mais elle savait, au fond d'elle, que c'était peine perdue. Elle avait vu cet homme mourir devant ses yeux.

Et à cause d'elle, les derniers instants de Douglas avaient été marqués par l'inquiétude et les regrets.

12

Logan se tenait devant le bureau de Douglas, avec son frère, sa sœur et Nancy, tandis que les ambulanciers emmenaient le corps de son père. Kristin se mit à sangloter, et Logan mit un bras autour de ses épaules pour la soutenir. Nancy, tremblante, s'appuya contre Keaton, qui la serra fort. Assise à son bureau, Stella pleurait en silence. Quant à Honor, elle était appuyée contre le mur, les traits pâles et fatigués, les bras autour de la taille comme pour l'aider à se maintenir debout.

Logan aurait aimé la réconforter, mais sa sœur avait aussi besoin de lui. Il se sentait tiraillé. Honor semblait si brisée et désespérément seule... Et le pire était qu'elle se trouvait avec Douglas quand il était mort si soudainement. Elle lui avait fait un massage cardiaque jusqu'à l'arrivée des secours.

Logan se sentait engourdi. Et lésé. Alors qu'il commençait à peine à connaître son père, voilà que le destin le lui arrachait.

Les secouristes qui avaient pris Douglas en charge sortirent du bureau, l'air sombre. L'un d'eux s'adressa à Nancy.

— Toutes nos condoléances, madame.

— Merci. Je sais que vous avez fait tout ce que vous pouviez.

Logan eut le cœur serré quand sa mère laissa échapper un sanglot étouffé.

Le silence fut assourdissant après le départ de l'équipe médicale. Un agent de police vint expliquer la procédure médico-légale à Nancy et à Keaton.

— Nous avons joint le médecin et le neurologue vasculaire de M. Richmond qui nous ont informés de ses problèmes médicaux. Par conséquent, l'autopsie ne devrait être qu'une formalité. Vous serez prévenus lorsque vous pourrez récupérer le corps de M. Richmond.

— Merci, monsieur, dit Keaton. Pouvons-nous partir maintenant ?

— Bien sûr, et toutes mes condoléances.

— Merci. Viens, maman je te raccompagne à la maison. Cela ne sert à rien de rester ici.

— Il faut que nous prenions nos dispositions, que nous prévenions les gens, protesta Nancy d'une voix un peu stridente.

— Pas maintenant, maman, intervint Kristin, s'écartant de Logan et avançant vers sa mère. Nous le ferons, mais pas tout de suite. Je viens avec vous.

— Et Honor ? demanda Nancy, tendant la main vers elle.

— Non, maman, Honor ne vient pas, décréta Keaton.

Que Keaton refuse à Honor le droit d'être avec eux dans un tel moment était terrible, songea Logan. Honor méritait de la compassion, elle aussi. Logan avait envie de suivre sa famille, mais la posture et l'expression de Keaton étaient très claires. Lui non plus n'était pas le bienvenu...

Kristin interrogea Logan du regard.

— Tu viens avec nous ? demanda-t-elle, sans remarquer que Keaton s'était raidi.

— Je vais m'assurer que Stella et Honor sont prises en charge et je vous rejoins plus tard, d'accord ?

Kristin hocha la tête, puis Logan regarda son frère et sa sœur conduire Nancy vers l'ascenseur. Toute sa vie, il avait eu le sentiment de ne pas vraiment être à sa place. Il avait cru que ce serait différent avec sa famille biologique. Ce qu'il avait pu être naïf ! Il ne s'était jamais senti aussi étranger dans sa propre famille qu'en cet instant. Les Richmond l'avaient exclu. Ils partageraient leurs souvenirs de l'homme qui avait été un pilier dans leur vie sans lui. Logan n'était rien de plus qu'un intrus, quoi que son ADN en dise.

Il se tourna vers Honor.

— Ça va ? demanda-t-il.

— Je... Il... il s'est effondré, là, sous mes yeux. Je n'ai rien pu faire.

Des larmes coulèrent sur ses joues, et elle se mit à trembler. Il la prit dans ses bras pour lui offrir toute sa compassion. Lorsqu'elle fut calmée, il la relâcha à regret.

— Je vais m'assurer que Stella a quelqu'un pour la raccompagner, ensuite, je te ramène chez toi. Tu ne peux pas conduire dans cet état.

Il appela le service des ressources humaines et demanda que quelqu'un vienne s'occuper de Stella et apporte le sac et le manteau de Honor, pour éviter qu'elle ne croise d'autres employés pour l'instant. Elle n'était pas en état de répondre aux questions.

Dès qu'un assistant eut apporté les affaires de Honor, Logan la prit par le bras pour l'escorter vers l'ascenseur. Elle se dégagea aussitôt.

— Ça va, dit-elle.

Mais le ton de sa voix indiquait le contraire. Elle était à fleur de peau, et il craignait qu'elle ne s'effondre. Plusieurs employés les regardèrent passer, dans un mélange de stupeur et de compassion. Il n'avait pas fallu longtemps pour que la nouvelle de la mort de Douglas se répande, apparemment.

— Donne-moi tes clés, ordonna-t-il lorsqu'ils furent devant l'ascenseur.

Elle obéit sans la moindre objection, et Logan trouva cela plus inquiétant encore. En attendant que la cabine s'arrête à leur étage, il regarda autour de lui. Les décorations qui ornaient les murs ne lui avaient jamais semblé aussi criardes et excessives qu'en cet instant. Noël. Une période de joie et de partage, mais pour la famille Richmond, ce serait désormais une période marquée par le deuil.

Lorsqu'ils furent dans le parking souterrain, ils marchèrent jusqu'à la voiture. Il ouvrit la portière pour Honor qui murmura un merci.

Une fois au volant, il demanda :

— Peux-tu me dire quelle direction je dois prendre ?

En guise de réponse, Honor entra son adresse dans l'assistant de navigation. Comprenant qu'elle n'était pas d'humeur à parler, Logan démarra et suivit les indications données par la voix désincarnée qui s'échappait des haut-parleurs.

La circulation était dense à cette heure de la journée. Enveloppés dans leurs manteaux et leurs écharpes, les gens se hâtaient, pressés d'échapper aux éléments. Le ciel était, comme d'habitude, chargé de nuages bas, gris et lourds, et des gouttes de pluie mouillaient le sol. Il n'était que 16 heures, pourtant la nuit tombait déjà.

Jamais Logan ne s'était senti aussi loin de chez lui. En Nouvelle-Zélande, le temps était chaud, ensoleillé et humide, et les gens portaient déjà des shorts, des T-shirts et des tongs. Ce pays lui était plus étranger qu'il ne l'avait mesuré. Avait-il vraiment sa place ici ?

Il l'avait cru, mais vu la tournure des événements, il devrait peut-être arrêter les frais et retourner chez lui. Pour retrouver la chaleur de l'été, la famille dans laquelle il ne s'était jamais vraiment senti à sa place, et son entreprise. Mais tandis qu'il réfléchissait tout en parcourant les rues bondées, il sut qu'il ne voulait pas - non, qu'il ne pouvait pas - quitter sa famille biologique, ni Honor. Les sentiments qu'il avait pour elle étaient compliqués, mais cela ne le décourageait pas. Il trouverait un moyen d'être avec elle. D'une manière ou d'une autre.

Après avoir garé la voiture dans le parking de l'immeuble, Logan escorta Honor jusqu'à son appartement. À présent, il se sentait aussi anéanti qu'elle. Il appellerait un taxi pour regagner son hôtel, s'enfermerait dans sa chambre et prendrait une longue douche chaude pour essayer de chasser le froid qui s'était infiltré jusqu'au plus profond de son être.

— Ça va aller ? demanda-t-il tandis que Honor ouvrait la porte de son appartement.

— J'imagine. Et toi ?

Pour toute réponse, il haussa les épaules. Les mots lui manquaient, et l'émotion lui bloquait la gorge.

— Logan ? Tu veux entrer un moment ? Je peux t'offrir un café, ou quelque chose de plus fort ?

Elle semblait perdue, et désespérément en manque de compagnie. Comme lui, à vrai dire. Il avait cru pouvoir la laisser seule, mais il se rendait compte qu'il n'était pas encore prêt à l'abandonner. Alors, il hocha la tête et la suivit à l'intérieur.

L'appartement ne ressemblait pas du tout à ce qu'il s'était imaginé. Honor était une décoratrice d'intérieur douée, pourtant il n'y avait pas même un tapis coloré ou un coussin sur le canapé pour refléter sa personnalité, nota-t-il. Pas de photos de famille, rien que des cadres impersonnels sur les murs. Ce lieu était aussi dépourvu d'âme que sa chambre d'hôtel.

Il la suivit dans la cuisine.

— Alors ? demanda-t-elle. Café ou alcool ?

— Un café, merci.

— Noir avec un sucre, c'est ça ?

Il acquiesça, surpris qu'elle connaisse ce détail. Honor prépara méthodiquement leurs cafés et lui donna une tasse fumante. Il l'encercla de ses mains pour se réchauffer. Mais cela ne suffit pas à faire fondre la glace autour de son cœur.

— Viens t'asseoir, lui dit-elle, prenant sa tasse et allant dans le salon.

Elle s'assit au bord d'une chaise, appuyant les coudes sur les genoux et tenant sa tasse des deux mains. Logan s'installa sur le canapé et tâcha de se détendre. Honor semblait encore sonnée. Sans doute rejouait-elle le drame dans sa tête, en se demandant si elle aurait pu en faire plus. C'était ainsi qu'il réagirait, dans la même situation.

— Tu as fait tout ce que tu pouvais, Honor. Même les secouristes n'ont pas pu le réanimer.

— En ai-je fait assez ? Vraiment ? Je ne le saurai jamais.

— L'autopsie nous donnera les réponses que nous attendons.

— Je ne savais même pas qu'il avait des problèmes de santé.

— Vu les réactions de Kristin et de Keaton, eux non plus n'étaient pas au courant. C'est peut-être pour cette raison que Douglas était si heureux de m'accueillir dans la famille. Peut-être savait-il qu'il n'avait plus beaucoup de temps.

— Logan, je suis vraiment navrée. Ce doit être terrible pour toi. Tu venais de le retrouver, et maintenant il n'est plus là.

Logan but un peu de café et laissa le liquide réchauffer sa gorge avant de répondre.

— On dit que ce qu'on n'a jamais eu ne peut pas nous manquer, mais c'est faux. Mon père me manque.

Sa voix se brisa sur les derniers mots. Il baissa la tête et ferma les yeux pour refouler des larmes brûlantes.

Il entendit le bruit de la tasse de Honor sur la table basse, le bruissement de ses vêtements quand elle approcha. Elle mit un bras autour de ses épaules, lui prit la tasse des mains et la posa sur la table.

— Il était très heureux que tu sois revenu dans sa vie, dit-elle, prenant sa main entre les siennes. Cette pensée peut t'apporter de la force.

— Tu as raison. C'est vrai, j'aurais pu arriver demain, et non il y a trois semaines.

Il secoua la tête.

— Mais j'aurais dû être présent depuis toujours. C'est ce qui me met le plus en colère. Comment ma mère a-t-elle pu me voler à ma vraie famille ? Me cacher la vérité ? Si je n'avais pas trouvé ses carnets intimes, si j'avais laissé quelqu'un d'autre vider la maison quand elle est décédée, je n'aurais peut-être jamais rien su. J'ai perdu deux proches cette année. Alison Parker et Douglas Richmond. Et les deux étaient, légalement ou non, mes parents.

— Je ne peux imaginer ce que tu ressens, Logan. Ma relation avec ma mère n'est pas formidable, mais j'ignore comment je réagirai quand elle ne sera plus de ce monde. Tout ce que je sais, c'est que la personne qu'elle était quand j'étais enfant a fait de moi la femme que je suis aujourd'hui, pour le meilleur et... pour le pire. Alison Parker a commis un crime terrible en te kidnappant mais, malgré tout, elle t'aimait et elle a fait de toi un homme de valeur. Ton ambition ne vient peut-être pas d'elle mais ce qu'il y a là...

Elle posa la main sur son cœur.

— Cela vient d'elle et de la famille avec laquelle tu as grandi. En fait, quand on y songe, tu es doublement chanceux. Tu as une famille en Nouvelle-Zélande et une famille ici.

— Chanceux ? Keaton me déteste, et Kristin est de son côté. Ma mère biologique vient de perdre l'homme qu'elle a aimé pendant plus de trente-six ans, et elle me connaît à peine. Elle ne m'a même pas demandé d'être auprès d'elle aujourd'hui. C'est à toi qu'elle a demandé cela.

Il soupira.

— Pour les Richmond, je suis un étranger. Et je crains de le rester pour toujours.

— Mais non, Logan. Vous avez tous subi un choc terrible. Nancy est une femme pleine de compassion, et je sais qu'elle t'aime. Elle t'a toujours aimé. Elle se demande sûrement où tu es en ce moment, et si elle ne t'a pas demandé de les accompagner, c'est parce qu'elle s'attendait à ce que tu les rejoignes. Mais Keaton...

Elle grimaça.

— Étant donné ce qu'il ressent en ce moment, reprit-elle, j'imagine qu'il vaut mieux ne pas le chercher. Moi aussi, je suis *persona non grata*. J'ai l'impression qu'il y a un grand vide en moi. Comme si je n'avais ma place nulle part, moi non plus.

— Alors, que nous reste-t-il ?

— Nous, Logan. Toi et moi, nous sommes ensemble. Pour l'instant, en tout cas.

Ensemble. Ce mot sonnait très bien. Plus que tout, Logan rêvait de pouvoir prendre Honor dans ses bras, afin qu'ils puissent se réconforter l'un l'autre. Mais il sentait que ce n'était pas le moment. Aussi intimes avaient-ils été, elle n'était pas encore prête à dévoiler ses émotions les plus secrètes. Bien qu'il se sente un peu blessé, il comprenait sa réserve.

— Nous formons une belle équipe, hein ? fit-il remarquer en plaisantant.

Elle afficha un sourire, mais qui ressemblait davantage à une grimace. Puis, soudain, il vit des larmes couler sur ses joues. Il écarta une mèche de cheveux qui barrait son visage.

— Douglas comptait beaucoup pour toi, n'est-ce pas ?

— Oui, avoua-t-elle d'une voix étranglée. Il m'a beaucoup appris. Je suis entrée chez Richmond Developments juste après l'université. J'ai commencé au bas de l'échelle, et j'ai travaillé dur pour gravir les échelons. C'est Douglas qui m'a poussée à toujours viser plus haut, à me dépasser. Il n'a pas hésité à me soutenir quand je postulais pour de meilleurs postes au sein du groupe.

Elle essuya ses larmes puis reprit :

— Mon père nous a abandonnés quand j'étais enfant. Douglas Richmond était davantage une figure paternelle pour moi que mon vrai père ne l'a jamais été. Je lui dois beaucoup. Je sais que le style de Douglas ne convenait pas à tout le monde, mais il me convenait, à moi.

— Je dirais que c'est le cas pour beaucoup de gens chez Richmond Developments. Je n'ai pas eu la chance de travailler avec lui très longtemps, mais j'ai constaté qu'il savait faire ressortir le meilleur de ses équipes.

— Keaton ne serait pas de ton avis. Il trouvait les méthodes de son père draconiennes et autocratiques. Ils étaient souvent en désaccord.

Logan réfléchit un instant. Depuis qu'il connaissait son frère, chaque fois qu'il l'avait vu exprimer sa fureur ou sa frustration, c'était contre leur père. Avec tous les autres, y compris Honor et lui, sa colère était contenue.

— Et Kristin ? demanda-t-il. Elle semblait vraiment fâchée qu'il n'ait jamais pensé à elle pour le poste de P-DG.

— Elle ferait une formidable P-DG. Mais Douglas n'a jamais eu ce projet.

— Et toi ? Si je n'étais jamais entré en scène, où en serais-tu ?

— Où j'en suis maintenant, je suppose. Excepté que je serais encore fiancée à Keaton, et que je préparerais notre mariage.

L'amertume dans la voix de Honor ne lui avait guère échappé.

— Je suis désolé. J'ai vraiment tout gâché, n'est-ce pas ?

— Non, je ne peux m'en prendre qu'à moi-même. En fait, je venais de donner ma démission à Douglas quand il s'est effondré.

De nouveau, des larmes embuèrent son regard.

— Je ne peux m'empêcher de penser que c'est ma faute s'il a fait un AVC. Il était en train de me dire qu'il ne voulait pas que je quitte l'entreprise.

Logan sentit son ventre se nouer. Honor avait démissionné ? Manifestement, c'était à cause de lui qu'elle avait pris cette décision. Cela l'ennuyait beaucoup de l'avoir poussée à quitter un travail que, visiblement, elle adorait.

— Honor, tu n'es pas responsable de son AVC. Il était suivi par plusieurs médecins. J'ai entendu la conversation entre l'agent de police et le neurologue vasculaire. Ce dernier avait prévenu Douglas qu'il devait prendre son état plus au sérieux et améliorer son hygiène de vie. D'après ce que j'ai compris, Douglas a simplement répondu au médecin de lui faire une ordonnance, et il a continué à vivre comme il l'entendait. Il a fait ses propres choix, Honor. Comme nous tous.

Elle se figea un instant. Puis, soudain, elle se leva.

— Je ne sais pas pour toi mais, moi, j'ai besoin de manger quelque chose. Pizza surgelée et soupe, ça te va ?

Elle avait faim ? s'étonna-t-il. Peut-être voulait-elle simplement s'occuper, pour se changer les idées.

— Ça me va très bien. Je vais t'aider.

— Réchauffer une pizza et ouvrir une boîte de soupe, ce n'est pas grand-chose.

— Tu sais, j'ai ouvert un tas de boîtes de conserve à une époque. Je suis un expert, dit-il en plaisantant.

Il la suivit dans la cuisine, où ils réchauffèrent leur dîner avant de s'installer au bar. Honor avait affirmé avoir faim, pourtant, elle se contentait de jouer avec les morceaux de pizza dans son assiette.

— Ça va détruire Nancy, lança-t-elle de but en blanc. Douglas était sa raison de vivre.

— Ils étaient très unis, c'est évident. Tu crois qu'elle va cesser de travailler ?

— Je ne sais pas. Nancy est de la vieille école. Elle s'est toujours pliée aux souhaits de Douglas, et elle exprimait rarement une idée personnelle qu'il n'avait pas approuvée au préalable. Elle sera perdue sans lui.

Nancy ne semblait pas avoir eu une vie formidable. Mais qui était-il pour la juger ?

Justement, il se demandait comment elle allait. Il sortit son téléphone de sa poche.

— Qui appelles-tu ? demanda Honor.

— Nancy, pour savoir comment elle va. Ma famille m'a peut-être mis de côté, mais il faut que ma mère sache que je pense à elle.

Après plusieurs sonneries, Keaton décrocha.

— Résidence Richmond.

— Keaton, c'est Logan. Je voulais juste prendre de vos nouvelles, en particulier de Nancy. Comment va-t-elle ?

— Aussi bien qu'on peut l'espérer. Autre chose ?

Logan tâcha de ne pas se laisser atteindre par le ton cassant de son jumeau. Keaton souffrait. Ils souffraient tous, en vérité.

— J'aimerais être présent, pour vous aider à soutenir Nancy, si vous m'y autorisez, dit-il prudemment.

— Ce n'est pas nécessaire. Maman a pris un sédatif, elle dort. Kristin et moi sommes là pour elle.

Nous n'avons pas besoin de toi. Les non-dits flottèrent entre eux. Logan devait accepter la situation. Il ne voulait surtout pas créer plus de tensions dans sa famille en imposant sa présence.

— D'accord. Quand elle se réveillera, tu veux bien lui transmettre un message ? Dis-lui que je pense à elle.

— Rien d'autre ?

Logan ferma les yeux et compta jusqu'à trois. Le ton de son frère était si froid... Keaton ne pouvait-il pas mettre sa colère contre Honor et lui de côté un instant, et le laisser le soutenir dans ce moment de douleur ? Apparemment non.

Il prit une grande inspiration.

— Quand verrez-vous le directeur des pompes funèbres ? J'aimerais être présent à cette réunion.

— J'imagine que c'est faisable. Il vient demain, à 10 heures et demie. C'est tout ?

Manifestement, Keaton était impatient de raccrocher et, en d'autres circonstances, Logan aurait trouvé un moyen de l'agacer, comme un frère jumeau le ferait. Mais ce n'était pas le moment.

— Oui, c'est tout pour l'instant, merci. Je te verrai demain. Keaton ?

— Mm ?

— Je suis profondément désolé. Je te présente mes condoléances.

Il y eut un silence à l'autre bout de la ligne. Puis son frère répondit :

— Moi aussi, je te présente mes condoléances. Je te dis à demain. Viens seul.

Le message était très clair : Honor était *persona non grata*. C'était injuste. Elle faisait partie de la famille Richmond depuis plus longtemps que lui. S'il n'était pas venu à Seattle, elle serait encore un membre de leur groupe, et elle méritait d'être avec eux en de telles circonstances. L'envie farouche de la protéger se réveilla en lui. Pouvait-il prendre sa défense sans braquer Keaton ? Honor secoua la tête, comme si elle avait deviné ses pensées.

— Entendu, conclut-il. À demain.

Il raccrocha et sentit ses épaules se détendre. Au moins, il n'aurait pas à jouer les intrus pour préparer les funérailles de son père. Mais, tout de même, c'était injuste que Honor soit exclue. Il plaiderait sa cause le lendemain.

Elle l'observa tandis qu'il remettait son téléphone dans sa poche.

— Tout va bien ? lui demanda-t-elle.

— Oui. Je vais chez les Richmond demain, pour une réunion avec le directeur des pompes funèbres.

— Ils ne veulent pas de moi, n'est-ce pas ?

— Je suis désolé, Honor. Je leur parlerai demain et...

— Non, je comprends. Tu n'as pas à te sentir désolé pour moi. Ne leur dis rien.

Il vit son regard s'embuer de nouveau, mais elle ravala stoïquement ses larmes. En fait, c'était à cause de lui que la vie de Honor était sens dessus dessous. Peut-être devrait-il la laisser seule.

Il repoussa son assiette, son appétit s'étant envolé.

— Merci pour le repas. Désolé de ne pas lui avoir fait honneur. Je vais t'aider à débarrasser, ensuite je m'en irai.

— Inutile de m'aider. Il n'y a pas grand-chose à nettoyer.

Elle se mordilla la lèvre, comme si elle hésitait à ajouter quelque chose.

— Qu'y a-t-il, Honor ?

— Rien, je... je me demandais si tu voulais bien rester dormir ici ce soir. Je n'ai pas envie d'être seule.

Elle souhaitait qu'il reste... Cette pensée le soulagea.

— Tu es sûre ?

Elle posa une main sur son bras et le regarda dans les yeux.

— S'il te plaît, reste. Nous ne sommes pas obligés de... tu sais. Je pense simplement que nous pourrions nous réconforter mutuellement.

— Merci. Je serais heureux de rester.

Honor avait raison. Elle n'avait que lui, et il n'avait qu'elle. Ce soir, ils avaient besoin l'un de l'autre.

Ils débarrassèrent la table ensemble, puis Honor lui indiqua où se trouvait la salle de bains.

— Il y a une brosse à dents neuve dans le tiroir et des serviettes propres sur l'étagère, ajouta-t-elle.

Quand Logan eut fini de se préparer, il alla dans la chambre et s'allongea sur le couvre-lit, pendant que Honor allait se préparer dans la salle de bains. Tout cela était si civilisé, songea-t-il. Il n'y avait pas cette tension sexuelle qui les avait poussés dans les bras l'un de l'autre à Portland.

Honor sortit de la salle de bains et le vit sur le lit.

— Logan, tu peux te mettre sous les draps. Je ne vais pas te sauter dessus, cette fois.

— Je sais.

Néanmoins, il resta là où il était.

Mieux valait ne pas tenter le diable.

13

Lorsque Logan se réveilla le lendemain, il était pelotonné autour de la silhouette de Honor. Étonnamment, ils avaient tous les deux bien dormi. Cela lui semblait si naturel de se réveiller à côté d'elle... mais cela provoquait aussi beaucoup de sentiments conflictuels en lui. Sa vie était déjà complexe, et ajouter Honor à l'équation ne ferait que la compliquer davantage.

Honor s'agita et se retourna vers lui.

— Merci d'être resté.

— Nous en avions besoin tous les deux, dit-il en souriant. Inutile de te lever pour moi. Je connais le chemin.

— Tu ne veux pas prendre un petit déjeuner ? Un café au moins ?

— Non, merci, je le prendrai à mon hôtel. Je te dis à plus tard ?

— D'accord, à tout à l'heure.

Une fois arrivé à son hôtel, Logan se doucha et se changea, puis il demanda au réceptionniste de lui indiquer l'adresse d'une boutique de fleurs, dans laquelle il choisit un bouquet pour Nancy. Ensuite, il héla un taxi et se rendit à la résidence des Richmond. Le taxi le laissa devant les grilles. Des grilles fermées, nota Logan en marchant jusqu'à l'Interphone. Il sonna pour annoncer son arrivée.

— Oui ?

Logan reconnut aussitôt la voix de son jumeau.

— Bonjour, Keaton. Tu veux bien me laisser entrer ?

— Tu es en avance.

Logan ravala une repartie cinglante. Ce n'était pas le moment de se chamailler avec son frère.

— En effet, approuva-t-il calmement. J'aimerais voir Nancy.

Il y eut une longue pause, puis les grilles s'ouvrirent dans un doux vrombissement. Logan frissonnait dans l'air froid et matinal, et il regrettait de ne pas avoir pensé à prendre une écharpe. Les grilles se refermèrent derrière lui tandis qu'il remontait la longue allée menant à la demeure des Richmond. Keaton l'attendait devant la porte.

— Jolies fleurs. Les préférées de maman, observa-t-il quand Logan fut sur le seuil.

— J'ai juste eu de la chance, avoua Logan. Elles m'ont plu, et je suis content de savoir qu'elles lui plairont aussi.

Il regarda son frère droit dans les yeux. Keaton avait l'air fatigué et méfiant d'un homme encore sous le choc mais qui devait malgré tout être celui vers lequel tout le monde se tournait. Logan voulait l'aider à porter ce fardeau, mais son frère accepterait-il son aide ?

Keaton s'effaça pour le laisser entrer.

— Tu as une sale mine, lança Logan, passant les fleurs à Keaton le temps d'enlever sa veste. Qu'est-ce que je peux faire pour t'aider ?

Keaton sembla se raidir puis, peu à peu, Logan le vit se détendre.

— Tu veux m'aider ?

— C'est à ça que sert la famille, non ?

— Je suppose.

Keaton lui rendit le bouquet.

— Maman est dans la cuisine. Elle est plutôt en forme aujourd'hui, du moins pour l'instant.

— C'est une bonne nouvelle. Et Kristin ?

— Bouleversée, mais elle tient bon. Elle voulait aller au bureau aujourd'hui, mais je lui ai dit que nous avions besoin d'elle ici.

— Tu as eu raison. Ceci dit, je comprends qu'elle veuille se perdre dans le travail. C'est un repère stable, un cadre qui ne risque pas de changer du jour au lendemain. Quand on a subi un tel choc, on rêve de retrouver la normalité.

Keaton l'observa, l'air songeur.

— Je n'arrête pas d'oublier que tu as déjà perdu un parent cette année. Et toi, tu tiens le coup ?

— Oui. Je suis bouleversé, comme vous tous. Et triste de ne pas avoir eu la chance de connaître Douglas aussi bien que vous l'avez connu Kristin et toi. Je me sens spolié, pour être franc.

— C'est compréhensible. J'aurais dû t'inclure dans notre cercle familial hier soir. Cela a dû être terrible pour toi de te retrouver seul dans ta chambre d'hôtel.

— En fait, j'étais chez Honor. Elle était assez secouée.

— Honor ?

Keaton se rembrunit, et son regard se fit glacial.

— Tu sais qu'elle se débrouille très bien toute seule, non ?

— Comment ça ? demanda Logan.

— En se liant à toi, elle s'assure un bon poste dans l'entreprise. Je ne l'avais pas compris jusqu'à maintenant, mais Honor est une arriviste. Elle veut uniquement gravir les échelons et elle est prête à tout pour y arriver.

— Je te trouve très dur.

— Je ne dis que la vérité. Tu as peut-être couché avec elle deux ou trois fois, mais rappelle-toi, je la connais depuis des années. Avec le recul, je me demande pourquoi je ne l'ai pas remarqué plus tôt. Son ambition la pousse à s'élever, coûte que coûte.

Logan s'efforça de contenir la colère que les paroles de Keaton avaient provoquée.

— N'est-ce pas une qualité d'être ambitieux ? Après tout, sans ambition, personne n'avancerait.

— Méfie-toi, Logan. C'est tout ce que j'ai à te dire.

— Avec tout le respect que je te dois, je crois que tu te trompes sur elle. Tu as le droit d'être amer après ce qui s'est passé le soir de mon arrivée à Seattle. Mais à sa décharge elle m'avait pris pour toi.

— Et votre nuit à Portland ? Elle savait qui tu étais, cette fois-là, non ?

— Oui, c'est vrai. Ce soir-là, nous étions aussi coupables l'un que l'autre. Je sais que, toi et moi, nous ne serons peut-être jamais aussi proches que si nous avions été élevés ensemble, mais je tiens à te présenter mes excuses pour avoir laissé Honor devenir un obstacle entre nous.

— Et pourtant, hier, tu as passé la nuit avec elle ? objecta Keaton, l'air incrédule.

— Elle avait besoin de compagnie. Elle a vu ton père mourir devant ses yeux, et elle a tout fait pour le réanimer. Tu sais pourquoi elle se trouvait dans son bureau ?

— Je suppose qu'elle avait une réunion avec lui.

— Oui. Pour lui donner sa démission.

— Quoi ? s'exclama Keaton.

— Et tu veux savoir pourquoi ?

— Je suis sûr que tu vas me le dire.

— Parce qu'elle se sentait coupable. Elle pense que le fait d'avoir couché avec moi m'empêche de me rapprocher de Kristin et de toi. Est-ce que c'est le genre de choses qu'une arriviste ferait ?

Logan entendit des pas légers sur le parquet de bois, puis sa mère apparut dans le vestibule.

— Keaton ? Qui est à la po...

Elle se figea net en voyant ses deux fils ensemble.

— Oh ! Logan, tu es venu ! Je suis si heureuse !

— Nancy, je vous ai apporté ceci, dit Logan, s'avançant vers sa mère et lui offrant les fleurs.

Elle ne leur prêta pas attention au début, trop occupée à le prendre dans ses bras.

— Merci. Nous n'aurions pas dû te laisser de côté hier soir. J'avais besoin de tous mes enfants, plus que tu ne peux l'imaginer. Nous avons tous besoin les uns des autres en cette période si terrible.

Tandis qu'elle l'étreignait, Logan ravala des larmes piquantes. Nancy n'avait pas idée à quel point il avait besoin d'eux, lui aussi.

En bonne mère, Nancy demanda :

— Tu as déjà pris ton petit déjeuner ? Viens dans la cuisine. Notre employée de maison fait un fantastique pain perdu et, maintenant que tu es ici, je sens que mon appétit revient un peu. Tu te joins à nous, Keaton ?

Elle prit les fleurs des mains de Logan, émettant des murmures approbateurs et se dirigea vers l'arrière de la maison.

Keaton jeta un coup d'œil à son frère.

— Nous continuerons notre discussion plus tard.

— Je l'espère bien, dit Logan.

Le reste de la semaine passa très vite. Et le jour de Noël fut le plus calme que Logan ait jamais connu, puisque sa famille et lui préparaient les obsèques de Douglas. À la demande de Nancy, Logan avait quitté son hôtel et s'était installé chez elle, dans une chambre d'amis. Kristin et Keaton ayant leur propre logement, Logan se disait que le moins qu'il pouvait faire était d'être présent pour soutenir sa mère. Elle lui avait aussi demandé de l'appeler maman et de la tutoyer. Au début, il avait trouvé cela un peu étrange mais, à présent, cela lui semblait naturel.

Malheureusement, il n'avait pas encore pu poursuivre sa discussion avec Keaton, et la tension entre eux semblait se renforcer de jour en jour. Quant à Honor, elle semblait décidée à l'éviter. Il lui avait téléphoné plusieurs fois pour prendre de ses nouvelles, mais elle n'avait pas répondu. Elle n'était jamais loin de ses pensées, et il s'inquiétait pour elle.

Le matin des funérailles, la fratrie retrouva Nancy dans l'entrée en attendant la voiture que les pompes funèbres leur avaient envoyée. Logan avait enfin réussi à voir Honor et lui avait proposé de la conduire au cimetière, mais elle avait répondu qu'elle préférait venir par ses propres moyens. Nancy, qui avait été stoïque et étonnamment forte les jours précédents, semblait fragile et perdue aujourd'hui. Selon les dernières volontés de Douglas, il y aurait uniquement une cérémonie autour de sa tombe. Néanmoins, Nancy avait tenu à organiser un buffet chez elle pour tous ceux qui souhaitaient rendre un dernier hommage à Douglas.

Quand le chauffeur des pompes funèbres se gara devant le cimetière, Logan eut l'impression qu'un énorme poids lui écrasait la poitrine. Sa mère, Kristin, Keaton et lui se dirigèrent vers la tombe, autour de laquelle des gens s'étaient déjà rassemblés en petits groupes. Tous s'écartèrent lorsque Nancy et ses enfants arrivèrent.

Logan chercha Honor du regard. Elle s'excusa auprès des quelques personnes avec lesquelles elle discutait pour aller voir Nancy qu'elle serra dans ses bras. Nancy s'appuya sur elle un instant puis sortit un mouchoir de sa poche pour s'essuyer les yeux.

— Vous vous assiérez avec nous, n'est-ce pas ? demanda Nancy. Et vous viendrez à la maison. Je sais que Keaton et vous n'êtes plus fiancés mais, pour moi, vous faites partie de la famille, et je sais que Douglas pensait comme moi.

Honor interrogea Keaton et Kristin du regard, puis Logan.

— Si tout le monde est d'accord ? demanda-t-elle.

Logan remarqua les ombres sous ses yeux, le léger pli sur son front. Il avait envie de la prendre dans ses bras pour la consoler, mais il savait que ce n'était pas le moment.

Comme Keaton et Kristin gardaient le silence, il prit la parole.

— Tu peux t'asseoir à côté de moi.

— Merci, murmura-t-elle.

La cérémonie était sur le point de débuter quand un groupe composé de deux hommes et de deux femmes, sans doute de la même famille à en juger par leur ressemblance, se dirigea vers la tombe.

— Tu les connais ? demanda Logan à sa sœur.

— Je ne les avais jamais vus. Ce sont peut-être des partenaires de papa.

À la grande surprise de Logan, ils s'installèrent au premier rang, devant le cercueil. Ces places étaient réservées pour Nancy, Keaton, Kristin et lui. La plus âgée du groupe, une femme d'une cinquantaine d'années, semblait calme mais pâle. Ses enfants avaient la même expression, et étrangement, Logan leur trouvait un air familier. Le conseiller funéraire en charge de la cérémonie approcha du groupe et dit à voix basse :

— Excusez-moi, madame. Pourriez-vous vous installer au deuxième rang, s'il vous plaît ? Ces places sont réservées à la veuve et aux enfants de M. Richmond.

La femme secoua énergiquement la tête, à la surprise de tous.

— Madame, s'il vous plaît, insista le conseiller.

Logan s'avança et posa la main sur son épaule.

— Laissez-moi faire, intervint-il avant de s'adresser au groupe. Pourriez-vous changer de rangée, s'il vous plaît ? Ces places sont réservées pour ma famille.

La femme le fusilla du regard.

— Votre famille ? J'ai absolument le droit d'être au premier rang pour l'enterrement de mon mari, et nos enfants aussi ! fulmina-t-elle.

— Logan ? demanda Nancy en approchant. Que dit cette femme ?

La femme en question se leva, et ses enfants l'imitèrent, comme pour former une garde d'honneur autour d'elle. Les enfants de Nancy en firent autant autour de leur mère.

— Je dis que j'ai le droit d'être ici ! s'exclama l'autre femme en montrant le siège qu'elle venait de quitter. Je suis l'épouse de Douglas Richmond et je peux le prouver !

— Madame... Madame Richmond, ce n'est peut-être pas le moment, intervint le conseiller.

— Ah, non ? fit la seconde Mme Richmond. Et quel est le bon moment ? Mon mari est mort, et cette femme a organisé son enterrement sans ma permission !

Elle se tourna vers Nancy qui semblait incapable de parler.

— J'étais prête à vous laisser enterrer mon mari avant de revendiquer mes droits, mais maintenant je n'y suis plus disposée. Je veux que le corps de Douglas soit envoyé en Virginie, chez lui.

— Mais de quoi parlez-vous ? C'est mon mari, et il est inhumé selon ses souhaits, répliqua Nancy, la voix tremblante d'émotion.

— Eh bien, ce ne sont pas mes souhaits et, en tant qu'épouse, je vous dis que cet enterrement n'aura pas lieu !

— C'est moi, sa femme ! protesta Nancy.

Logan regarda tour à tour les deux femmes qui continuaient à se disputer. Puis Keaton et Kristin se jetèrent dans la mêlée avec les enfants de l'autre Mme Richmond. Il fallait agir avant que l'incident ne se retrouve dans la presse à scandale. Logan prit le conseiller funéraire par le bras. Le pauvre homme semblait pétrifié.

— Manifestement, nous ne pouvons pas procéder à l'enterrement tant que nous n'aurons pas réglé cette histoire, déclara Logan. Renvoyons tous ces gens chez eux et allons régler ça ailleurs.

Le maître de cérémonie semblait soulagé de recevoir des instructions claires. Son équipe et lui invitèrent les gens à retourner à leurs véhicules.

Logan retourna dans la bataille.

— Pourriez-vous tous vous taire une minute ? lança-t-il en levant la main. Il est clair qu'une discussion s'impose, et il nous faut des preuves avant de décider quoi que ce soit. Je suggère que nous nous réunissions tous chez Nancy.

— Bonne idée, approuva Keaton. Tout ceci est ridicule. Cette femme prétend que Douglas l'a épousée deux mois avant d'épouser maman. Ce n'est pas possible. Ça ferait de lui un bigame.

La fille de l'autre Mme Richmond lança un regard dédaigneux vers le cercueil verni et couvert de fleurs.

— Il n'y a que la vérité qui blesse, lâcha-t-elle.

Nancy et Kristin semblèrent sur le point de lui sauter à la gorge. Heureusement, Honor s'interposa. En venir aux mains ne réglerait rien du tout. Logan suggéra que tout le monde retourne à sa voiture et se retrouve chez Nancy.

— Je ne mettrai pas le pied dans la maison de cette femme, décréta l'autre Mme Richmond.

— Alors, peut-être préféreriez-vous partir et nous permettre de poursuivre les funérailles de mon père ? répliqua Logan.

— Certainement pas ! s'exclama-t-elle d'un ton indigné.

— Dans ce cas, sauf votre respect, je vous demanderai de mettre vos émotions de côté pendant quelques heures, afin que nous discutions de manière raisonnable. Maman, tu es d'accord ?

Nancy chancela un peu et s'appuya sur Kristin.

— J'imagine que je n'ai pas le choix. Où est Hector ? demanda-t-elle, cherchant du regard l'avocat de la famille. Je l'ai vu tout à l'heure. Il devrait être présent aussi, n'est-ce pas ?

— En effet, approuva Logan.

— Il se dirige vers sa voiture, intervint Honor. Je vais le rattraper.

Logan la remercia et la regarda courir vers le trottoir, où des groupes de gens s'attardaient encore bien qu'on leur ait demandé de partir. Honor rattrapa Hector Ramirez et lui dit quelques mots. L'avocat patienta devant sa voiture. Logan était reconnaissant envers Honor, et admiratif. Malgré la manière dont Keaton et Kristin la traitaient, elle tenait à les aider.

— Je vais aller parler à Hector tout de suite. Tout le monde est d'accord ? demanda Logan.

Il posa le regard sur chaque membre de sa famille et attendit qu'ils donnent tous leur assentiment. Le conseiller funéraire se précipita vers eux.

— Je n'ai jamais vu cela en quarante ans de métier. Que dois-je faire avec M. Richmond ? demanda-t-il.

— Ramenez-le au funérarium, en attendant que nous trouvions une solution.

— Oui, oui. Je m'en occupe.

Il ordonna à son équipe d'emporter le cercueil vers le corbillard. Logan suivit sa famille et l'autre vers les voitures garées le long du trottoir. Il donna l'adresse des Richmond au chauffeur de la seconde famille et lui suggéra de suivre la voiture de Nancy.

— Veillez sur maman, dit Logan à Keaton et à Kristin. Et ne permettez aucune discussion tant qu'Hector et moi ne sommes pas arrivés. Je vais faire le trajet avec lui.

— Et Honor ? demanda Kristin.

— Je crois que Nancy voudrait qu'elle soit présente. Et puis il faut que quelqu'un s'occupe du traiteur pendant que nous réglons notre problème, plaida Logan.

À son grand soulagement, Keaton acquiesça d'un signe de tête.

— D'accord. On se retrouve à la maison. Merci d'avoir pris les choses en main.

— C'est à ça que servent les grands frères, non ? lança Logan pour tenter de détendre un peu l'atmosphère.

— Tu n'as que quelques minutes de plus que moi, rétorqua Keaton avec un petit rire.

Logan sourit. Et le nœud dans sa poitrine commença à se défaire. Il n'était peut-être pas proche de son frère et de sa sœur mais il avait le sentiment que, pour l'instant, ils avaient plus besoin de lui qu'ils ne l'auraient cru. Et ils pouvaient compter sur lui, à cent pour cent.

14

À l'avant de la voiture, Hector et Logan discutaient. Honor les écoutait mais ne prenait pas part à la conversation. Car elle ne savait que dire ni que penser. Excepté qu'elle avait l'impression d'assister à une farce.

Elle regarda par la vitre. Comment Douglas avait-il pu avoir deux vies complètement séparées pendant si longtemps sans jamais se faire prendre ? Et pourquoi avait-il fait ce choix ? Il savait sûrement que ses mensonges finiraient par être découverts. Était-ce à lui-même qu'il songeait le jour de son décès, lorsqu'il avait dit que les gens commettaient des erreurs, certains plus que d'autres ? Avait-il pensé à ses propres fautes ? Quoi qu'il en soit, si les affirmations de ces gens étaient vraies, ce qu'il avait fait était immoral. Et illégal, de surcroît.

Sur le plan légal, justement, qu'est-ce que cette situation allait changer pour la succession chez Richmond Developments ? Logan et Keaton y avaient-ils déjà pensé ? Douglas avait toujours affirmé que son fils aîné serait nommé P-DG de l'entreprise après sa mort. Mais si le fils qu'il avait eu avec sa première femme était plus âgé que Logan et Keaton ? Et si c'étaient Logan, Keaton et Kristin qui étaient ses enfants illégitimes ?

Toutes ces questions tournèrent en boucle dans sa tête, lui donnant le tournis. Une chose était certaine : cette trahison aurait des répercussions sur ses enfants. Tous ses enfants. Honor en connaissait un rayon sur les trahisons. Elles marquaient à vie, et les cicatrices étaient profondes. Autant que Honor puisse en juger, malgré tous leurs privilèges, Kristin et Keaton avaient passé leur vie à essayer de contenter leur père. Découvrir qu'il avait peut-être une autre famille les minait sûrement.

Elle observa Logan et se demanda ce qu'il ressentait. Lui qui avait à peine eu la chance de connaître Douglas, était-il surpris des événements de la journée ? Quoi qu'il en soit, il avait pris les choses en main assez rapidement. Même Keaton n'avait opposé aucune résistance. Honor était soulagée de voir les deux frères collaborer, et cela la confortait dans sa décision de s'éloigner de Logan autant que possible. Quelle que soit la force de ses sentiments pour lui, il méritait de mieux connaître sa famille.

L'avocat remonta l'allée et se gara devant la maison. Pendant que Hector et Logan entraient, Honor attendit que les grilles du portail soient refermées pour les suivre. Les Richmond n'avaient certainement pas besoin que des curieux s'invitent à cette réunion. Le moulin à ragots tournait sans doute déjà à plein régime après ce qui s'était passé au cimetière. Une fois dans la maison, elle se rendit dans la cuisine et demanda aux employés du service traiteur de contacter un refuge pour sans-abri afin de leur offrir les mets prévus pour les invités qui ne viendraient plus. Elle suggéra à l'employée de maison de Nancy de garder quelques plateaux pour les deux familles, à présent rassemblées dans le salon.

Lorsque Honor rejoignit l'assemblée, elle perçut aussitôt la tension ambiante. Elle posa son regard sur Logan qui était debout alors que tous les autres étaient assis. Les deux familles étaient face à face et avaient la même expression. La conversation ne serait guère plaisante, mais Logan semblait tout à fait capable de mener cette réunion hors du commun, songea-t-elle, admirative. Elle aimerait prendre place à côté de lui, pour lui offrir le soutien auquel il avait droit, mais elle savait qu'elle ne pouvait pas faire cela. Et cette pensée lui fendait le cœur. Elle avait cru pouvoir côtoyer Logan aujourd'hui sans problème, mais c'était plus difficile qu'elle ne l'avait cru. Néanmoins, elle ne pouvait pas l'abandonner, ni abandonner Nancy. Ils avaient besoin d'elle.

— Je crois que tout le monde en conviendra, les rebondissements de la journée ont été un choc, commença Logan.

— Je ne suis pas un rebondissement, protesta l'autre Mme Richmond. Je suis la première épouse de Douglas, la seule légitime. Ce sont cette femme et sa progéniture qui sont le rebondissement. Un rebondissement très malvenu, d'ailleurs.

— Maman, arrête, intervint sa fille. Nous sommes tous bouleversés, alors inutile d'être discourtoise. Ce n'est la faute de personne, sauf de papa.

— Vous avez raison, approuva Logan. Tout d'abord, nous devrions nous présenter, ensuite, si vous n'avez pas d'objections, nous pourrons demander à Hector son opinion juridique sur la situation.

— Comme si son avis n'était pas partial ! objecta la femme avec dédain. Soyez-en sûrs, mes avocats ne se laisseront pas faire.

Logan la fixa sans un mot.

— Soit, finit-elle par concéder. Je m'appelle Eleanor Richmond. J'ai épousé Douglas le 1er juillet, il y a trente-six ans, dans notre ville d'origine, en Virginie. Nous nous sommes connus au lycée. Et voici nos enfants : Fletcher, Mathias, et Lisa.

— Et je suis Nancy Richmond. J'ai aussi épousé Douglas il y a trente-six ans, le 2 septembre, ici à Seattle. Nous avons eu un vrai coup de foudre. Il m'a dit qu'il ne pouvait pas vivre sans moi et m'a suppliée de l'épouser. Et ce sont nos enfants : Logan, Keaton et Kristin.

— Et je vous présente Hector Ramirez, notre avocat, dit Logan. Hector, voulez-vous dire quelques mots ?

— Merci, Logan. Je connaissais Douglas depuis des années et je dois dire que ce fait nouveau m'a stupéfié autant qu'il vous a stupéfiés, manifestement. La première étape, selon moi, est d'établir quel mariage est légal. Une fois que ce sera fait, la suite sera plus simple.

— La suite ? demanda Nancy.

— L'exécution du testament de Douglas. En dehors de ses biens personnels, dont il a nommé précisément les héritiers, il y a la question de son entreprise.

— Mon mari possédait une entreprise de construction réputée en Virginie, intervint Eleanor. Ne croyez pas une seconde que les enfants de cette femme hériteront de ses parts, de ma maison ou de mes portefeuilles d'actions !

Hector sembla surpris par la virulence de cette femme. Honor elle-même était sidérée. Eleanor Richmond ne se comportait pas du tout comme une veuve éplorée. Plutôt comme une veuve vindicative.

Son fils Fletcher prit la parole.

— Maman, c'est assez compliqué comme cela sans que tu jettes de l'huile sur le feu. Si tu n'as rien de positif à dire en ces circonstances, il vaudrait mieux que tu gardes tes pensées pour toi.

— Fletcher, c'est injuste ! Je suis la veuve légitime de ton père. Vous êtes ses enfants légitimes. Je défends ce qui nous appartient. Ce qui est juste.

— Alors laissons les avocats éclaircir la situation. Plus nous tarderons, plus nos entreprises et nos vies resteront dans le flou.

Fletcher jeta un regard circulaire

— Nous sommes tous d'accord là-dessus ? demanda-t-il.

Tous répondirent par des murmures approbateurs.

Fletcher sortit une carte de visite et la tendit à Hector.

— Dites-nous exactement ce dont vous avez besoin pour prouver les dires de ma mère, et nous demanderons à nos avocats de vous fournir ces informations. Nous resterons à Seattle ce soir et nous rentrerons en Virginie dès demain.

— Et nous exigerons que le corps de Douglas soit envoyé en Virginie quand tout sera réglé, lâcha Eleanor à Nancy.

Honor n'en revenait pas. Comment cette femme pouvait-elle être aussi désagréable ? Nancy ne s'abaissa pas à répondre, ce qui était tout à son honneur ; elle se contenta de remercier Hector, avant de jouer les parfaites hôtesses en proposant à tous une boisson et une collation. Le second fils d'Eleanor, Mathias, prit la parole au nom de sa famille.

— Si ça ne vous ennuie pas, nous allons retourner à notre hôtel. Je pense que vous en conviendrez, il ne s'agit pas d'une visite de courtoisie que nous aimerions prolonger.

— C'est vrai, approuva Keaton, se levant et serrant la main à chacun de ses supposés demi-frères et demi-sœur. Cela fait beaucoup d'informations à digérer, pour nous tous.

— On peut le dire, marmonna Kristin en se levant à son tour.

Eleanor poussa un soupir dédaigneux et gagna le vestibule, ses enfants lui emboîtant le pas. Honor alla rapidement ouvrir la porte et les accompagna sur le perron. Eleanor ne lui accorda même pas un regard, mais Lisa lui sourit en guise de remerciement. Lorsqu'ils furent tous montés dans leur voiture, Honor actionna l'ouverture du portail et attendit de voir les feux arrière disparaître au bout de l'allée avant de refermer les grilles.

— Nous ne nous attendions certainement pas à cela, dit Logan qui l'avait rejointe.

Elle se retourna lentement, en tâchant d'ignorer les battements affolés de son cœur. Logan lui faisait toujours autant d'effet.

— C'est le moins qu'on puisse dire. Tu ne trouves pas cela bizarre que Douglas ait mené des vies parallèles sur chaque côte du pays ? Si toutefois ces gens disent vrai.

— « Bizarre » n'est pas le mot que j'aurais choisi.

Il passa la main sur son visage.

— Quelle pagaille ! fit-il.

Elle avait de la peine pour lui. Bien que la confrontation soit finie, pour l'instant au moins, Logan était toujours tendu. Elle s'efforça de trouver des paroles réconfortantes.

— J'ai l'impression que quelque chose cloche dans cette histoire, dit-elle. Eleanor était si... agressive. Comme si elle cachait quelque chose.

— Alors, tu l'as ressenti aussi ?

Honor soupira. Même s'ils étaient sur la même longueur d'onde, elle ne pouvait rien lui offrir de plus que des mots.

— Cette situation va enrichir beaucoup d'avocats, n'est-ce pas ? commenta-t-elle.

— Oui, approuva-t-il, l'air sombre. Nous serons sur des charbons ardents tant que nous ne saurons pas précisément de quoi il retourne.

— Oui. Vous avez tous beaucoup de choses à régler. Je vais appeler un taxi et vous laisser en famille.

— Tu es sûre que tu ne veux pas rester ? Nancy n'y verrait pas d'objection.

Et toi ? voulut-elle demander, bien qu'elle connaisse déjà la réponse. Il était évident que Logan était tiraillé. Il voulait qu'elle reste, mais il tenait à ménager son frère et sa sœur. Par conséquent, il valait mieux qu'elle s'en aille, bien que cela la déchire de l'abandonner en pareil moment.

— Je sais, dit-elle avec douceur. Mais c'est mieux ainsi, je t'assure.

Il saisit sa main, et elle réprima un frisson.

— Merci pour tout ce que tu as fait aujourd'hui, Honor. Tu m'as donné de la force, et j'en avais bien besoin.

Elle sentit sa gorge se nouer de tous les mots qu'elle aurait aimé dire. Elle déglutit et se contenta de répondre :

— Mes amitiés à Nancy.

Puis elle s'en alla.

15

Deux semaines plus tard, le problème n'était toujours pas résolu. Et le pire, c'était que Douglas n'était toujours pas enterré, ce qui était une grande source d'angoisse pour Nancy. Hector, s'appuyant sur les documents certifiés fournis par l'avocat d'Eleanor, avait informé la famille que le mariage d'Eleanor était en effet antérieur celui de Nancy, ce qui faisait de Nancy l'épouse illégitime. Accablée par la honte et le chagrin, elle n'était pas retournée travailler depuis le décès de Douglas.

Kristin entra dans le bureau qui avait été celui de son père et qui était maintenant, temporairement au moins, celui de Logan.

— Comment allait maman ce matin ? demanda-t-elle.

— Comme les autres jours. Je n'arrive pas à lui changer les idées, pourtant j'ai essayé, crois-moi.

— Je sais. Keaton dit qu'elle refuse de sortir. Elle se sent incapable d'affronter les questions, ou même la pitié des gens qu'elle pourrait croiser.

Seul point positif dans toute cette histoire : la fratrie s'était rapprochée. Keaton, Kristin et lui tenaient à montrer un front uni pour soutenir non seulement leur mère mais aussi les employés de l'entreprise familiale. Ils continuaient à travailler comme d'habitude et prenaient ensemble les grandes décisions concernant Richmond Developments.

Honor les avait prévenus que son préavis avait commencé le jour où elle avait informé Douglas de sa démission. Et elle était intraitable. Même Keaton l'avait suppliée de rester, mais elle n'avait pas cédé. Et, de nouveau, elle évitait Logan autant que possible. Quand ils se croisaient, elle restait à distance ou s'en tenait à des brèves conversations. Cela le rendait fou.

Il fit pivoter sa chaise pour regarder par la fenêtre. Il n'en revenait toujours pas que son père ait réussi à avoir deux familles presque toute sa vie sans que personne ne soit au courant. Quel genre d'homme se comportait ainsi ?

— Ça va ? demanda Kristin.

Elle approcha et regarda la vue sur la ville.

— Je crois. Simplement, je n'arrive pas à comprendre ce que Douglas a fait, et comment il l'a fait.

— Oui. Pour Keaton et moi, maman et lui formaient un couple très soudé. Ils étaient totalement dévoués l'un à l'autre. Certes, il voyageait beaucoup pour le travail, mais personne ne soupçonnait qu'il avait une autre famille. Je me sens tellement trahie… Et je n'imagine même pas ce que doit ressentir maman. Il était toute sa vie, et cette vie était un mensonge total.

— Pas total. Douglas aimait Nancy, profondément. Tout le monde pouvait le voir.

— Mais il aimait Eleanor aussi. Ce que je n'arrive pas à comprendre, d'ailleurs. Comment a-t-il pu tomber amoureux d'une telle mégère ?

— Soyons justes, nous ne l'avons sans doute pas vue sous son meilleur jour.

— C'est vrai, admit Kristin avec un petit rire. Je me demande comment elle a appris le décès de papa. Et pourquoi elle n'a pas pris contact avec nous avant l'enterrement, par le biais de ses avocats.

Logan soupira.

— D'après ce que j'ai appris par Fletcher, elle a vu la nouvelle dans les journaux et a quasiment ordonné à ses enfants de réserver des billets d'avion et de l'accompagner. Je ne suis pas sûr qu'elle avait un plan. Elle voulait juste revendiquer ses droits.

— Ce qu'elle a fait, pour sûr. Et comment va notre grand

frère de la côte est ? Est-ce qu'il ronge son frein en attendant de prendre les rênes de notre entreprise ?

— Pour l'instant, il est comme nous. Tant qu'il n'est pas fixé, il ne peut pas prendre la moindre décision. En attendant, il se concentre sur leur entreprise, et nous devons en faire autant ici.

— Je déteste attendre.

— Je suis comme toi. Keaton aussi est frustré.

— Et Honor ? Elle tient toujours à partir ?

À la mention de Honor, Logan ressentit une pointe de douleur devenue hélas familière. Il l'avait très peu vue ces derniers jours. Elle préparait le terrain pour son successeur, en formant son assistant et ses collègues afin qu'ils puissent diriger le service en attendant que quelqu'un soit nommé à son poste.

— Oui, dit-il sourdement.

Honor lui manquait. Pas seulement sur le plan physique, mais aussi sur le plan intellectuel. Son esprit vif, ses remarques intelligentes concernant leur travail… tout lui manquait. C'était ridicule, quand on y songeait. Ils s'étaient rencontrés il y avait à peine six semaines et, maintenant, il n'arrivait pas à la chasser de son esprit ! Même la nuit, elle envahissait ses rêves, et il se réveillait frustré. Jamais il n'avait connu pareil tourment.

— Je crois que Keaton serait d'accord si Honor et toi…

— Non, je ne peux pas faire ça, coupa-t-il.

— Je suis sérieuse. Keaton ne se comporte pas comme un amoureux éconduit. Si tu veux mon avis, il s'est remis de leur rupture bien plus vite qu'un homme fiancé ne le devrait. Papa disait toujours que Keaton et Honor faisaient un beau couple, mais pas un couple parfait.

— Comme s'il était expert en relations amoureuses ! reprit Logan, ironique.

— Tu marques un point, concéda Kristin en riant. En tout cas, c'est dommage. Honor est une femme fantastique. Au bureau, tout le monde apprécie son talent et sa gentillesse.

— Les ressources humaines ont passé une annonce pour son poste ?

— Oui, il y a des candidats, mais aucun de sa trempe.

C'était là le problème, songea-t-il. Personne d'autre n'était Honor Gould. Et personne ne le troublait aussi profondément qu'elle.

Honor était sur des charbons ardents. Attendre n'avait jamais été son point fort, et le suspense sur la situation familiale des Richmond rendait tout le monde nerveux autour d'elle. Plusieurs membres de son équipe s'inquiétaient pour la stabilité de l'entreprise qui n'avait toujours pas de P-DG officiel, et d'autres craignaient qu'un parfait inconnu de la côte est devienne le nouveau dirigeant. Certains avaient déjà donné leur préavis. Honor avait fait de son mieux pour les dissuader de partir, mais puisqu'elle-même allait bientôt quitter Richmond Developments, tout ce qu'elle pouvait dire paraissait hypocrite.

Les rares fois où elle avait croisé les enfants Richmond, elle les avait trouvés tendus. Nancy n'était toujours pas revenue travailler, et Honor s'inquiétait pour elle. Bien sûr, les Richmond étaient en deuil, mais la double vie de Douglas avait ajouté un fardeau à leur chagrin. Le seul bon côté, c'était que Logan, Keaton et Kristin travaillaient désormais ensemble et formaient un trio uni. Ce qui prouvait bien qu'en donnant sa démission elle avait fait le bon choix.

Elle aimait Logan. Par conséquent, elle ferait tout pour le rendre heureux. Elle comprenait son besoin d'avoir une famille, une identité. Jamais elle n'attendrait de lui qu'il renonce à tout cela pour elle. Si elle restait, il devrait choisir entre sa famille et elle, c'était certain. Le fait que Kristin, autrefois la plus proche confidente de Honor, ait choisi le camp de Keaton en était une preuve incontestable.

Avant de partir, il fallait qu'elle fasse quelque chose pour les Richmond. Elle avait beaucoup pensé à la seconde famille de Douglas, et elle avait le sentiment que quelque chose clochait.

Le comportement d'Eleanor - la seconde veuve n'avait pas été seulement sur la défensive mais plutôt agressive - était suspect. Honor savait qu'Hector Ramirez avait reçu les documents certifiés envoyés par les avocats d'Eleanor. En apparence, tout semblait légal. Néanmoins, Honor avait le sentiment qu'un élément leur avait échappé.

Au cours de son enfance chaotique, Honor avait vu à plusieurs reprises ce qui arrivait quand les gens étaient englués dans un mensonge. Et d'après son expérience il y avait trois attitudes possibles. Soit les gens capitulaient et avouaient leur culpabilité, soit ils feignaient l'indifférence, ou encore ils choisissaient l'attaque plutôt que la défense. Le comportement d'Eleanor se rangeait dans la troisième catégorie.

Selon les informations fournies par Eleanor, Douglas et elle s'étaient mariés le 1er juillet. Fletcher était né sept mois plus tard, donc Eleanor était probablement enceinte quand Douglas lui avait passé la bague au doigt. Mais il n'y avait rien de scandaleux ni d'illégal là-dedans. Cela dit, Fletcher avait dix-huit mois de plus que Logan et Keaton, ce qui chamboulait tous les projets de Douglas pour sa succession.

Qu'est-ce qui avait bien pu passer par la tête de Douglas ? se demanda-t-elle pour la énième fois. Il avait bien dû se douter qu'après sa mort ces vérités sordides remonteraient à la surface ? Avait-il un tel complexe de supériorité qu'il s'était cru capable de mener deux vies en parallèle sans que personne ne soit au courant ? N'avait-il pas mesuré à quel point ses choix étaient cruels et blessants ?

C'était décidé. Même si elle devait manger de la soupe en conserve pour le reste du mois, elle allait engager un détective privé afin qu'il enquête sur les secrets du mariage d'Eleanor et Douglas. Elle devait bien cela aux Richmond. À Douglas, pour l'avoir toujours encouragée, à Keaton, afin de racheter le mal qu'elle lui avait fait, et à Logan, car après tout ce qu'il avait traversé, il méritait d'être heureux. Elle avait peut-être mis en péril la place de Logan au sein de sa famille biologique, mais si elle pouvait contribuer à arranger les choses, elle le ferait sans hésiter.

Une semaine plus tard, elle reçut le rapport du détective privé. Toutes les informations étaient clairement présentées, et tandis que Honor parcourait le dossier, elle commença à se demander si elle n'avait pas perdu son temps et son argent. Jusqu'à ce qu'elle arrive aux dernières pages... Une soudaine montée d'adrénaline et un frisson d'excitation la secouèrent. Sans attendre une seconde de plus, elle saisit le dossier et fila droit vers le bureau de Douglas.

— Stella, Logan est là ? demanda-t-elle à l'assistante.

— Oui, mais il est en réunion avec Keaton, Kristin et Hector Ramirez.

— Ça tombe bien, je dois les voir aussi.

Sans attendre que Stella annonce son arrivée, elle ouvrit la porte du bureau à la volée. Tous les regards se portèrent sur elle, et Stella, qui avait suivi Honor, présenta ses excuses pour cette intrusion.

— Ça ne fait rien, Stella, assura Logan. Manifestement, Honor a quelque chose d'important à nous dire. Pourriez-vous nous faire porter du café ?

— Tout de suite, monsieur.

Honor attendit que Stella referme la porte derrière elle pour prendre la parole.

— Je suis navrée de vous interrompre en pleine réunion, mais je viens de découvrir quelque chose de très important.

— Important pour qui ? demanda Kristin.

— Important pour vous trois, ainsi que pour vos demi-frères et votre demi-sœur. Mais surtout c'est important pour Nancy.

— Eh bien, dis-nous ! lui enjoignit Keaton.

— Une seconde, intervint Logan. D'abord, assieds-toi, Honor.

Il indiqua le siège vacant à côté du sien. Honor prit place et Logan lui servit un verre d'eau.

— Tiens, on dirait que tu en as besoin, dit-il.

— Merci.

Ses mains tremblaient légèrement lorsqu'elle porta le verre à ses lèvres et en but la moitié d'un trait.

— Bien, dit Logan. À présent, peux-tu nous faire part de ce que tu as découvert ?

— Oui. Dès le départ, j'ai senti que quelque chose était louche dans l'histoire d'Eleanor. J'avais l'impression qu'elle cachait quelque chose.

— Que pourrait-elle cacher ? Comme Hector nous l'a dit, son mariage est légal, intervint Keaton. Les documents le prouvent.

— C'est ce qu'elle vous a montré. Mais ce qu'elle ne vous a pas montré, c'est ceci.

Honor posa le rapport du détective privé sur la table. Elle l'ouvrit à la dernière page et pointa l'index sur une ligne en particulier.

— Voilà ce qu'Eleanor voulait cacher à tout le monde. Elle était mineure quand Douglas l'a épousée.

Hector se pencha et lut le document.

— En effet. Mais dans l'État de Virginie, si l'on a moins de dix-huit ans et la permission de ses parents, on peut se marier légalement.

— Mais Eleanor n'avait pas la permission de ses parents, objecta Honor.

— Selon les données que nous avons obtenues par le greffier de la cour fédérale, elle avait cette permission. Sa mère a signé les documents nécessaires.

Honor secoua énergiquement la tête.

— Sa mère n'a pas pu les signer. Elle était à Monte-Carlo à l'époque, avec son mari, le père d'Eleanor. Ils effectuaient un voyage de six mois en Europe. Aucun d'eux n'aurait pu donner sa permission puisqu'ils n'étaient pas présents quand le formulaire a été rempli.

— Ce que tu es en train de dire, c'est que le mariage est invalide ? demanda Kristin, pleine d'espoir.

Honor acquiesça d'un signe de tête.

Hector continua sa lecture.

— Il semble que c'est le cas, dit-il quand il eut terminé. Selon ce rapport, Eleanor a soudoyé l'employée de maison de ses parents, afin qu'elle prétende être sa mère lors de la demande de licence. Un graphologue a vérifié la signature sur le formulaire, et ce n'est pas la même que celle de la mère d'Eleanor.

— Pourquoi Eleanor aurait-elle fait une chose pareille ? questionna Keaton.

— D'après ce rapport, Eleanor n'avait que dix-sept ans quand elle a découvert qu'elle était enceinte de Fletcher, répondit Honor. L'employée de maison est décédée aujourd'hui, mais le détective a parlé à sa fille. Apparemment, la pauvre femme avait toujours eu peur que l'on découvre ce qu'elle avait fait. Elle avait l'habitude de boire en cachette le meilleur brandy du père d'Eleanor. Eleanor le savait et avait menacé de la dénoncer si elle ne l'aidait pas. Eleanor voulait épouser Douglas avant le retour d'Europe de ses parents.

Honor but une gorgée d'eau puis reprit la parole.

— Elle pensait que si elle était déjà mariée, ses parents ne pourraient rien faire. Et puisqu'elle était enceinte, ils seraient obligés d'accepter Douglas dans leur famille. Il semble qu'ils aient eu de plus grandes aspirations pour leur fille. Ils l'avaient envoyée dans un pensionnat en Suisse afin qu'elle y apprenne les bonnes manières, et ils espéraient qu'elle épouse le fils d'un ami de la famille, qui était diplomate.

— Eh bien, j'ai presque de la peine pour elle, commenta Kristin. Elle devait être vraiment désespérée pour en arriver à de telles extrémités.

— Selon la fille de l'employée de maison, les parents ont déshérité Eleanor à leur retour d'Europe. Son père était un officier de la Navy, et sa mère était issue d'une famille fortunée. À leur décès, tous leurs biens ont été légués à une œuvre de charité. Eleanor n'a rien eu.

— C'est sans doute pour compenser qu'elle veut hériter de tous les biens de papa, observa Keaton.

Hector s'éclaircit la voix puis déclara :

— En l'occurrence, l'élément clé est que le mariage de Douglas et Nancy est le seul valide.

— Ce qui veut dire que Logan est le P-DG désigné par Douglas pour Richmond Developments, ajouta Kristin.

— Oui, et cette femme et ces enfants n'ont aucun droit sur notre entreprise, affirma Keaton avec véhémence.

Logan se cala dans son fauteuil, et Honor fut soulagée de voir que la tension qui marquait ses traits depuis plusieurs semaines commençait à disparaître.

— Alors, les affaires continuent comme d'habitude ? demanda-t-il à Hector.

— Je le pense. Je vais écrire aux avocats d'Eleanor Richmond, pour leur demander d'abandonner toutes les requêtes concernant la dépouille de Douglas et ses biens sur la côte ouest. Ils vont sans nul doute vérifier les informations dont Mlle Gould vient de nous faire part. La question maintenant est celle-ci : souhaitez-vous demander à hériter des biens de votre père en Virginie ?

— Nous pourrions faire ça ? demanda Keaton.

— Selon les clauses du testament de votre père, vous le pourriez sans doute.

— Mais le souhaitons-nous ? intervint Logan. Tenons-nous vraiment à faire subir à Fletcher, à Mathias et à Lisa ce que nous venons de vivre ?

— Absolument pas, déclara Keaton. Au bout du compte, nous sommes tous de la même famille, que cela nous plaise ou non.

Logan interrogea sa sœur du regard.

— Je ne vois pas pourquoi nous devrions laisser les actes de papa nous faire davantage de mal, fit valoir Kristin.

— Alors, nous sommes d'accord, tous les trois, conclut Logan. Hector, dites à Eleanor et à sa famille que, à condition qu'ils abandonnent leurs requêtes, nous ne ferons aucune contre-requête concernant les biens de notre père en Virginie. Informez-les également que nous procéderons à l'enterrement de notre père, ici, à Seattle, conformément à ses dernières volontés.

Tout le monde se leva, et Hector serra la main de chaque membre de la famille, avant de s'adresser à Honor.

— Je peux prendre le rapport ? demanda-t-il.

— Bien sûr.

Hector la remercia puis prit congé et quitta le bureau.

Logan se tourna vers Honor.

— Merci, dit-il. Sans toi, la situation aurait été très différente, pour nous tous. Nous te devons une fière chandelle.

— Non, c'est moi qui vous suis redevable, répondit-elle d'une voix tremblante. Il fallait que je fasse quelque chose.

Logan sembla sur le point de protester, mais elle secoua légèrement la tête, et il saisit le message.

Il reporta son attention sur son Keaton et Kristin.

— Puisque cette entreprise est à nous, acceptez-vous de m'aider à la diriger ?

— Ce n'est pas ce que nous faisons déjà ? rétorqua Kristin.

— Si, mais pas comme je l'imagine. Si nous regardions de près la structure du groupe ? Il est temps que nous mettions en place une direction conjointe de Richmond Developments.

— Tu es sérieux ? Comment cela pourrait-il fonctionner ? objecta Keaton, sceptique.

— Nous trouverons une solution. Mais est-ce que vous êtes partants ?

Keaton et Kristin opinèrent.

— Nous devrions aller chez maman et lui annoncer la nouvelle, suggéra Keaton.

— Excellente idée, approuva Kristin. Tu viens avec nous, Honor ? Après tout, sans toi, nous attendrions encore que le couperet tombe.

Honor sourit.

— Je ne peux pas, je dois boucler quelques dossiers cet

après-midi. Je suis vraiment heureuse que vous travailliez ensemble, tous les trois. Je suis sûre que vous aurez des désaccords, vous êtes tous de fortes têtes, mais si vous parvenez à rester unis comme vous l'êtes depuis le décès de Douglas, je suis sûre que vous vous en sortirez à merveille. Bonne chance.

— Tu es sûre de ne pas vouloir venir, Honor ? insista Kristin.

— Oui, certaine. J'ai vraiment beaucoup à faire, et c'est un moment particulier pour vous en tant que famille.

— Tu nous accompagnes, Logan ? demanda Keaton.

— Je dois dire quelques mots à Honor. Partez devant, je vous rejoins.

Une fois qu'ils furent seuls, Logan plongea le regard dans celui de Honor. Elle avait très envie de se blottir dans ses bras. De poser la tête contre sa poitrine, de sentir sa chaleur l'envelopper et d'entendre ses battements de cœur. De lever le visage vers le sien et de lui donner un dernier baiser. Car elle venait de prendre une décision. Maintenant qu'elle avait transmis les informations du détective privé aux Richmond, elle ne comptait pas revenir au bureau. Rester ici la tuait à petit feu. Étant donné qu'elle n'effectuerait pas son préavis jusqu'au bout, les Richmond ne lui feraient peut-être pas de lettre de recommandation, mais elle s'en moquait à présent. Elle avait juste besoin de s'extraire d'une situation qui devenait de plus en plus douloureuse.

Elle retint ses larmes et leva légèrement le menton.

— De quoi voulais-tu me parler ?

— Je voulais te dire à quel point je te suis reconnaissant de nous avoir communiqué ces informations.

— Il le fallait. Je vous devais bien cela, à toi et à tes parents.

— En ce qui me concerne, tu ne me dois rien.

— Si. J'ai failli gâcher ta chance de retrouver ta famille biologique. J'espère que nous sommes quittes à présent.

— Pas vraiment. Je te suis encore redevable, comme nous tous.

— Dans ce cas, considère cela comme un cadeau que je te fais.

Elle commença à s'éloigner.

— Honor, attends. Ne pars pas, s'il te plaît. Nous pouvons trouver une solution.

— Il n'y a pas de solution, Logan. Chaque fois que je suis dans la même pièce que Keaton et toi, je creuse un fossé entre vous. Tu mérites bien mieux que ça.

Puis, rassemblant tout son courage, elle pivota sur ses talons et sortit de la vie de Logan. Pour toujours.

16

Le froid mordant de janvier s'était calmé en février, mais les températures demeuraient fraîches. En Nouvelle-Zélande, les journées étaient chaudes et humides. Lorsque Logan avait parlé avec sa grand-mère par appel vidéo, le grand ventilateur du salon faisait danser ses cheveux blancs et bouclés. Il lui avait proposé plusieurs fois de faire installer la climatisation chez elle, mais elle avait toujours refusé. Sa grand-mère lui manquait beaucoup. En fait toute sa famille lui manquait, et il avait prévu de leur rendre visite en avril.

Mais il y avait une personne qui lui manquait plus que tous les autres réunis.

Honor.

Il avait eu un choc en apprenant qu'elle avait vidé son bureau juste après leur avoir donné le rapport du détective privé. Un rapport qui avait poussé Eleanor Richmond à renoncer à ses prétentions sur les biens de Douglas. Fletcher, Mathias et Lisa avaient fait le déplacement pour assister à l'inhumation de leur père, et les six enfants tâchaient d'établir des liens. Au lieu de retrouver une famille, Logan en avait retrouvé deux. Malgré tout, il y avait encore un vide béant dans sa vie, un vide que seule Honor pourrait combler.

— Tu es encore dans la lune, Logan, lui fit remarquer Keaton, assis face à lui dans la salle de conférences. Quelque chose te tracasse ?

Keaton et lui discutaient de leurs rôles et de leurs responsabilités respectives. Le conseil d'administration avait approuvé la nouvelle direction conjointe et, jusqu'ici, il n'y avait pas eu de désaccords majeurs dans la fratrie.

— Désolé, Keaton. Si nous faisions une pause de dix minutes ?

— Bonne idée. Allons dans le café en bas de l'immeuble. Cela nous fera du bien de changer de décor.

Après avoir commandé deux cafés identiques, l'un des nombreux points communs qu'ils s'étaient découverts, Keaton se dirigea vers une petite table près de la fenêtre. Une fois qu'ils furent installés, il observa Logan avec acuité.

— Quoi ? demanda Logan. Tu commences à me faire peur.

— Quelque chose ne va pas. Tu as changé.

— Je croyais que tu me connaissais encore mal. Comment pourrais-tu savoir que j'ai changé ?

— N'essaie pas de te défiler, Logan. Sur le plan du travail, tu es toujours aussi concentré mais, intérieurement, il te manque quelque chose. C'est Honor, n'est-ce pas ?

— Je ne la fréquente pas, si c'est là où tu veux en venir, protesta Logan, sur la défensive.

La serveuse au comptoir appela son nom, et il alla chercher leur commande avant de revenir s'asseoir.

— En fait, non, ce n'est pas là où je voulais en venir, répondit Keaton. Est-ce que tu l'aimes ?

— Keaton, arrête. Tu sais que je ne ferais rien qui risque de détruire notre relation fraternelle.

Le lien qui les unissait se renforçait, mais Logan doutait que ce lien résiste s'il renouait avec l'ex-fiancée de son jumeau. Il avait beau en avoir très envie, il ne ferait pas passer ses sentiments pour Honor avant sa relation avec Keaton.

— Nous nous entendons bien, toi et moi, observa Keaton. Je dois le dire, je ne voulais pas t'apprécier, mais je t'apprécie. Même si c'est encore étrange de me voir chaque fois que je te regarde.

— C'est la même chose pour moi, avoua Logan, sirotant son café. On devrait retourner travailler, non ?

— Attends, je n'ai pas fini. Je m'inquiète pour toi.

Logan haussa les épaules.

— Il n'y a pas de raison. Tout va bien.

— Tu n'es pas heureux, insista Keaton. Si Honor peut te rendre heureux, je pense que tu devrais essayer de la faire revenir.

Logan dévisagea son frère. Bien sûr, il aimerait suivre le conseil de son frère. Mais ses relations avec cette nouvelle famille étaient un terrain miné. Mieux valait redoubler de prudence.

— Ça ne te poserait pas de problème ? demanda-t-il. Vous vous étiez fiancés, tous les deux, tu te souviens ?

Keaton passa la main dans ses cheveux et soupira.

— Oui, oui, je me souviens. Épouser Honor me semblait être le bon choix. Mais avec le recul je me rends compte qu'il n'y avait pas d'étincelle, pas de passion. Certes, c'est une très belle femme et un esprit brillant. Mais nous nous sommes fiancés par facilité, après une brève attirance mutuelle. Nous n'avons pas su maintenir l'étincelle. Sinon, Honor aurait su tout de suite, le soir de votre rencontre, que tu n'étais pas moi.

Keaton marqua un temps. Puis il poursuivit :

— Nous aurions sans doute fait fonctionner notre mariage, parce que nous sommes tous les deux têtus et ambitieux, et nous aurions continué à faire passer les besoins de Richmond Developments avant les nôtres. Mais tu sais quoi ? Dans la vie, il n'y a pas que le travail, et je commence seulement à le comprendre. Si tu as encore des sentiments pour Honor, tu devrais agir. La convaincre de revenir et l'aimer comme elle mérite d'être aimée.

Logan regarda son frère et vit qu'il était sincère. Peu à peu, il sentit la glace qui emprisonnait son cœur commencer à fondre.

— Tu en es sûr ?

— Eh bien, si tu peux composer avec le fait que je l'ai vue en premier, nous pourrons nous en sortir. C'est à ça que servent les vraies familles, non ? À se soutenir. À vivre non pas dans le mensonge mais dans la vérité.

— Vivre dans la vérité. Ça me plaît.

Logan consulta sa montre. Au diable le travail. Il allait retrouver Honor dès maintenant.

Il posa son café et se leva.

— Hé, je n'ai pas fini ! protesta Keaton. Nous avons une réunion à terminer, tu te souviens ?

— Plus tard, répondit Logan. Certaines choses ne peuvent pas attendre.

Logan n'avait jamais été aussi heureux de sa ressemblance avec Keaton que lorsque le concierge de l'immeuble de Honor le laissa entrer sans poser de questions.

Lorsqu'il sonna à sa porte, elle vint rapidement ouvrir et sans lever les yeux, lança :

— Bonjour Marcus, si vous pouviez mettre ces cartons dans le salon, ce serait formidable. Merci.

Puis, après quelques secondes, elle releva la tête et croisa son regard.

— Oh ! fit-elle.

Logan jeta un coup d'œil au chaos autour de lui. Le salon était plein de cartons, et tous les meubles étaient rassemblés au centre de la pièce.

— Tu déménages ? demanda-t-il, entrant sans attendre d'y être invité.

— Je t'offrirais bien de t'asseoir, mais comme tu peux le voir, je suis un peu occupée.

— Tu t'en vas ?

— Oui.

Elle repoussa les cheveux qui lui barraient le visage, laissant un peu de poussière sur sa joue.

— Je n'ai pas encore trouvé d'emploi, alors je ne peux pas continuer à vivre ici. Je dois m'éloigner du centre-ville pour avoir un loyer plus abordable.

Logan était surpris. Honor gagnait un haut salaire chez Richmond Developments, et le quartier semblait tout à fait dans ses moyens. Elle avait sûrement des économies pour les coups durs, non ?

— Tu as une addiction au jeu ? demanda-t-il, ne plaisantant qu'à moitié.

— Quoi ? Oh ! non, dit-elle avec un petit rire. Mais je paie la maison de retraite de ma mère. Il ne me reste pas grand-chose à la fin du mois.

— Ah. Ce doit être difficile.

— Oui, en effet. Logan, qu'est-ce que tu fais ici ?

On frappa à la porte.

— C'est sûrement le concierge qui m'apporte mes cartons, dit-elle. Tu pourrais te rendre utile et m'aider à les remplir pendant que tu es là ? Si tu restes un moment, bien sûr.

— Volontiers.

Il ouvrit la porte et prit la pile de cartons que le concierge venait d'apporter.

— Où veux-tu que je les pose ? demanda-t-il.

Elle désigna le couloir.

— Dans ma chambre. C'est par là que je vais commencer.

Il gagna la chambre et s'assit sur le lit.

— Hé ! Tu n'es pas là pour te tourner les pouces, reprit-elle en plaisantant quand elle l'eut rejoint.

— Honor, ne pars pas.

— Je te l'ai dit, je n'ai plus les moyens de vivre ici.

— Non, je voulais dire, ne quitte pas Seattle. Ne me quitte pas. S'il te plaît.

Elle parut stupéfaite.

— Tu sais pourquoi je ne peux pas rester, Logan. Et ce n'est pas seulement une question d'argent.

Il se leva et prit ses mains dans les siennes.

— Mais ça ? demanda-t-il. Tu la ressens, n'est-ce pas ? Cette attirance brûlante. Cette chose dont tu ignorais avoir besoin jusqu'à notre rencontre ? C'est ce que je ressens chaque fois que je croise ton regard ou que j'effleure ton bras dans le couloir. Honor, je t'en prie, ne t'en va pas.

— Keaton…

— N'a rien à voir avec ça. Il s'agit de nous. De toi et de moi, et de ce que nous sommes l'un pour l'autre. Je sais que cela ne fait que peu de temps, mais je ressens des choses pour toi que je n'ai jamais ressenties pour personne. Je ne peux pas commencer ma journée sans penser à toi, et c'est aussi à toi que je songe avant de m'endormir le soir. Je te veux. Pas seulement sur le plan sexuel, bien que notre alchimie soit fantastique.

Il afficha un petit sourire.

— Je te veux aussi dans ma vie, reprit-il. Je veux savoir ce qui te fait vibrer. Ce qui te met en colère. Ce qui te fait rire aux larmes.

— Tu sais que nous ne pouvons pas être ensemble. Ta famille…

— Ma famille sera ravie de te compter parmi ses membres. Tu nous as manqué à l'enterrement de Douglas.

— Je ne pouvais pas être là… Cela aurait été trop difficile de vous dire au revoir. À toi et aux membres de ta famille.

— Filer à l'anglaise comme tu l'as fait, c'était plutôt cruel. Tu n'as laissé à personne l'occasion de te dire au revoir. Mais surtout, tu ne m'as pas laissé l'occasion de te dire à quel point tu comptes pour moi.

— Logan, s'il te plaît…

Elle se dégagea, les larmes aux yeux.

— Je t'en prie, va-t'en. Je ne peux pas. Si tu renouais avec moi, tu pourrais perdre tout ce qui compte tant pour toi.

— Tu ne m'as pas écouté. Tu es tout ce qui compte pour moi. Keaton et moi avons eu une discussion franche, comme de vrais frères. Il m'a avoué qu'il n'y avait jamais eu de grande passion entre vous. Il m'a dit que tu méritais bien mieux. Et il m'a conseillé de venir te retrouver si je t'aimais. Et je t'aime. Oui, je t'aime, Honor. Je veux bâtir un avenir avec toi. Et fonder une famille, si tu es d'accord.

Honor se laissa tomber sur le lit.

— Tu dis cela parce que tu ne me connais pas. Tu ne sais pas d'où je viens. Ni qui je suis réellement. J'ai grandi dans une famille pauvre, tu sais. Quand j'étais enfant, mon père a trompé ma mère et, ensuite, elle l'a trompé pour se venger. À cause de cela, ils se disputaient sans cesse. Un jour, mon père est parti et n'est jamais revenu. Pourtant, malgré les disputes et les infidélités, ma mère continuait de l'aimer. Je ne voulais pas être comme elle. Je ne voulais pas être faible au point de ne pas pouvoir vivre sans la personne que je croyais aimer. Elle n'arrivait même pas à prendre soin de moi… Nous vivions d'allocations, et la plupart du temps, le réfrigérateur était vide. Elle s'est tournée vers les hommes, l'alcool puis la drogue, juste pour tenir le coup.

Elle passa la main dans ses cheveux puis continua :

— J'ai appris très tôt à saisir toutes les opportunités qui se présentaient à moi. Je travaillais dur à l'école, même si on se moquait de moi parce que je portais des vêtements d'occasion, que je n'avais jamais rien à manger pour le déjeuner, ni de stylos à la mode ou de calculatrice dernier cri. Je voulais absolument faire mieux que ma mère. Et me mettre à l'abri du besoin. J'ai obtenu un diplôme universitaire et j'ai décroché un poste chez Richmond Developments. Douglas m'a permis d'acquérir de nouvelles compétences et de me dépasser. Il a su reconnaître l'ambition en moi. Le désir d'être la meilleure.

Son regard se teinta de mélancolie à la mention de Douglas.

— Tout allait bien pour moi, reprit-elle, jusqu'à ce qu'une assistante sociale me téléphone pour m'informer que ma mère avait été retrouvée dans un bâtiment insalubre. Elle était affamée, couverte d'escarres et en plein épisode de délire. Elle n'a que moi. Je devais donc prendre soin d'elle. Faire en sorte que ses dernières années ne soient pas aussi horribles que la vie qu'elle avait choisie. Vois-tu, pendant que je gravissais les échelons, j'avais arrêté de veiller sur elle, même si je savais qu'elle avait besoin d'être surveillée. Elle n'arrêtait pas de me dire qu'elle ne voulait pas de moi. Que son dernier petit ami en date prendrait soin d'elle. Je savais que c'était faux, mais j'avais choisi de ne pas la contredire. Je voulais juste me concentrer sur ma carrière. Mais quand on a gravi un échelon, on pense déjà au suivant et on poursuit son ascension. C'est ainsi que je suis, Logan. Égoïste. Égocentrique. Pendant des années, j'ai abandonné ma mère. Je n'ai jamais trouvé ma place nulle part, alors je me suis créé un personnage qui me permettrait d'en trouver une et j'ai caché mon passé à tout le monde. Tu vois ? Tu ne me connais pas du tout. Tout est faux chez moi.

Logan s'assit à côté d'elle et essuya ses larmes avec son pouce.

— Tu sais ce que je viens d'entendre ? L'histoire d'une petite fille déterminée, qui a fait tout son possible pour survivre, alors que les gens qui auraient dû prendre soin d'elle l'avaient abandonnée sur tous les plans. Ta mère a fait des choix, Honor, et tu as fait de ton mieux pour elle. Tu continues à faire de ton mieux. Tu fais passer ses besoins avant les tiens. Ce n'est pas égoïste ou égocentrique. Tu n'as à te sentir coupable de rien. Laisse-moi t'aider à porter ce fardeau. Laisse-moi te soutenir.

— Tu n'as pas idée à quel point j'en ai envie ! Je rêve de m'appuyer sur quelqu'un. Mais ce n'est pas facile pour moi de faire confiance aux gens.

— Je sais. Et nous pouvons travailler là-dessus, ensemble. Honor, tu peux me faire confiance, et je veux passer le reste de ma vie à te le prouver. Tu as ta place à mes côtés.

Elle posa la main sur sa joue et sonda son regard.

— Tu le penses vraiment ?

— Oui. De tout mon cœur. Reste avec moi. Reviens chez Richmond Developments. Ta place est là-bas, avec nous.

— Je peux récupérer mon poste ? Alors que j'ai démissionné ?

— Tu n'y es pas obligée, mais tu le peux. Si c'est ce que tu veux et ce dont tu as besoin. Je t'aime, Honor. Je t'aiderai à être la personne que tu veux être et je serai toujours là pour toi.

Elle hésita, serrant ses lèvres tremblantes. Puis elle répondit d'une voix émue :

— Je t'aime aussi, Logan. Je ne te mérite pas, mais j'accepte tout ce que tu m'offres. Merci. Je ne te décevrai pas.

— Et je ne te décevrai pas non plus. Nous réussirons, ensemble.

— Oui, ensemble.

Il l'attira entre ses bras et lui donna un baiser. Quelque chose se dénoua en lui, et un sentiment de plénitude l'envahit.

En venant à Seattle, Logan avait fait un pari risqué, mais il avait gagné bien plus qu'il ne l'aurait imaginé. Il avait trouvé une famille. Et, mieux, il avait trouvé l'amour.

YVONNE LINDSAY

Un patron si tentant

Traduction française de
ROSA BACHIR

PASSIONS

HARLEQUIN

Titre original :
SCANDALIZING THE CEO

Ce roman a déjà été publié en 2021.

1

— Voici l'endroit où vous travaillerez. Prenez place.

Garde ton objectif en tête, se répéta Tami tandis qu'elle s'installait derrière le bureau que l'employée de Richmond Developments venait de lui indiquer. C'était un mantra qui lui avait permis de commencer de nombreux projets. Tous n'avaient pas été fructueux, mais elle considérait que cette phrase était un bon point de départ.

Tami tira sur sa jupe. Plutôt adepte des jeans, des leggings et des T-shirts, elle avait opté aujourd'hui pour un tailleur strict et élégant, dont elle jugeait le prix exorbitant. Pas parce qu'il était au-dessus de ses moyens, mais parce qu'elle pensait à tous les repas qu'une telle somme d'argent aurait permis d'offrir au refuge pour familles déplacées que gérait son ancien employeur, un organisme caritatif. Elle eut le cœur serré lorsqu'elle songea à la raison pour laquelle elle avait dû quitter son poste. La même raison qui l'avait amenée ici aujourd'hui.

Lorsque le père de Tami avait édicté ses exigences, sa mère avait fait en sorte que sa fille ait l'apparence adéquate pour son nouvel emploi. Vêtements, chaussures, maquillage, manucure, coiffure et même nouveau smartphone. La liste était longue. Mais la fin justifiait les moyens, se rappela Tami, et elle pourrait toujours rendre les tailleurs Chanel à sa mère, afin que celle-ci les ajoute à sa prochaine vente de charité. Tout comme le chemisier de soie qu'elle portait aujourd'hui, assorti à ses yeux noisette.

L'employée des ressources humaines lui sourit, mais Tami remarqua qu'il n'y avait pas la moindre ridule au coin de son regard bleu et froid. Tout le monde était-il ainsi dans cette entreprise ? Distant et inamical ? Ce travail serait peut-être plus difficile qu'elle ne l'avait cru... Puis une autre pensée lui vint. Cette femme était-elle la taupe que son père avait placée chez Richmond Developments ? Celle qui l'avait fait engager afin qu'elle puisse espionner l'un des directeurs du groupe ? Impossible de lui poser la question directement.

— Nous essayons d'utiliser le moins de papier possible, donc toute prise de notes se fera sur votre tablette ou votre ordinateur. On vous communiquera vos identifiants d'ici une demi-heure. Conservez-les précieusement et ne les partagez avec personne. Est-ce bien clair ?

Tami eut l'impression d'avoir reçu un coup de poing dans le ventre. Personne ne savait quel événement l'avait conduite ici - du moins, personne sauf elle-même, son père, l'organisme de charité dont les comptes bancaires avaient été vidés, et la sombre ordure qui avait volé les fonds. D'accord, quelques personnes étaient au courant. Et cette pensée ne faisait que lui rappeler à quel point elle avait été stupide de laisser son petit ami utiliser son ordinateur. Ex-petit ami, rectifia-t-elle. Elle déglutit, la gorge soudain nouée par l'émotion.

— Ne vous inquiétez pas. Je prends la sécurité très au sérieux, assura-t-elle.

Désormais.

Plus précisément, depuis que son ex-petit ami, Mark Pennington, directeur de Our People, Our Homes, l'organisme de charité qui les employait tous les deux, lui avait emprunté son ordinateur, avait utilisé son code d'autorisation bancaire et avait ensuite vidé les comptes. Il avait trahi sa confiance sans aucun scrupule, et Tami était encore folle de rage. Et, bien qu'elle soit du genre magnanime, elle ne pardonnerait jamais à Mark d'avoir volé des fonds destinés aux plus démunis, et de l'avoir contrainte à demander de l'aide à son père. Parce qu'elle se sentait personnellement responsable du vol, elle avait proposé de rembourser les deux millions et demi de dollars manquants grâce à un trust que sa grand-mère lui avait ouvert. Le problème, c'était que son père était l'un des administrateurs de ce trust, et qu'il avait raconté aux autres administrateurs qu'elle était incapable de gérer ses fonds elle-même bien qu'elle soit adulte, tout cela parce qu'elle avait été une adolescente quelque peu rebelle. Néanmoins, il avait accepté de lui donner l'argent nécessaire à une condition : qu'elle espionne son plus grand rival.

— Bien, continua l'employée. M. Richmond ne va pas tarder. Il se débrouille seul la plupart du temps, mais préparez-vous à assister à des réunions à n'importe quel moment. Vous devrez prendre des notes et les transférer dans le *cloud* que vous serez seule à partager avec lui. Est-ce clair ?

Tami se leva.

— Comme de l'eau de roche, dit-elle, résistant à l'envie de claquer des talons et de faire un salut militaire.

Comme si l'autre femme avait perçu son irrévérence, elle la toisa froidement puis hocha la tête.

— Si vous avez des questions, vous pouvez me joindre par téléphone ou par e-mail. Mes coordonnées figurent dans le répertoire de l'entreprise, sur votre ordinateur.

— Merci, je suis sûre que je m'en sortirai très bien.

L'autre femme haussa un sourcil parfaitement dessiné.

— Il faudra faire mieux que bien. M. Richmond donne le meilleur de lui-même en permanence, et il s'attend à ce que son cercle rapproché en fasse autant.

— C'est noté. Est-ce tout ? demanda Tami aussi poliment qu'elle le put.

Ce n'était pas un mince exploit pour quelqu'un qui préférerait distribuer des repas à des familles dans le besoin ou calmer un enfant agité pendant que sa mère récupérait quelques heures de sommeil sur un lit de camp.

— Pour l'instant. Passez une bonne journée.

Dès qu'elle fut seule, Tami se laissa tomber sur sa chaise à roulettes. Au moins, le siège était confortable, constata-t-elle en le faisant tourner.

— « M. Richmond donne le meilleur de lui-même en permanence et il s'attend à ce que son cercle rapproché en fasse autant », marmonna-t-elle en faisant tourner sa chaise une seconde fois. Eh bien, joli cercle, non ?

Elle fit un autre tour pour ponctuer son propos.

Ayant entendu du bruit derrière elle, elle remit prestement ses pieds sur le sol et se retourna. Un homme en costume noir visiblement taillé sur mesure se tenait devant elle. Il était d'une apparence impeccable, depuis ses chaussures parfaitement cirées jusqu'à sa coiffure impeccable. Même sa barbe courte n'avait pas un poil de travers.

— Mademoiselle Wilson, je présume ? dit-il d'une voix grave et parfaitement modulée.

Elle se sentit fondre. Non, ce genre de réactions ne devrait pas se produire ! Elle avait renoncé aux hommes pour le moment, et peut-être définitivement.

Elle parvint à rassembler ses esprits et se leva pour saluer son nouvel employeur.

— Elle-même, dit-elle, affichant le sourire qu'elle avait répété dans le miroir tout le week-end. Vous pouvez m'appeler Tami. Et vous êtes monsieur Richmond ?

Elle lui tendit la main. Il la scruta de ses yeux gris pâle, comme s'il pouvait lire en elle, puis accepta sa poignée de main. Dès qu'il la toucha, Tami sentit un frisson d'attirance hautement inconvenant la parcourir. Un frisson qui s'intensifia et se transforma en picotements au creux de son ventre quand M. Richmond lui offrit un sourire de bienvenue. Lorsqu'il relâcha sa main, Tami réprima l'envie de la frotter contre sa cuisse.

— Je suis Keaton. Il y a deux M. Richmond ici : mon frère et moi. Comme nous sommes de vrais jumeaux, vous devrez apprendre à nous différencier. Vous rendrez des comptes uniquement à moi. Est-ce bien compris ?

Elle eut envie de lever les yeux au ciel. Pourquoi tout le monde était-il si à cheval sur les règles ici ? Cela allait lui compliquer la tâche... Les membres de Richmond Developments devraient être un peu moins rigides, se dit-elle. Cependant, après le décès de Douglas Richmond et le scandale autour de sa double vie - il avait fondé une autre famille sur la côte est - Tami pouvait comprendre que Keaton et ses proches s'attachent aux convenances.

— Mademoiselle Wilson ? insista-t-il.

— Oh ! désolée. Oui, c'est bien compris.

Et voilà, son nouveau patron venait encore de la surprendre en train de rêvasser. Elle sentit ses joues s'empourprer. *Toi qui voulais faire bonne impression, c'est raté* ! se dit-elle.

Keaton vit sa nouvelle assistante rougir d'embarras. Il commençait à se demander s'il avait bien fait de laisser Monique décider seule de son embauche. Peut-être n'avait-elle pas été aussi méticuleuse que d'habitude dans le choix des candidatures. Ou peut-être était-ce une indication sur la qualité des personnes qui postulaient chez eux désormais. Il était possible que Tami Wilson soit la meilleure candidate. Depuis le scandale autour de la seconde famille du père de Keaton et les effets de cette publicité négative sur leur réputation et sur la valeur des actions du groupe, le moral était bas chez Richmond Developments. Plusieurs collaborateurs clés étaient partis, d'où le recrutement de la femme qui se tenait devant lui et qui était actuellement rouge comme une pivoine.

— Venez dans mon bureau, dit-il. Nous allons passer en revue quelques éléments.

— Voulez-vous que je prenne des notes ?

Elle se mordilla la lèvre, et il observa sa bouche pulpeuse, fasciné. Pour se ressaisir, il reporta son attention sur ses yeux. Des yeux d'une belle nuance noisette, ourlés de cils épais. Naturels ? Cela ne le regardait pas, se rappela-t-il avec fermeté.

— À moins que vous n'ayez une mémoire infaillible, ce serait sans doute une bonne idée, répondit-il. Au moins jusqu'à ce que nous trouvions nos marques.

Keaton n'était même pas sûr qu'ils travailleraient ensemble très longtemps. Car cette jeune femme le déconcentrait. Elle était bien plus jolie que son assistante précédente, et il avait remarqué qu'elle portait un tailleur et des chaussures de luxe. Pour être honnête, elle le troublait énormément. Or, il ne voulait pas être troublé. Ce n'était vraiment pas le moment. Son frère Logan, sa sœur Kristin et lui luttaient pour maintenir Richmond Developments à flot. Peut-être devrait-il proposer à Tami un autre poste au sein de la compagnie, car l'idée de passer la semaine prochaine seul avec elle ressemblait à un cauchemar…

Il alla dans son bureau et, après quelques instants, Tami l'y rejoignit. Il s'installa dans son fauteuil et lui fit signe de s'asseoir face à lui. Lorsqu'elle prit place, sa jupe remonta légèrement. Il ne put s'empêcher d'admirer ses jambes galbées, moulées dans des bas noirs très fins. Elle sortit de son sac un stylet et un téléphone. Tout comme sa tenue, l'appareil était élégant et onéreux. À l'évidence, Mlle Wilson n'était pas dans le besoin. Keaton espérait qu'elle mettait autant d'application dans son travail que dans son apparence.

En la voyant tapoter avec son stylet sur l'écran de son téléphone, Keaton songea qu'ils ne suivaient pas la procédure réglementaire. Chez Richmond Developments, presque tous les documents étaient électroniques et passaient par des *clouds* strictement protégés. L'entreprise fournissait une tablette à chaque employé, mais Tami n'avait sans doute pas encore la sienne. Si elle utilisait son téléphone personnel pour y enregistrer des informations liées à l'entreprise, l'appareil deviendrait la propriété de Richmond Developments. Ce qu'il lui expliqua. Ils ne pouvaient permettre que leur propriété intellectuelle soit partagée par inadvertance avec le monde extérieur. Leurs concurrents leur tournaient autour comme des requins, attendant qu'ils s'effondrent dans ce marché difficile et hautement concurrentiel.

Il prit sa propre tablette et ouvrit une page blanche. Prêter son appareil était aussi une entorse au protocole, mais de toute façon, le document serait téléchargé dans leur *cloud* partagé, et Tami pourrait y avoir accès sur son ordinateur et sur la tablette qui lui serait fournie tout à l'heure, en même temps que ses mots de passe.

— Tenez, plutôt que d'entrer dans votre téléphone personnel des informations confidentielles, utilisez ma tablette, suggéra-t-il, lui tendant l'appareil par-dessus le bureau. Si vous écrivez dans cette fenêtre, vos notes seront converties dans un document texte auquel nous pourrons tous les deux accéder après notre discussion.

— Ah, très bien, dit-elle en souriant. Mon poste précédent était dans le domaine caritatif, et nous étions beaucoup moins stricts sur la procédure de prises de notes.

— Nous étions moins prudents autrefois mais, récemment, nous avons décidé de tout recadrer. Dites-m'en plus sur vous. Où travailliez-vous avant de postuler chez Richmond Developments, et qu'est-ce qui vous a donné envie de travailler pour nous ?

— Eh bien... Je travaillais pour un organisme de charité qui vient en aide aux personnes déplacées. Il fournit non seulement des repas et des lits mais essaie aussi de leur trouver de vrais logements. C'était un travail prenant et épanouissant, que j'aimais beaucoup, mais...

Elle prit une grande inspiration.

— J'avais besoin de changement. Richmond Developments est une entreprise bien établie, réputée pour son intégrité et son souci du détail. Qui ne voudrait pas travailler pour vous ? Bien que mon emploi précédent m'ait permis de varier les activités, je vois ce poste d'assistante comme une opportunité d'aiguiser mes compétences organisationnelles tout en mettant ma personnalité et mes autres talents à votre service.

C'étaient de belles paroles, mais il y avait beaucoup de choses qu'elle ne disait pas. Par exemple, si elle avait tant apprécié son ancien emploi, pourquoi l'avait-elle quitté ?

— Et que faites-vous pendant vos heures perdues ? lui demanda-t-il.

Elle émit un petit rire mélodique, et Keaton sentit une onde de chaleur l'envahir. Il sourit malgré lui.

— En fait, j'ai peu d'heures perdues. Mon travail caritatif me prenait beaucoup de temps. Et je fais du bénévolat quand je le peux. C'est très épanouissant d'offrir du soutien à ceux qui sont dans le besoin, de se sentir utile. Les soirs où je ne fais pas de bénévolat, j'aime m'adonner au tricot, cela me détend. Je donne mes créations à des structures d'accueil pour sans-abri ou à des refuges pour animaux abandonnés.

— Vous tricotez ? Ce n'est pas un passe-temps pour les personnes âgées ?

Tami haussa un sourcil.

— Les personnes âgées ? C'est un peu discriminant comme réflexion, monsieur Richmond, vous ne trouvez pas ? Je croyais que votre société se targuait d'être inclusive.

Elle avait dit cela sur un ton amusé, mais le message était passé.

— Je suis désolé. C'était une remarque idiote de ma part. Et, je vous en prie, appelez-moi Keaton. Pour être honnête, je crois que je ne connais personne qui tricote.

— C'est une activité merveilleuse, déclara-t-elle avec enthousiasme. On peut travailler sur les couleurs, les textures, et à partir d'une simple ligne de mailles, créer un vêtement qui peut être porté, apprécié, et qui peut même être fonctionnel. Il n'y a que des avantages.

— Eh bien, vu comme ça..., dit-il en souriant.

Cette fille était à part, indéniablement. S'il n'y prenait garde, elle pourrait finir par lui donner des cours de tricot ! Elle n'avait pas eu peur de relever sa remarque sur les personnes âgées. Peu d'employés auraient osé. Tami, elle, n'avait pas hésité, et son cran l'impressionnait. Cela compensait la première impression qu'elle lui avait faite, lorsqu'il l'avait surprise en train de jouer avec sa chaise de bureau. Peut-être serait-elle une bouffée d'oxygène pour l'entreprise. Dieu sait qu'ils en avaient besoin.

Toutefois, Keaton n'était pas là pour s'amuser. Sa famille et lui devaient faire en sorte que Richmond Developments retrouve sa place de leader sur le marché de la promotion immobilière. Ce qui voulait dire que Keaton devait se concentrer sur le travail.

— Bien. Prenez votre stylet, dit-il, lui montrant l'outil intégré dans la tablette. Nous allons commencer.

Il attendit qu'elle soit prête puis reprit la parole.

— Vous savez peut-être que Richmond Developments a évolué depuis la mort de notre P-DG, Douglas Richmond, qui était aussi mon père. Le fait que l'on ait découvert sa double vie après son décès soudain a généré une mauvaise publicité dans les médias. Nous ne pouvons pas nous permettre d'autres articles à charge contre la compagnie ou contre ceux qui y travaillent.

Elle hocha lentement la tête.

— J'ai lu des articles concernant le décès de votre père. Mes condoléances. Cela a dû être très difficile pour vous tous.

Keaton sentit tout son corps se tendre puis se relâcher. Manifestement, Tami avait lu les journaux ou entendu des rumeurs. Au moins, il n'aurait pas à lui expliquer la situation en détail.

— Nous sommes actuellement en phase de réorganisation, déclara-t-il. Une partie de cette phase consiste à renforcer les relations. D'abord, au sein de notre compagnie, puis avec nos fournisseurs et notre clientèle.

— Cela me semble un très bon plan.

Il sourit.

— Merci pour votre approbation.

À ces mots, elle s'empourpra, comme tout à l'heure.

— Je ne voulais pas paraître condescendante, bredouilla-t-elle.

— Aucun problème. Vous et moi sommes dans une situation

particulière. Nous n'avons jamais travaillé ensemble, ce qui, d'un côté, est problématique. D'un autre côté, cela nous permet d'établir une relation de travail en partant d'une toile vierge. Nous avons engagé un consultant pour nous aider à remonter le moral des troupes, et sur ses recommandations, nous avons prévu un séminaire avec activités en plein air, afin de renforcer les liens dans nos différentes équipes. Comme vous et moi formons une équipe de deux personnes, nous ferons ces expériences ensemble et nous vérifierons que les activités choisies correspondent aux exigences de Richmond Developments mais aussi de DR Construction, l'autre société de mon défunt père. Nous nous efforçons de construire une relation de travail solide entre les deux entreprises et entre nos employés. Les autres équipes compteront plus ou moins de membres selon la taille des services.

Tami fronça les sourcils.

— Une équipe de deux. Juste nous. Ensemble, répéta-t-elle.

— Oui. Je vous le concède, ce n'est pas idéal. Nous ne nous connaissons pas et nous ignorons comment nous allons nous entendre, cependant, en tant que codirecteur, je me dois de donner l'exemple, alors vous et moi allons embarquer pour notre destination dès demain matin. C'est une bonne occasion pour nous de découvrir nos forces et nos faiblesses, tout en testant les expériences que le programme a à offrir. Deux autres groupes nous rejoindront samedi matin, et nous continuerons le programme avec eux.

— Demain ? N'est-ce pas un peu tôt ? Je ne sais même pas en quoi ce programme consiste. Et, comme vous l'avez souligné, nous ne nous connaissons pas. Vous dites qu'il y aura des expériences en plein air ? demanda-t-elle, sa voix montant de plusieurs octaves sur les derniers mots. Je suis une citadine, je n'ai aucune expérience de la vie sauvage !

— Moi non plus. C'est l'occasion parfaite pour rectifier cela. Comme je vous l'ai dit, nous partons demain. Un chauffeur passera vous prendre à 5 heures.

— Vous voulez dire 5 heures du matin ? s'exclama-t-elle. C'est un peu tôt, vous ne trouvez pas ?

Elle émit un rire nerveux.

— Je ne suis pas opérationnelle avant 8 heures.

— Tami, je n'ai pas besoin de vous rappeler qu'en tant que nouvelle employée, vous êtes en période d'essai. Chacun de nous peut donc mettre fin à ce contrat. Si vous ne souhaitez plus travailler pour nous, vous êtes libre de partir.

Elle écarquilla ses grands yeux noisette.

— Non ! s'exclama-t-elle.

Elle se ressaisit et reprit :

— Je serai prête à 5 heures du matin. Avez-vous une liste d'affaires à emporter ?

— Il se trouve que oui.

Il fit glisser une feuille vers elle.

— Je croyais qu'ici on évitait d'utiliser du papier ? lança-t-elle.

Elle porta la main à sa bouche.

— Encore une fois, mes excuses, dit-elle. Il m'arrive de parler sans réfléchir.

— Dans ce cas, notre expédition devrait être très intéressante, car on m'a accusé de faire la même chose. C'est un défaut sur lequel nous pourrons travailler ensemble, n'est-ce pas ?

— En effet.

Elle prit la liste et se mit à la lire.

— Des chaussures de randonnée ? Un grand sac à dos et un sac à dos de taille normale ? Une tenue de soirée ? C'est une liste intéressante. Où allons-nous, au juste ?

— À Sedona.

— Mais c'est…

— En Arizona. Environ trois heures de vol à bord du jet de notre société, puis quarante-cinq minutes en voiture pour rejoindre notre destination.

— Très bien. J'aurai tout ce qu'il faut d'ici demain.

— Je suis bien conscient que vous n'avez peut-être pas tout sous la main. Aussi, je suggère que vous passiez le reste de la matinée ici pour prendre vos marques, et que vous preniez l'après-midi pour aller acheter ce qui vous manque. Transférez vos reçus à la comptabilité, vous serez remboursée.

Elle hocha la tête et l'observa intensément, comme si elle essayait de déchiffrer son esprit, voire de sonder son âme. Il se sentit mal à l'aise, et contrarié à l'idée que cette femme ait la capacité de le déstabiliser d'un simple regard. Était-ce parce qu'il était trop soupçonneux ces derniers temps ? Parce qu'il voyait des ennemis partout ?

Il savait que la candidature de Tami Wilson avait été étudiée de près par les ressources humaines, alors pourquoi était-il mal à l'aise ? Parce qu'elle était très attirante ? Qu'elle soit à son goût ou non ne devrait absolument pas entrer en ligne de compte. Il avait fait une croix sur les romances au bureau depuis que Honor, sa collaboratrice et fiancée, l'avait trompé avec son frère jumeau. Certes, Honor avait cru que Logan était Keaton, mais leur relation avait été détruite, et bien que tous trois continuent de travailler ensemble, il y avait une certaine tension entre eux à présent, qui affectait tout leur entourage. Keaton n'allait certainement pas répéter son erreur, quel que soit le pouvoir d'attraction de sa nouvelle assistante.

— Des questions, mademoiselle Wilson ?

— Je vous en prie, appelez-moi Tami. Et non, je n'ai pas de questions. Je crois que j'ai tout ce qu'il me faut.

— Bien. Si vous voulez bien me rendre la tablette, je vais vérifier que vos notes sont bien envoyées dans le *cloud*. Vous pourrez y accéder sur votre ordinateur fixe et sur la tablette qui vous sera fournie.

Elle lui rendit l'appareil, effleurant sa main au passage. Un contact très fugace, mais Keaton sentit tout son corps se tendre. Un réflexe instinctif, se dit-il. *Le signe d'une attirance physique*, murmura une voix insidieuse dans sa tête. Keaton chassa aussitôt cette pensée. Toutefois, il ne put s'empêcher d'observer sa nouvelle assistante lorsqu'elle sortit du bureau. Sa jupe épousait la courbe de son joli postérieur, et sa veste cintrée flattait sa silhouette parfaite. Et il ne devrait pas remarquer ces détails, s'admonesta-t-il. Il pivota sur son fauteuil et regarda la pluie de Seattle ruisseler sur les vitres.

Le séminaire en plein air serait sérieusement compliqué par la présence de Mlle Tami Wilson. Keaton et elle allaient devoir compter l'un sur l'autre durant des journées physiquement éprouvantes. Et le pire était qu'ils devraient passer toutes leurs soirées ensemble.

2

Tandis que l'avion amorçait sa descente, Tami se tenait aussi éloignée du hublot que sa ceinture de sécurité le lui permettait. La vue sur les formations rocheuses était sûrement superbe, mais elle n'avait guère envie de l'admirer d'en haut.

Le vol en jet avait été agréable, avec deux bémols toutefois : le fait qu'elle détestait l'avion, et la trop grande proximité de son nouveau patron, assis à côté d'elle. Keaton l'avait observée à plusieurs reprises, et elle s'était sentie gênée. Il ne la dévisageait pas en permanence, bien sûr. Mais dès qu'il la regardait, elle le sentait. Elle n'avait jamais pensé qu'avoir une bonne vision périphérique était un inconvénient, jusqu'à maintenant. Et elle aurait préféré ne pas remarquer les moindres soupirs de Keaton, occupé à lire un document sur sa tablette.

— Je croyais que nous ne devions pas apporter de travail pendant ce séjour, s'étonna-t-elle.

— J'essaie de m'avancer au maximum avant notre atterrissage. Une fois sur le tarmac, je laisserai ma tablette dans l'avion, et nous tâcherons d'éviter les communications avec le monde extérieur autant que possible. Il n'y aura pas de couverture réseau partout, de toute façon.

— Ça a l'air…

Elle chercha le mot adéquat. « Antédiluvien » ne serait sans doute pas très bien reçu.

— Intéressant, dit-elle sans conviction.

Il émit un petit rire en guise de réponse.

Une soudaine baisse d'altitude la poussa à serrer les bras de son siège.

— Ne vous en faites pas, c'est juste un courant descendant, la rassura Keaton. C'est normal ici, à ce qu'on m'a dit.

— Normal. Si vous le dites.

Il lui offrit un petit sourire.

— Tout ira bien. Nous n'engageons que les meilleurs chez Richmond Developments, et cela s'applique aussi à nos pilotes.

Les meilleurs ? L'incluait-il dans cette description ? Elle étouffa la bouffée de culpabilité en elle. L'avion descendit encore et, malgré elle, Tami se tourna vers le hublot au moment où les roues heurtaient le tarmac. Elle serra son siège si fort que ses phalanges devinrent blanches et elle s'obligea à réciter le mantra qu'elle utilisait chaque fois qu'elle prenait l'avion. Peu à peu, elle parvint à se détendre tandis que l'avion ralentissait. Quand elle releva les yeux, Keaton l'étudiait de près.

— Vous ne m'aviez pas dit que vous aviez peur en avion, dit-il d'un air navré.

— Ce n'est pas un trait dont je suis fière, mais j'ai fait des progrès ces dernières années. Autrefois, je ne pouvais même pas mettre un pied dans un aéroport sans trembler.

— Dans ce cas, oui, vous avez progressé. Si je ne vous avais pas observée, je n'aurais rien remarqué.

Donc, il l'avait observée. C'était bien ce qu'elle pensait. Toutefois, le penser et le savoir étaient deux choses différentes. L'idée que Keaton la regarde la troublait.

— Ma mère aussi a peur de l'avion, glissa-t-il. Quand nous rentrerons à Seattle, peut-être pourriez-vous lui expliquer les techniques que vous utilisez ?

Tami ravala son anxiété pendant que le jet se dirigeait vers le terminal de l'aéroport. Aider les autres, c'était ce qu'elle préférait faire. Peut-être était-ce dans sa nature. Autre hypothèse : se concentrer sur les besoins des autres lui permettait de ne pas penser aux siens.

— Bien sûr, je serais ravie de partager mes astuces avec elle.

Mais je ne garantis pas que ce qui marche pour moi marchera pour elle.

— Compris.

L'avion s'arrêta, et le pilote les informa qu'ils pouvaient descendre dès qu'ils le souhaitaient. Keaton éteignit sa tablette et la rangea dans un compartiment dissimulé derrière son siège.

— C'est pratique, commenta-t-elle, désignant la cachette.

— L'un des avantages des jets privés. On peut profiter de tous les coins et recoins du fuselage. Si vous êtes prête, nous pouvons descendre. Une fois que nous aurons récupéré nos bagages, nous prendrons une voiture de location pour rejoindre notre destination finale.

Tami réprima un frisson d'appréhension. Elle n'avait jamais fait de camping et redoutait cette expérience. Toutefois, la liste d'affaires à emporter suggérait qu'ils ne camperaient pas pendant tout leur séjour.

Elle remarqua une lueur de détermination dans le regard de Keaton.

— On dirait que vous êtes impatient d'y être, observa-t-elle tandis qu'ils se dirigeaient vers la sortie.

Il lui offrit un petit sourire. Si fugace qu'elle se demanda si elle n'avait pas rêvé...

— J'aime relever de nouveau défis, dit-il.

— Des défis ? Alors, ça va être vraiment éprouvant ? Physiquement ?

— Vous avez peur de ne pas être à la hauteur ? demanda-t-il, lui faisant signe de le précéder dans l'escalier.

— Oh ! non, je suis prête.

Elle avait relevé des défis bien plus grands que ceux qu'elle s'attendait à affronter durant ce programme. Comme ceux de ses années d'adolescence. Son style d'apprentissage ne correspondant pas aux critères des internats dans lesquels ses parents l'avaient envoyée, elle les avait convaincus de l'inscrire dans le lycée public de leur quartier. Dans ce type d'environnement, une adolescente issue d'une famille privilégiée était confrontée à de multiples difficultés. Certes, elles ne requéraient pas de grimper aux arbres ou de descendre des rapides, mais il y avait quelques similarités.

— C'est bon à savoir, répondit Keaton, la ramenant à l'instant présent.

Dès que ses pieds touchèrent le tarmac, Tami fut soulagée. Enfin, elle était sur la terre ferme. Keaton et le pilote sortirent les bagages de l'avion et les portèrent comme s'ils ne pesaient pas plus lourd qu'une plume, mais Tami savait que le sien pesait environ vingt kilos. Elle aurait sans doute dû voyager léger et s'en tenir à la liste que Keaton lui avait fournie, mais une fille devait toujours parer à toute éventualité, non ? Toutefois, bien que ses pelotes de laine soient légères, en avoir emporté cinq était sans doute un peu excessif.

Keaton posa le sac devant elle.

— Y a-t-il des choses que vous aimeriez retirer avant que nous ne partions ? Votre bagage est plutôt lourd.

— Non, ça ira, répondit-elle.

— Nous pouvons renvoyer toutes les affaires dont vous n'avez pas besoin dans l'avion, et elles resteront dans votre bureau jusqu'à notre retour.

— Ça ira, insista-t-elle.

— Je ne le porterai pas pour vous.

— J'en suis parfaitement consciente, dit-elle, et elle hissa le sac sur son épaule. Vous voyez ? Ça ira.

Elle crut que Keaton allait protester, mais il serra les lèvres et opina.

— Dans ce cas, venez. Allons chercher la voiture.

Lorsque l'employé de l'agence de location les eut conduits vers le monospace qui les attendait sur le parking, Tami avait déjà mal à l'épaule. C'était une chose de porter ce sac chez elle, et une autre de devoir l'emmener partout sous un climat bien plus chaud. Elle aurait peut-être dû laisser quelques affaires… *Non*, se reprit-elle. Elle avait pris une décision et s'y tiendrait. Tout cela faisait partie de la nouvelle Tami Wilson. Et elle n'utiliserait plus les mots « peut-être » ou « il faudrait », d'ailleurs. Ils étaient pleins de regrets, or elle ne voulait plus de regrets dans sa vie. Du moins, elle les refuserait tant qu'elle n'aurait pas récupéré l'argent que lui avait promis son père.

Elle posa son sac dans le coffre du véhicule, soulagée, puis alla s'installer sur le siège côté passager. Jetant un regard circulaire, elle s'autorisa enfin à apprécier la beauté brute qui les entourait. L'aéroport se trouvait sur une *mesa*, cernée par les impressionnantes formations rocheuses qu'elle avait évité de regarder depuis l'avion. En contrebas, la civilisation s'étendait devant eux.

— C'est à couper le souffle, n'est-ce pas ? dit-elle tandis que Keaton s'installait au volant.

— Espérons que nous le penserons toujours à la fin du séjour.

Ne sachant pas s'il plaisantait ou non, elle décida de ne rien répondre. Keaton entra quelques données dans le navigateur de bord puis démarra.

— Un trajet de quarante-cinq minutes, c'est bien ça ? demanda-t-elle tandis qu'ils s'engageaient sur la route principale.

— Environ.

— Ça vous ennuie si je mets la radio ?

— Ça dépend de la musique que vous choisirez.

— Je ne suis pas difficile. Dites-moi ce que vous aimez, et je verrai ce que je peux trouver.

— Si vous choisissiez quelque chose, plutôt ? Et je vous dirai si ça ne me plaît pas.

— Ça me va, conclut-elle.

Après quelques minutes, elle choisit une station de rock classique et, tandis que la voiture avalait les kilomètres, sentit la tension du voyage se dissiper. Elle ne se rendit compte qu'elle s'était endormie que lorsque Keaton la réveilla en la secouant par l'épaule.

Cette femme avait le sommeil facile, c'était certain. Elle s'était endormie environ deux minutes après avoir choisi une station de radio et n'avait pas rouvert l'œil de tout le trajet. Cependant, puisqu'elle avait peur de l'avion, elle était sans doute fatiguée. Si l'on ajoutait le départ matinal et le poids de son bagage, il n'était pas étonnant qu'elle se soit assoupie.

Keaton lui avait lancé quelques regards furtifs de temps en temps. Juste pour vérifier qu'elle respirait, s'était-il dit, mais il savait que ce n'était pas la seule raison. Tami lui plaisait, et c'était un problème. Car il ne recherchait pas de petite amie. Ni maintenant ni peut-être jamais. Il était probable qu'il ne demeure pas seul éternellement, mais après l'infidélité de Honor et les mensonges de son père, il comptait rester célibataire un bon bout de temps.

Il observa Tami une fois de plus. Elle n'était pas d'une beauté classique et sophistiquée comme les femmes de son entourage. Mais elle était renversante, certainement, et solaire. Reportant son attention sur la route, il se réprimanda. Il ne devrait pas penser à Tami de cette façon. Elle était son employée, or il n'avait pas de relations sentimentales avec ses employées. Son expérience malheureuse avec Honor l'avait vacciné.

Quand il se gara devant le centre d'activités de plein air, il se sentait fatigué, lui aussi. Puisqu'il était un lève-tôt, le départ matinal ne lui avait pas posé de problème, mais après une nouvelle nuit sans sommeil et une conduite en terrain inconnu, une sieste lui semblait tentante. Pourtant, il ne faisait jamais de siestes. Sa sœur Kristin lui conseillait souvent de lever le pied et de prendre du temps pour lui, car elle ne comprenait pas la force ni la raison de son ambition.

Une ambition qui l'avait mené ici, au cœur de l'Arizona, Et il était sur le point de passer plusieurs jours avec une parfaite étrangère, au milieu de nulle part. Certes, il croyait aux bénéfices du programme que Logan, Kristin et lui avaient choisi pour renforcer l'esprit d'équipe chez leurs collaborateurs. Mais il n'avait pas prévu qu'il se retrouverait seul avec sa nouvelle assistante pendant une partie du séjour.

— Tami, réveillez-vous. Nous sommes arrivés, répéta-t-il en la secouant doucement.

Cette femme dormait comme un loir.

Elle ouvrit les yeux et, l'espace d'un instant, son regard demeura perdu. Mais elle retrouva rapidement ses repères.

— Oh ! mince, je suis désolée ! Je ne voulais pas dormir. Ce n'était pas très gentil de ma part.

— Je ne recherche pas de compagnie, rétorqua-t-il malgré lui.

Elle masqua prestement sa surprise.

— Bien sûr, dit-elle avec douceur.

À dire vrai, c'était la première fois qu'elle lui parlait de manière aussi professionnelle depuis leur rencontre. C'était une jeune femme spontanée mais qui savait aussi masquer ses émotions, apparemment.

Pourquoi s'inquiétait-il des sentiments de Tami ? se tança-t-il. Ils étaient ici pour remplir une mission et renforcer leur cohésion… Uniquement sur le plan professionnel.

Il sortit de la voiture pour éviter que d'autres paroles blessantes lui échappent et alla décharger le coffre. Le bagage de Tami était beaucoup trop lourd, surtout pour la randonnée qu'ils effectueraient dans quelques jours. Mais elle avait insisté pour emporter tout le contenu de son sac, et il n'avait pas voulu se disputer avec elle. *Ce ne sont pas mes affaires*, se répéta-t-il. Néanmoins, elle était son employée, et il avait une responsabilité envers elle. Tout comme elle avait une responsabilité envers lui. Ils devaient créer une équipe efficace. Toutes les autres considérations étaient hors de propos.

Dans ce cas, pourquoi son regard fut-il captivé quand elle sortit de la voiture, s'étira et toucha les pointes de ses pieds ? Et pourquoi ce mouvement élégant provoqua-t-il une raideur inconfortable chez lui ?

— Oh ! c'est bon de bouger ! Je n'ai pas l'habitude de rester inactive si longtemps.

Il lui offrit ce qu'il espérait être un sourire amical, mais il craignait qu'il ne paraisse machinal.

— Je suis sûr que vous aurez beaucoup d'occasions de bouger pendant notre séjour. Tout comme moi.

Et il ferait mieux de marcher devant elle chaque fois que ce serait possible. Non pas parce qu'il pensait être meilleur, ni parce qu'il était son patron ou même un meneur-né. Mais parce qu'il était certain que si elle marchait devant lui, il finirait par tomber à plat ventre dans la poussière rouge, trop hypnotisé par son joli postérieur pour regarder où il mettait les pieds.

3

Un homme grand et mince sortit du chalet principal et se dirigea vers Keaton et Tami. Il leur tendit la main et leur offrit un sourire chaleureux.

— Bonjour, bienvenue ! Vous êtes à l'heure. Je m'appelle Leon, et je serai l'un de vos hôtes et guides durant votre séjour.

Keaton fit les présentations.

— Bonjour, Leon. Keaton Richmond, et voici mon assistante, Tami Wilson. L'avant-garde, pour ainsi dire.

Leon sourit.

— C'est une bonne chose que vous ayez quelques jours d'avance. Vous aurez le temps de vous habituer à l'altitude.

— Ça veut dire que vous serez indulgent avec nous les premiers jours ? demanda Tami.

— Peut-être, répondit Leon avec un clin d'œil.

Un autre homme sortit du chalet. Un peu moins grand que Leon et plus carré, il descendit les marches du perron avec une énergie joyeuse.

— Ah, voilà mon mari, Nathan, dit Leon. En ce moment, il assure les rôles de cuisinier et de barman, en attendant l'arrivée de nos employés pour le début de notre saison, qui coïncidera avec l'arrivée des autres membres de vos équipes. Si le silence actuel vous rebute, rassurez-vous, il ne durera pas.

— Le silence, c'est agréable, dit Tami avec un petit sourire. Et bien trop rare à notre époque.

— Dans ce cas, je pense que vous vous plairez ici, répondit Leon.

Il fit les présentations entre Nathan, Keaton et Tami.

— Venez, dit Nathan. Leon va vous montrer vos chambres puis vous conduire à la cuisine. Je vous ai préparé un petit déjeuner tardif, je me suis dit que vous deviez être affamés. Vous vous êtes levés très tôt, j'imagine ?

— En effet, dit Keaton.

La fatigue qu'il avait tenté d'ignorer commençait à le rattraper. Il tituba un peu lorsqu'il suivit les deux hommes dans le chalet.

— Ça va ? s'enquit Tami.

— Oui, ça va, fit-il d'un ton sec. Tout le monde n'a pas eu la chance de faire une sieste sur le trajet.

Il n'avait pas voulu être cassant, mais il constata que ses paroles avaient heurté Tami. Elle avait rougi et baissé la tête.

— C'est peut-être l'altitude, glissa-t-elle.

Nathan se retourna vers eux.

— C'est vrai, il ne faut pas sous-estimer l'altitude ici, intervint-il. Elle est d'environ mille trois cents mètres. Je ne pense pas que vous aurez le mal des airs, mais vous serez peut-être un peu... vaseux.

— Super, marmonna Keaton. Les désagréments sans l'amusement.

Leon rit.

— Oh ! mais vous allez vous amuser ! assura-t-il. Laissez-vous simplement un peu de temps pour vous adapter. Et buvez beaucoup d'eau. Nous réapprovisionnons les réfrigérateurs de vos chambres deux fois par jour. Rester hydraté est capital.

Une fois dans sa chambre, Keaton prit le temps de se doucher puis retourna au rez-de-chaussée. Guidé par le son des voix et des rires, il rejoignit la grande cuisine à l'arrière du chalet. Tami était perchée sur un tabouret de bar devant un grand îlot central. Elle semblait heureuse et détendue. Jusqu'à ce qu'elle remarque sa présence.

— Tout va bien ? demanda-t-elle. Voulez-vous un café ?

— Je vais bien. Très bien.

Du moins, il allait bien jusqu'à ce qu'il la revoie. Il avait cru que ce temps solitaire lui aurait permis de rassembler ses pensées et l'aurait immunisé contre les réactions qu'elle provoquait chez lui, mais il avait eu tort.

— Et, oui, j'aimerais bien un café. Merci.

— Noir avec un sucre ?

Il esquissa un sourire.

— Vous vous en souvenez ?

— Que voulez-vous ? Mon esprit mémorise les détails.

— Ça peut être très utile. Tant que vous ne perdez pas de vue l'essentiel.

De nouveau, elle sembla heurtée. Mais elle reprit rapidement cet air inexpressif, presque servile, qu'elle avait arboré tout à l'heure. Et il se sentit coupable. Il devait apprendre à modérer ses remarques. Il s'agissait pour lui de trouver la meilleure manière de travailler avec elle, et inversement.

— Désolé, s'excusa-t-il en acceptant la tasse de café fumante qu'elle lui apporta. Je suis un peu brusque parfois.

— C'est noté. Excuses acceptées, dit-elle avec un petit sourire.

Elle observa Nathan qui s'affairait aux fourneaux.

— Nathan prépare des *huevos rancheros*, dit-elle. J'ai essayé de regarder par-dessus son épaule pour apprendre ses secrets, mais il m'a renvoyée vers mon tabouret. Ça sent divinement bon, n'est-ce pas ?

Keaton était soulagé de constater qu'il n'avait pas totalement étouffé l'enthousiasme de Tami.

— En effet, approuva-t-il.

Son dernier repas, un snack au bureau, remontait à la veille dans la soirée. Quand Nathan leur apporta deux assiettes pleines et fumantes, Keaton avait si faim qu'il salivait déjà.

— Et voilà, régalez-vous. Avec ce qui vous attend, vous aurez bien besoin d'énergie, dit leur hôte avec un petit rire.

— Doit-on s'inquiéter ? demanda Tami.

— Non, je plaisantais. Leon sera clément avec vous aujourd'hui.

— Je ne veux retarder personne. Surtout pendant notre premier jour, dit-elle.

— Tout ira bien, assura Keaton.

Cette expérience était censée mettre ses participants à l'épreuve, et non les effrayer.

— Nous irons à votre rythme, dit-il. Cela vous va ?

Leon arriva sur ces entrefaites.

— Aujourd'hui, ce sera juste une petite balade pour s'habituer au terrain, déclara-t-il. Quand vous aurez fini votre repas, enfilez vos chaussures de randonnée et assurez-vous d'emporter quelques bouteilles d'eau dans vos sacs. Et portez plusieurs couches légères de vêtements. Le temps va se réchauffer, alors vous devrez sans doute enlever une ou deux couches dans la journée.

— Cela nous change du climat de Seattle, n'est-ce pas ? lança Keaton à Tami avant de s'asseoir à côté d'elle et d'entamer son petit déjeuner.

— Oui, c'est le moins qu'on puisse dire.

Elle semblait ailleurs, comme si elle avait d'autres préoccupations qu'elle n'exprimait pas. Il fallait qu'il lui laisse du temps, pensa-t-il. Pour l'heure, il devait se concentrer sur son assiette. Il laissa les saveurs des haricots, des œufs et de la sauce épicée exploser dans sa bouche. Tami gémit de plaisir. Un son plus adapté dans une chambre à coucher que dans une cuisine, songea-t-il. À cette pensée, une décharge de désir très malvenue le traversa.

Tami sentit Keaton se raidir. À cause d'elle ? Elle était spontanée, et il était naturel pour elle d'exprimer le plaisir qu'elle ressentait, surtout pour quelque chose d'aussi délicieux que le plat dans son assiette. Ce séminaire ne serait guère amusant si elle ne pouvait pas être elle-même. Parce qu'elle avait eu une enfance très stricte, elle ne tolérait aucune restriction inutile dans son monde à présent, de qui que ce soit. Elle exprimait ouvertement son appréciation des plaisirs de la vie, qu'ils soient culinaires ou autres, et Keaton Richmond devrait s'y faire. Mais penser à son enfance et à son père lui rappela pourquoi elle était ici et, soudain, son petit déjeuner eut un goût amer.

Elle se força à sourire à leur hôte.

— C'est vraiment délicieux, Nathan. Merci.

— Il n'y a pas de quoi. C'est toujours un plaisir de voir que nos clients apprécient nos efforts.

— Sommes-nous les seuls clients en ce moment ? demanda-t-elle.

— Oui, jusqu'à ce que vos collègues et le groupe de DR Construction arrivent. Vos deux entreprises ont réservé nos services de manière exclusive.

Tami interrogea Keaton du regard.

— De manière exclusive ? Eh bien, cela montre que Richmond Developments est très impliquée dans ce programme.

Keaton haussa les épaules.

— Quand nous faisons quelque chose, nous aimons le faire bien.

Il désigna l'assiette presque vide de Tami.

— Vous avez fini ? demanda-t-il. Si oui, nous devons nous préparer avant d'aller retrouver Leon. N'oubliez pas les bouteilles d'eau.

Il se leva et alla déposer leurs assiettes dans l'évier.

Tami retourna dans sa chambre, empoigna son sac et y glissa une crème solaire, une veste imperméable légère au cas où il pleuvrait - bien que le ciel soit d'un bleu éclatant - et trois bouteilles d'eau. Elle hésita à emporter son téléphone, mais se rappela que son père lui avait ordonné de le garder près d'elle en permanence, au cas où il devrait la joindre. Pour l'instant, elle devait suivre ses instructions et tâcher de récolter des informations. Elle coupa la sonnerie de son téléphone puis le glissa dans la poche latérale de son sac. Au moins, si son père essayait de la joindre pendant sa randonnée, Keaton n'en saurait rien. Elle enfila un pull par-dessus son T-shirt à manches longues, laça ses chaussures de randonnée et enfonça son bonnet tricoté main préféré sur sa tête, avant de descendre l'escalier en courant.

Dehors, l'air était frais, mais moins qu'à leur arrivée à l'aéroport. Leon et Keaton l'attendaient devant le chalet. Mince. Elle qui avait cru être rapide, elle avait été devancée par Keaton, qui jeta un coup d'œil à sa montre. Manifestement, il n'aimait pas attendre.

Comme le père de Tami. Il avait été si à cheval sur la ponctualité qu'elle en avait été traumatisée, jusqu'à ce qu'elle comprenne qu'être à l'heure ou pas ne changeait rien ; quoi qu'elle fasse, elle décevait toujours son père d'une manière ou d'une autre. Quand elle était à l'heure, il trouvait à redire sur sa tenue ou sa coiffure. Au bout du compte, elle s'était efforcée d'être toujours en retard, rien que pour le contrarier.

Elle soupira.

— Désolée de vous avoir fait attendre.

— Aucun problème, Tami, dit Leon. Keaton est arrivé à peine une minute avant vous.

Ha ! Elle sourit en son for intérieur. Si Keaton avait regardé sa montre uniquement pour la faire culpabiliser, il en était pour ses frais.

— Eh bien, nous pouvons nous mettre en route, lança-t-elle joyeusement.

— Vous comptez garder cette chose sur votre tête ? s'étonna Keaton.

— Ça ? demanda-t-elle en montrant son bonnet rose fuchsia. C'est pour que vous puissiez me retrouver facilement si je me perds. Il vous plaît ? Je peux vous tricoter le même ce soir, si vous voulez.

— Euh, non, merci. Je ne crois pas que le rose m'aille au teint, dit-il avec une lueur amusée dans le regard qu'elle trouva très gratifiante.

C'était agréable d'apporter de la joie aux autres. C'était ce qu'elle s'efforçait toujours de faire, et c'était l'une des raisons pour lesquelles, depuis qu'elle était adulte, elle fréquentait très peu ses parents qui étaient des manipulateurs et des vampires émotionnels. Non seulement elle ne les voyait plus, mais elle avait aussi abandonné leur nom, Everard, pour prendre le nom de Wilson à ses dix-huit ans, afin de prendre encore plus de distance avec eux. Et puis, cela évitait que des gens intéressés cherchent à se servir d'elle pour entrer dans le réseau de son père ou pour avoir accès à sa fortune. Elle avait trop souffert de cela lorsqu'elle était adolescente.

— Vous êtes sûr ? insista-t-elle d'un ton taquin. J'ai une laine d'un joli vert citron qui pourrait faire l'affaire. Je la destinais à un manteau pour chiot, mais je serais enchantée de tricoter un bonnet pour vous.

— Un manteau pour chiot... Merci pour votre offre, mais mon couvre-chef me suffit, dit-il, touchant le bord de la casquette de base-ball qui cachait ses cheveux blond foncé. Et puis, je ne voudrais pas priver un chiot abandonné.

Il se tourna vers Leon.

— Quelle distance allons-nous parcourir aujourd'hui ?

Leon montra un pic qui semblait affreusement loin pour l'œil non entraîné de Tami.

— Nous allons marcher environ une heure et demie. Peut-être deux, cela dépendra de votre état. Nathan s'y rendra en quad pour nous apporter notre déjeuner.

Il s'adressa à Tami.

— Quant au risque de se perdre, le renforcement de l'esprit d'équipe serait compromis si nous laissions cela se produire. Vous serez en sécurité avec nous, assura-t-il en souriant.

Tami n'était pas sûre qu'elle aurait faim lorsqu'ils arriveraient à destination, après le copieux petit déjeuner qu'ils venaient d'avaler. De plus, une heure et demie ou deux, cela semblait très long pour parcourir cette distance. Cependant, elle était ici pour remplir une mission, et elle irait jusqu'au bout. Elle hissa son sac à dos sur ses épaules.

— Bien, je suis prête, dit-elle aussi gaiement que possible.

La randonnée n'était pas trop ardue, constata-t-elle après

une heure de marche. Et elle trouvait intéressant d'observer Keaton, qui avançait avec une détermination calme. Quand une famille de pécaris avait croisé leur chemin, il était resté imperturbable. Tami, en revanche, avait eu envie de grimper dans l'arbre le plus proche dès que ces créatures semblables à des sangliers sauvages avaient surgi sur la piste, mais Leon s'était empressé de la rassurer. Ces bêtes étaient herbivores et ne la voyaient donc pas comme un repas potentiel. Keaton avait montré de l'intérêt pour ces animaux mais avait à peine cillé devant leurs dents longues et aiguisées. Était-il ainsi en toutes circonstances ? Serein et impassible ? Ou n'était-ce qu'une façade ?

Après qu'ils eurent déjeuné puis repris le chemin du chalet, Tami commença à se demander ce que son père avait espéré découvrir en la faisant engager par Keaton Richmond. Jusqu'ici, Keaton et elle n'avaient quasiment pas parlé travail. En fait, son nouveau patron semblait éviter soigneusement la question. Peut-être parce que Leon les accompagnait et que Keaton se montrait très prudent, ou parce qu'il tenait vraiment à apprécier le paysage. Quoi qu'il en soit, elle ne pouvait pas remettre le sujet sur le tapis sans éveiller ses soupçons. Aussi décida-t-elle de se concentrer sur sa respiration et de contempler le magnifique décor qui les entourait.

Elle avait eu de plus en plus chaud au fil des heures et ne portait plus maintenant qu'un débardeur avec son jean. Un débardeur très moulant, à fines bretelles.

Quand ils arrivèrent au chalet, Leon les informa qu'ils avaient quartier libre jusqu'au prochain repas. Un dîner aux chandelles leur serait servi sous la véranda à 19 heures.

— J'ai l'impression que l'on ne fait que manger, ici, plaisanta Tami et en se tapotant le ventre.

Elle remarqua que Keaton avait suivi sa main du regard. Il observa son ventre puis remonta lentement vers ses seins et sa gorge, avant de s'arrêter sur son visage. Un frémissement d'excitation la parcourut, réveillant toutes les cellules de son corps. Y compris, hélas, celles de ses tétons qui se dressèrent comme si Keaton les avait touchés avec ses mains. Des mains fortes et puissantes, observa-t-elle. Des mains qui étaient des poings serrés à cet instant.

Elle pria pour que les bonnets de son soutien-gorge cachent sa réaction mais, après avoir jeté un bref regard sur sa poitrine, elle constata que sa prière n'avait pas été entendue. C'était vraiment très gênant…

Ayant l'intention de remettre son T-shirt à manches longues pour cacher les réactions incontrôlées de son corps, elle commença à baisser son sac à dos, mais la bretelle du sac s'accrocha aux bretelles de son débardeur et de son soutien-gorge et les baissa sur son épaule. Mortifiée, elle se sentit rougir.

— Attendez, laissez-moi vous aider, proposa Keaton d'une voix légèrement bourrue.

Mince, elle l'avait contrarié. Si elle continuait comme ça, elle risquait d'être renvoyée. Et si cela arrivait, elle serait dans de beaux draps ! Keaton lui retira son sac et le posa à ses pieds. À l'endroit où sa main avait effleuré son épaule, elle sentit des picotements danser sur sa peau.

— D'habitude, je ne suis pas aussi maladroite. Merci pour votre aide.

— Pas de quoi.

Il faisait tout pour éviter son regard, remarqua-t-elle.

— Si vous n'avez pas besoin de moi, je vais me doucher et tricoter un peu avant le dîner. Ça vous va ? demanda-t-elle.

Il acquiesça d'un bref signe de tête. Lorsqu'elle prit son sac et monta les marches du perron, elle sentit son regard sur elle. Elle ne se retournerait pas. Absolument pas. Mais lorsqu'elle fut en haut des marches, ce fut plus fort qu'elle. Elle tourna la tête. Keaton l'observait toujours, l'air réprobateur.

Une bouffée d'angoisse l'envahit. Son patron regrettait de l'avoir emmenée ici, apparemment. Elle lui fit un petit signe de la main puis alla dans sa chambre, tout en se réprimandant pour avoir donné à Keaton des occasions de la trouver incompétente. En temps normal, elle n'aurait pas fait grand cas de son mécontentement. Elle aurait simplement quitté son emploi et tourné la page. Mais elle avait deux millions et demi de bonnes raisons de rester, et elle était bien décidée à rembourser jusqu'au dernier dollar que Mark avait volé à Our People, Our Homes. Lorsqu'elle aurait honoré sa promesse, elle pourrait de nouveau se soustraire à l'influence de son père. Pour toujours, cette fois.

Pourrait-elle tenir sa promesse ? Il le fallait. Elle n'avait pas d'autre choix.

Bien que l'utilisation des téléphones portables soit déconseillée pendant le séminaire, Keaton ne put résister à l'envie de prendre des nouvelles du bureau. Kristin décrocha à la première sonnerie.

— Bonsoir, grand frère. On te manque déjà ? lui répondit-elle en plaisantant.

— Je voulais juste m'assurer que tout allait bien.

— Tout se passe aussi calmement que quand tu as quitté ton bureau hier soir. Personne d'autre n'a démissionné.

— Pour l'instant.

— Pour l'instant, approuva-t-elle d'un ton amusé. Comment se débrouille ta nouvelle assistante ? Elle a droit à un vrai baptême du feu.

— Comment ça ?

— Eh bien, difficile de connaître quelqu'un en un jour. Elle se retrouve en pleine nature avec un quasi-inconnu.

—Elle s'en sort, fit-il, laconique.

Et elle est charmante.

—Jolie ?

— Kristin, ce n'est pas très professionnel de ta part.

— Je suis d'accord. Mais est-elle jolie ?

Keaton leva les yeux au ciel. Sa sœur était peut-être un génie de la finance et une directrice plus que compétente mais, parfois, elle redevenait la petite sœur agaçante qu'elle avait toujours été.

— Assez jolie, mais pas mon genre.

Menteur.

— Et puis je ne veux pas refaire la même erreur. Chat échaudé...

— Keaton, je suis navrée. J'ai été bête et j'ai manqué de tact.

— Ça ne fait rien. Comme je te l'ai dit, elle se débrouille bien. Mais elle n'est pas comme je l'imaginais.

— C'est-à-dire ?

— Elle m'a proposé de me tricoter un bonnet.

— Quoi ? Mais quel âge a-t-elle ?

— Je ne sais pas. Entre vingt-cinq et trente ans, je dirais.

Il entendit sa sœur taper sur son clavier.

— Elle a trente ans, dit Kristin. Et elle tricote des bonnets ?

— Des manteaux pour chiots, aussi. Ne mentionne pas les mots « âge » et « tricot » dans la même phrase, sinon tu auras droit à un sermon sur la discrimination envers les personnes âgées.

Le rire de sa sœur résonna dans son oreille.

— Elle t'a fait un sermon ? Elle m'a l'air épatante. Il me tarde de la rencontrer ! Il est vrai que le tricot est un passe-temps populaire, apprécié par des personnes de tous âges. Tu pourrais apprendre une chose ou deux de Tami Wilson. Maintenant raccroche et retourne à ta retraite.

— Ce n'est pas une retraite. C'est un séminaire conçu pour renforcer l'esprit d'équipe.

— Si tu veux. Pour ce que ça vaut, je suis vraiment impressionnée par l'enthousiasme et l'engagement dont nos employés font preuve. Ils commencent déjà à discuter de leurs points forts et se demandent avec quels employés de DR Construction ils vont être associés, sans parler des défis qu'ils devront relever. C'était vraiment une bonne idée.

— Ils ont compris que ce n'est pas une compétition, dis-moi ? Nous ne sommes pas en concurrence avec DR Construction. Il s'agit de créer un lien fort entre les deux entreprises.

— Je le sais, et j'en parlais justement à Lisa tout à l'heure, dit-elle, mentionnant leur demi-sœur de Virginie. La discussion a été très positive, et Lisa est enthousiaste. En revanche, sa mère pense que tout cela n'est qu'une perte de temps et continue de conseiller à ses enfants de rester loin de nous. Je suis heureuse que maman ne réagisse pas comme elle.

Keaton grimaça. Depuis le début, Eleanor Richmond, qui continuait à se faire appeler ainsi alors que son mariage avec Douglas Richmond avait été déclaré illégal, faisait preuve de mauvais esprit. Mineure à l'époque de sa relation avec Douglas, elle avait fait chanter l'employée de maison de ses parents pour que cette dernière se fasse passer pour sa mère et signe une autorisation de mariage. Plutôt que d'admettre la vérité avec élégance, Eleanor maintenait que Douglas avait toujours eu l'intention de l'épouser, et que c'était tout ce qui comptait. Elle refusait de créer un lien avec l'autre famille de Douglas Richmond mais, heureusement, elle n'était pas imitée par ses enfants. Fletcher, Mathias et Lisa avaient accepté la nouvelle dynamique familiale, sur le plan professionnel comme sur le plan personnel.

Lorsqu'il eut raccroché, Keaton fit les cent pas devant le chalet. Kristin considérait peut-être que ce programme était une bonne idée, mais en ce qui le concernait, la situation se compliquait. Passer près de deux semaines avec une inconnue pour renforcer leur esprit d'équipe ? C'était irresponsable. Il pouvait encore tout annuler... Néanmoins, à en juger par ce que Kristin lui avait confié, s'il arrêtait tout maintenant, il finirait par créer encore plus de dégâts. Les employés comptaient sur ce programme pour retrouver leur camaraderie. Sa famille aussi comptait sur ce séminaire pour renforcer les liens. Donc, il ne lui restait qu'une option. Rester.

Ce qui signifiait qu'il devrait dîner en tête à tête avec Tami ce soir. Il savait déjà que leurs hôtes ne se joindraient pas à eux, et lorsqu'il avait jeté un coup d'œil à la véranda tout à l'heure, il avait aperçu une table pour deux élégamment dressée :

vaisselle en porcelaine, couverts en argent, fleurs et chandelles. Il desserra la mâchoire et, peu à peu, parvint à se détendre. L'ennui, c'était qu'une partie de son corps semblait décidée à ne pas se détendre quand Tami Wilson était dans les parages.

Eh bien, Keaton devrait s'accommoder de la situation. Et vite, car il lui restait encore plusieurs jours et plusieurs soirées à passer avec Tami. Il fallait qu'ils parviennent à établir une relation de travail solide, car la priorité était de maintenir Richmond Developments à flot.

4

Plus tard dans la soirée, Keaton ajusta le col de sa veste et le nœud de sa cravate devant son miroir. Cela le changeait de la tenue de randonnée qu'il avait portée toute la journée. Ses cheveux décoiffés par le vent étaient maintenant lissés, et sa barbe parfaitement taillée. Il s'était demandé s'il était bien utile de se mettre sur son trente et un pour ce dîner, mais puisque ce programme devait lui apprendre à comprendre les gens dans tous types de situations, la réponse était oui. Après tout, un dîner habillé, même avec deux participants uniquement, constituait une situation.

Il descendit l'escalier et se rendit dans la véranda. Tami était déjà arrivée, et lorsqu'elle se retourna vers lui, il eut littéralement le souffle coupé. Vêtue d'une splendide robe améthyste aux reflets irisés, les cheveux relevés en un chignon qui exposait son cou gracile, elle ne ressemblait en rien à l'assistante qu'il avait surprise en train de tournoyer sur sa chaise de bureau hier. Ni à la randonneuse déterminée qui avait marché derrière Leon et lui tout l'après-midi, même quand elle était à bout de fatigue. Non, cette vision charmante était une tout autre personne. Et elle lui plaisait tant que son corps vibrait déjà de désir.

— Quelque chose ne va pas ? demanda-t-elle, l'air incertaine. Ma robe est un peu trop chic ?

Non, pas du tout.

— Vous êtes splendide.

Elle rougit légèrement.

— J'avais peur que ce soit un peu excessif, mais la liste que vous m'avez fournie précisait qu'il fallait une tenue de soirée pour certains repas, or c'est la robe la plus élégante que je possède.

— Elle est parfaite.

Trop parfaite, songea-t-il. Le tissu plongeait entre ses seins et effleurait le reste de son corps comme une seconde peau, avant de s'évaser élégamment jusqu'à ses chevilles. Tami avait choisi des sandales argentées scintillantes qui lui ajoutaient dix bons centimètres. Prenant conscience qu'il la regardait avec un peu trop d'insistance, il se dirigea vers le buffet, dressé contre le mur. Des chauffe-plats argentés laissaient échapper des arômes exquis. Il tendit le bras vers la bouteille de vin qui était au frais dans un seau à glace.

— Voulez-vous un verre de vin ? proposa-t-il.

— Volontiers, merci.

Content de pouvoir s'occuper, il ouvrit la bouteille et versa le vin dans les verres. Il donna l'un à Tami et leva l'autre pour porter un toast.

— Aux relations de travail fructueuses, dit-il.

Bon sang, ça avait l'air si pompeux ! Mais n'était-ce pas le but de ce programme ? Renforcer les relations de travail ?

— Aux relations de travail, murmura-t-elle avant de boire une gorgée de vin. Mm, il est très bon. D'habitude, je ne bois pas de chardonnay, mais celui-ci est délicieux.

Keaton l'observa, un peu surpris. Peu de gens pouvaient dire quel type de vin ils buvaient après une seule gorgée.

— Vous vous y connaissez en vin ?

— C'est l'une des rares sciences que mes parents ont essayé de m'enseigner et dont j'ai quelques souvenirs.

— Vous étiez bonne élève, manifestement.

— J'étais tout sauf une bonne élève.

Comme si elle avait pris conscience qu'il pourrait avoir des doutes sur ses compétences, elle s'empressa d'ajouter :

— Mais je suis très douée dans de nombreux autres domaines.

Très tôt, j'ai su que j'apprenais mieux en étant sur le terrain. La théorie n'a jamais été un de mes points forts.

Keaton rit.

— Je suis sûr que vous avez beaucoup d'autres points forts.

— Je me plais à le penser. Et vous ? Étiez-vous bon élève ? Non, laissez-moi deviner.

Elle l'étudia de près.

— Je dirais que vous n'aviez que des A, et que vous étiez le premier de la classe. Vous étiez aussi un excellent athlète. Champion de *cross-country*. J'ai raison ?

Il hocha la tête, épaté.

— Vous avez deviné tout cela rien qu'en me regardant ?

— Oh ! je peux deviner beaucoup de choses rien qu'en vous regardant. Si nous allions nous installer ? suggéra-t-elle.

Ils s'assirent autour de la petite table ronde. Tami picora quelques feuilles de salade avant de poser sa fourchette et de reprendre son verre de vin.

— Regardez ça, mon verre est vide. Je vous ressers aussi ?

— Oui, mais pas trop. Leon m'a laissé un message pour me dire que nous serons seuls pendant une grosse partie de la journée demain. Une marche d'orientation, je crois, puis une activité en fin de journée, pour laquelle il sera présent.

— Il nous laisse seuls ? J'adore les activités de plein air, mais marcher en pleine nature avec uniquement une carte et une boussole, c'est sortir de ma zone de confort.

— Vous pourrez toujours porter votre bonnet rose au cas où nous nous perdrions.

Elle sourit.

— Oui, c'est vrai. Eh bien, nous prendrons les choses comme elles viennent. Pas vrai ?

— C'est ainsi que vous abordez la vie ? Vous prenez les choses comme elles viennent ?

— La plupart du temps. Mais je peux aussi faire des plans quand c'est absolument nécessaire. Et vous ? Je parie que vous planifiez tout jusqu'au moindre détail et que vous n'aimez pas les surprises. Pour vous, ce qui compte, c'est la préparation et la réalisation, pas la destination.

Cette fois encore, elle l'avait très bien cerné. Avait-elle le don de lire dans les esprits ? se demanda-t-il, décontenancé. Pour dissiper son trouble, il se leva et alla inspecter les plats.

— Vous avez faim ? demanda-t-il, soulevant le premier couvercle.

— Je suis affamée. Après notre petit déjeuner et notre déjeuner copieux, je ne l'aurais pas cru, mais la marche de l'après-midi m'a creusé l'appétit.

Elle le rejoignit devant le buffet.

— Des pommes de terre au beurre persillé ? Mes papilles vont être au paradis ! se réjouit-elle. Et l'autre plat ?

Il souleva le second couvercle, révélant des cuisses de poulet désossées accompagnées d'une sauce aux champignons. Le gémissement de plaisir qu'elle laissa échapper le fit frissonner et réveilla une certaine partie de son anatomie. Si Tami pouvait provoquer ce genre de réactions chez lui rien qu'en salivant devant des pommes de terre et du poulet, que pourrait-elle provoquer s'il s'agissait de plaisirs plus charnels ? Keaton chassa ces pensées pour éviter de se retrouver dans une situation gênante. Il y avait quelques mois seulement, il était fiancé. Sa réaction face à Tami était sans doute purement physique, car il ne la connaissait pas assez pour avoir formé avec elle un lien comme celui qui l'avait uni à Honor. D'un autre côté, il n'avait jamais eu ce genre de réactions face à Honor. Il ne s'était jamais senti aussi excité avec elle. Et c'était justement ce qui avait poussé Honor dans les bras de son frère.

Heureusement, Tami était occupée à inspecter le dernier plat : carottes glacées au miel et fleurettes de brocolis.

— Tout est pour nous, n'est-ce pas ? demanda-t-elle, une lueur malicieuse dans le regard.

— Il n'y a que nous ici.

— Alors, faisons honneur à ce repas.

Elle prit deux assiettes et y disposa des légumes. Keaton

se chargea de servir la viande et les pommes de terre. Leurs assiettes étaient aussi remplies l'une que l'autre. Comment Tami allait-elle pouvoir avaler tout cela ? se demanda-t-il. La question se posait pour lui aussi. Mais il ne devrait pas s'inquiéter. Il avait sans doute aussi faim qu'elle.

Keaton était fasciné par la façon dont Tami mangeait. Elle portait à ses lèvres des bouchées soigneusement proportionnées avec des mouvements élégants. Elle faisait tout avec soin, apparemment, et avec enthousiasme.

Elle le surprit en train de la regarder et rougit légèrement.

— J'ai de la sauce sur le menton ? demanda-t-elle, prenant sa serviette et se tapotant les lèvres.

— Non. Désolé, je ne me rendais pas compte que je vous fixais.

— Le plat n'est pas à votre goût ?

— Si, il est délicieux.

— Alors pourquoi ne mangez-vous pas tant que c'est chaud ? demanda-t-elle d'un ton taquin. Votre père ne vous a jamais dit qu'il ne fallait pas laisser votre plat refroidir ?

— Non. Le vôtre, si ?

Tami hocha la tête.

— Et si je ne mangeais pas jusqu'à la dernière bouchée, il ordonnait à notre employée de maison de me servir mes restes au repas suivant. Un enfant apprend à obéir très tôt quand il est confronté à ce genre de choses.

Bien qu'elle ait relaté cela sur un ton léger, elle venait de lui donner sans le vouloir un aperçu de son passé. Manifestement, la discipline avait été prépondérante durant son enfance. Était-ce pour cela qu'elle était si déterminée à être insouciante aujourd'hui ? Il aimerait le savoir, mais il devait refréner sa curiosité. Avec Tami, il avait une relation professionnelle. Il n'avait pas besoin de tout savoir d'elle. Il avait juste besoin qu'elle fasse son travail. Rien de plus.

Lorsqu'ils eurent fini de manger, Tami repoussa son assiette et recula sur sa chaise.

— C'était si copieux que j'ai l'impression que je pourrai gravir une montagne demain.

— Ne plaisantez pas, il se peut que nous devions le faire !

— Et si nous devons le faire, nous le ferons. Ensemble, d'accord ? dit-elle en lui tapotant la main.

Dès que sa main avait touché la sienne, il avait senti un éclair d'électricité remonter dans son bras. *Note pour moi-même : éviter les contacts physiques avec mon assistante.* Aussi fugace avait-il été, ce contact le troublait. C'était peut-être à cause de toute la pression qu'il avait subi ces derniers mois. *Ou peut-être est-ce juste Tami*, murmura la petite voix dans sa tête.

Il était sous pression en ce moment, raisonna son esprit. Il avait une entreprise à gérer et il devait restaurer la confiance de ses employés, sans parler de la sienne. Par conséquent, il fallait qu'il soit indulgent avec lui-même. Il était tout à fait normal qu'il ait une réaction physique face à une femme qui l'attirait. Inutile de s'inquiéter ou d'agir en fonction de cette attirance. Keaton avait seulement besoin de savoir s'il pouvait faire confiance à Tami. Et si les activités de ces prochains jours lui apportaient cette certitude, cela vaudrait chaque seconde de torture physique.

Non ?

Tami observa Keaton. La plupart du temps, il arborait un air impassible mais, à cet instant, il semblait en plein conflit intérieur. Au cours de cette journée, elle avait constaté qu'il ne confiait guère ses sentiments. Ce soir, il l'avait laissée se charger de l'essentiel de la conversation. Elle n'y voyait pas d'inconvénient puisqu'elle était de nature bavarde. Mais parfois, il était important d'écouter les autres, pour apprendre des choses sur eux.

Manifestement, le fait qu'elle ait posé la main sur lui l'avait troublé. À l'avenir, elle devrait réprimer son besoin instinctif de toucher les gens. Elle avait toujours été tactile, mais il fallait qu'elle change, en particulier avec son nouveau patron.

Keaton avait sans doute été blessé profondément à un moment de sa vie, supposa-t-elle. Elle le connaissait peu, mais elle trouvait triste qu'il se refuse le réconfort des contacts physiques. Elle avait le sentiment que sous ses airs distants, Keaton était un homme de grande valeur. Torturé, sans doute, mais avec un grand cœur, bien qu'il fasse comme si rien ne le touchait vraiment.

Les gens comme Keaton Richmond représentaient un défi pour elle. Tami adorait attirer les âmes blessées vers le côté plus léger et plus joyeux de la vie. Tout le monde méritait de connaître le bonheur, non ? Du moins, peut-être pas la sombre ordure qui avait abusé de sa confiance et volé l'argent de l'œuvre de charité qui les employait. Mais Keaton Richmond semblait porter la responsabilité du monde entier sur ses épaules. Elle aurait aimé le rencontrer en d'autres circonstances et ne pas être contrainte de l'espionner. Car, en fin de compte, elle serait pour lui une autre raison de se refermer sur lui-même. Elle en éprouvait de la peine, mais aussi de la colère. Si les hommes comme Mark Pennington et son père n'existaient pas, les gens comme elle pourraient simplement vivre, sans être manipulés ni utilisés. Elle était obligée de faire des choses en opposition avec toutes ses valeurs. C'était douloureux sur le plan moral, mais aussi sur le plan émotionnel. Plus vite elle sortirait de cette situation, mieux cela vaudrait.

À partir de maintenant, elle s'évertuerait à rester professionnelle. Finies les questions personnelles. Elle se contenterait de saisir les occasions de récolter des informations que son père trouverait utiles. Cela lui rappela qu'elle devait lui téléphoner tout à l'heure. Il attendait sûrement son appel. Soudain, le repas qu'elle venait d'avaler lui pesa sur l'estomac.

Tami sursauta quand elle se rendit compte que Keaton était en train de lui parler.

— Je suis désolée, j'étais ailleurs. Que disiez-vous ?

— Je vous demandais si vous vouliez prendre un dessert.

Elle n'avait plus aucun appétit, mais s'ils ne continuaient pas leur repas, ils auraient peu de raisons de rester à table et de discuter - et elle ne pourrait pas lui soutirer des informations sur Richmond Developments. Un dessert encouragerait peut-être Keaton à s'ouvrir davantage.

Bien que son estomac gronde de protestation, elle répondit :

— Je ne dis jamais non à un dessert.

Keaton se leva et débarrassa leurs assiettes.

— Attendez, laissez-moi faire ! s'exclama-t-elle en se levant.

— Non, ça ne me dérange pas. Je reviens dans un instant.

Il disparut derrière la double porte menant à la cuisine.

Après quelques instants, il rapporta deux parts de *tiramisu*, accompagnées de glace à la vanille et de copeaux de chocolat. Bien qu'elle n'ait plus faim, Tami saliva à la vue de son dessert préféré.

— Leon et Nathan se donnent beaucoup de peine, vous ne trouvez pas ? commenta-t-elle.

Elle plongea sa cuillère dans le dessert puis la porta à sa bouche. Fermant les yeux, elle gémit de plaisir.

— Oh ! bon sang ! C'est si bon !

Elle lança un regard à Keaton qui avait un air étrange.

— Tout va bien ? s'enquit-elle. Vous n'aimez pas le tiramisu ?

— Si. Mais peut-être pas autant que vous, apparemment.

Elle gloussa.

— Vous parlez de mon gémissement ? Désolée si je vous ai mis mal à l'aise. J'ai passé toute mon enfance à me conformer aux attentes des autres. À ma majorité, j'ai décidé de tout expérimenter sans réserve, au moins une fois, et de laisser mon corps s'exprimer. Vous devriez essayer, c'est très libérateur.

Il l'observa un instant puis goûta son dessert.

— Mm, c'est très bon, fit-il.

Elle rit.

— C'est le mieux que vous puissiez faire ?

Il prit une autre cuillerée puis hocha la tête.

— C'est bon. Que puis-je dire d'autre ?

— Eh bien, j'imagine que c'est un début, concéda-t-elle. Mais pour être franche, je ne parlais pas seulement du dessert. Je parlais de vivre pleinement, sans se soucier de ce que les gens pensent.

Il émit un rire incrédule.

— Je n'ai pas ce privilège, Tami. J'ai une entreprise à diriger, et de nombreux ego à flatter.

— Ça vous rend heureux ?

— Quoi, de flatter les egos des autres ?

— Oui.

Il regarda vers les vitres de la véranda, cherchant manifestement ses mots.

— Je fais ce que j'ai à faire, pour obtenir les résultats dont nous avons besoin. Parfois, je réussis. Le succès m'apporte de la satisfaction.

Elle était sûre qu'il minimisait sa réussite. Apparemment, il était important pour lui de tenir ses promesses, et son côté perfectionniste le poussait sans doute à travailler trop dur. Mais elle avait remarqué qu'il n'avait pas répondu à sa question.

— Mais est-ce que cela vous rend heureux ? insista-t-elle.

— Bien sûr.

Sa réponse était courte, presque brusque.

— Tout le monde n'a pas le luxe de rechercher le bonheur à chaque seconde, ajouta-t-il.

— Vous pensez que c'est un luxe ?

— Ça n'en est pas un ?

— Non, bien sûr ! La recherche du bonheur devrait être une priorité.

— Eh bien, je suis désolé mais je ne suis pas de votre avis.

— Soit, céda-t-elle.

Il était temps de revenir à sa mission. Elle avait senti son téléphone vibrer dans son sac de soirée, posé sur ses genoux. Son père s'impatientait sans doute.

— Si nous parlions travail, dans ce cas ? suggéra-t-elle. C'est pour cela que nous sommes là, après tout.

— Que voulez-vous savoir ?

— Puisque nous formons une équipe, vous devriez m'en dire un peu plus sur votre entreprise. Je sais que Richmond Developments est spécialisée dans la construction de programmes immobiliers. Récemment, vous vous êtes lancés dans la rénovation écoresponsable de bâtiments anciens. Ce mariage entre l'ancien et le moderne me paraît très intéressant. Parlez-moi de la suite. Quel est le premier projet sur lequel nous allons travailler ensemble ?

Keaton joua avec sa serviette avant de la replier soigneusement et de la reposer sur la table.

— D'accord, je veux bien discuter du travail. Je n'ai pas besoin de vous rappeler l'accord de confidentialité que vous avez signé, dites-moi ?

Elle sentit son visage s'empourprer.

— Non, bien sûr, bredouilla-t-elle, espérant paraître offensée plutôt que coupable.

Elle n'était pas une Mata Hari, c'était certain. À son grand soulagement, Keaton ne sembla pas remarquer sa réaction. Il s'adossa à sa chaise et lui parla d'un contrat potentiel sur lequel l'entreprise comptait et qui leur donnerait du travail pour les cinq prochaines années. Pour la première fois, les deux entreprises fondées par Douglas Richmond, le père de Keaton, seraient amenées à collaborer. D'après ce que Tami avait appris en faisant ses recherches, DR Construction et Richmond Developments étaient autrefois rivales, et il semblait que la réussite de leur fusion dépende de ce gros contrat.

Tami appuya les coudes sur la table pendant que Keaton lui expliquait les détails de ce projet immobilier de grande envergure.

— Ça me paraît formidable, s'enthousiasma-t-elle. Mais les familles à faibles revenus ? Avez-vous quelque chose à leur proposer ?

— En général, nos complexes résidentiels s'adressent aux familles de la classe moyenne et supérieure. Ce sont elles qui nous permettent de gagner de l'argent, pour être franc. Et si nous développons intelligemment des commerces autour des logements, les résidents y dépensent leur argent. Ce qui constitue une autre source de bénéfices pour nous.

— Cela me paraît sensé, mais ne croyez-vous pas que vous avez le devoir d'aider les gens moins fortunés ?

— Via la fondation Richmond, notre entreprise soutient activement plusieurs œuvres de bienfaisance. Ma mère est très investie dans le domaine caritatif. Rendre ce que l'on a reçu nous paraît très important.

Il semblait vexé, et Tami s'empressa d'arrondir les angles.

— Oui, j'en ai entendu parler. Comme vous le savez, j'ai travaillé pour une œuvre de charité, et nous collaborions avec des organismes que Richmond soutient généreusement. Mais il ne suffit pas d'injecter de l'argent pour régler un problème. L'aspect financier n'est qu'une partie de la solution. La plupart des gens défavorisés ne souhaitent pas dépendre d'allocations et de dons toute leur vie. Je le sais pour en avoir côtoyé beaucoup. Bien sûr, certains choisissent la facilité, mais d'autres, beaucoup plus nombreux, veulent vraiment avancer. Seulement, la vie n'arrête pas de leur donner des coups de massue, et ils n'arrivent pas à se relever. S'ils avaient accès à de meilleures opportunités d'emploi, à des crèches, à des logements abordables, ils pourraient prendre véritablement leur vie en main et aller de l'avant. Et ce serait pour eux l'occasion de montrer à leurs enfants que l'existence n'est pas seulement une succession d'échecs.

— C'est un point de vue intéressant. Mais les logements abordables, ce n'est pas le domaine de Richmond Developments.

— Vous vous êtes diversifiés en vous lançant avec succès dans la rénovation de bâtiments anciens. Les logements accessibles pourraient devenir une nouvelle branche de votre activité et améliorer votre image. Vous pourriez embaucher des personnes sans emploi. Beaucoup de gens sauteraient sur l'occasion de construire un logement qu'ils pourraient acheter à terme pour leur famille. Non seulement vous leur fourniriez un toit mais aussi un emploi stable.

— Pour l'instant, nous nous en tenons à ce que nous savons faire, tout en essayant de redorer notre blason.

Keaton ne semblait pas enclin à poursuivre cette discussion. Il était donc inutile d'insister. Néanmoins, elle ne put résister à l'envie d'ajouter :

— C'est peut-être une direction que Richmond Developments pourrait envisager à l'avenir ?

— Peut-être.

Elle considéra le tiramisu à moitié entamé sur son assiette. Aussi délicieux soit-il, elle ne pourrait pas avaler une bouchée de plus. Elle se mit à bâiller et plaqua la main contre sa bouche.

— Désolée, je suis épuisée. Si ça ne vous ennuie pas, je vais aller me coucher.

— Pas de problème. Une grosse journée nous attend demain, et je ne vais pas tarder à aller dormir, moi non plus.

Elle se leva et prit son sac de soirée, dans lequel son téléphone vibra de nouveau. Combien de messages avait-elle reçu ce soir ?

— Bien, je vous verrai demain matin au petit déjeuner.

Il acquiesça d'un léger hochement de tête et reporta son attention sur l'obscurité qui les entourait. Tami pivota sur ses talons et s'éloigna. Près de la porte, elle hésita et se retourna. Keaton était toujours assis là, le regard perdu dans le vide. Il semblait si seul à cet instant qu'elle eut de la peine pour lui. Elle avait envie d'aller vers lui. Mais Keaton n'était pas prêt à baisser la garde, et si elle lui offrait du réconfort, il verrait cela comme une intrusion. Elle en était certaine.

5

— Non, je ne monterai pas là-dessus ! s'exclama Tami.

Elle était sur le point de pleurer, ce qui mettait Keaton extrêmement mal à l'aise. Il ne savait pas comment gérer les larmes. Ni celles de sa mère, ni celles de sa sœur, ni celles de personne. Les larmes étaient l'expression d'émotions incontrôlées, et cela le perturbait.

— Allons, c'est parfaitement sécurisé, assura-t-il.

Elle secoua la tête, croisa les bras et recula de la plate-forme installée au bord de l'affleurement de grès rouge.

— Non.

— Vous êtes venue en avion, souligna-t-il. Nous avons volé à une altitude bien plus élevée que celle-ci.

— Mais nous avions un fuselage autour de nous, des moteurs qui nous faisaient avancer, des ceintures de sécurité et un pilote. Ça, c'est de la pure folie !

Elle désigna d'un geste la tyrolienne qui s'étendait de leur point de départ à un point au loin qu'ils distinguaient à peine à travers le feuillage, de l'autre côté du canyon.

Keaton scruta Tami. Elle était réellement apeurée. Non, à en juger par son front en sueur et sa respiration rapide, elle était terrifiée. Ce qui l'étonnait. Elle s'était pourtant montrée intrépide pendant leur randonnée pour arriver jusqu'ici. Son interprétation des instructions avait été un peu personnelle parfois, mais ils étaient arrivés à destination à l'heure. Et en chemin, Keaton avait étudié avec intérêt la façon dont son esprit fonctionnait.

Elle ne lui avait pas fait bonne impression lors de leur première rencontre. En la voyant tournoyer avec insouciance sur sa chaise de bureau, il avait craint qu'elle ne prenne pas au sérieux son rôle d'assistante de direction. Mais ces derniers jours lui avaient montré qu'elle n'était pas le personnage inconstant qu'elle semblait être, et sa compassion pour les gens défavorisés - qu'elle avait montrée de manière volubile la veille - prouvait qu'elle avait un grand cœur.

Il avait réfléchi à ses suggestions toute la soirée et avait même envoyé un mail à Kristin et à Logan pour leur demander d'étudier l'intégration éventuelle de logements à faible loyer dans leur prochain projet. Résultat, il s'était endormi aux environs de minuit.

Quoi qu'il en soit, son plus grand défi pour l'instant était de faire monter Tami sur cette tyrolienne. Elle refusait même d'enfiler son harnais, chose qu'il n'avait pas prévue.

— Notre déjeuner nous attend de l'autre côté, plaida-t-il.

— Si je parcours la distance à pied, je n'en aurai que pour une heure. Je peux patienter.

Il entendit justement l'estomac de Tami gronder.

— Ou alors, nous pouvons y être en quelques minutes. Allons ! insista-t-il. J'ai vu des enfants monter sur cet engin avec leurs parents. Ça ne peut pas être si difficile.

— Vous avez vu à quelle hauteur nous sommes ? La vitesse terminale et les lois de la physique, ça vous dit quelque chose ?

Keaton se mit à rire si fort qu'il eut les larmes aux yeux.

— En fait, oui ! La physique était une de mes matières principales au lycée.

— Évidemment, marmonna-t-elle, dépitée.

— Tami, je vous en prie. Faites-moi confiance. Vous êtes complètement en sécurité. Je vous propose une chose : si nous y allions en tandem ? Ce serait plus facile pour vous ?

Elle se retourna vers lui, se mordillant la lèvre.

— Ce serait possible ? demanda-t-elle.

Keaton jeta un regard à Leon qui attendait patiemment le moment de les équiper. Il était sans doute habitué à ce genre de réaction car il n'avait rien fait pour les presser. Le fait que Tami et lui soient les seuls utilisateurs aujourd'hui y était sans doute pour quelque chose.

— Leon ? Peut-on faire la traversée en tandem ? demanda Keaton.

— Bien sûr. Donnez-moi quelques minutes pour changer les équipements.

Tami ouvrit de grands yeux.

— Vous voyez ? lança Keaton. Problème résolu.

— Je crois que vous oubliez un détail.

— Lequel ?

— Moi. Je ne peux pas le faire. Je ne peux pas ! s'exclama-t-elle en détachant chaque mot.

— Bien sûr que si. Vous avez bien surmonté votre peur de l'avion, non ? Ça, c'est bien plus amusant. Et je le répète, au bout, il y a notre déjeuner.

— Il m'a fallu des années pour réussir à monter dans un avion, Keaton. Des années !

— Eh bien, nous n'avons pas des années devant nous. Nous avons l'instant présent. Allons, Tami ! Où est votre esprit d'aventure ? Ne m'avez-vous pas dit hier soir que vous essayeriez tout au moins une fois ?

Elle hocha la tête à contrecœur.

— Alors allons-y, conclut-il.

Elle poussa un grand soupir.

— D'accord. Mais si je vomis sur vous, ce sera votre faute.

Keaton réprima l'envie de brandir le poing en signe de victoire, s'avisant qu'il ne fallait pas mettre la charrue avant les bœufs.

— Je serai avec vous à chaque seconde, dit-il. Je vous ai fait confiance pour nous amener jusqu'ici pendant la randonnée, et vous pouvez me faire confiance pour assurer votre sécurité sur la tyrolienne. D'accord ? Allons enfiler les harnais.

Il lui tendit la main. Elle hésita puis l'accepta, et lorsqu'elle replia les doigts autour des siens, il sentit une onde de chaleur remonter sur son bras. La confiance. C'était un concept si simple et pourtant si capital. Keaton sentit Tami trembler lorsqu'ils se dirigèrent vers Leon, mais elle ne se défila pas.

— Prêts ? demanda Leon.

— Oui, affirma Keaton. En tandem.

— Les équipements sont prêts. Tami ? Vous êtes sûre que vous êtes d'accord ? demanda Leon.

— Oui. Finissons-en avec cette épreuve.

Leon les aida à enfiler les harnais avec rapidité et efficacité puis leur donna ses instructions. Ensuite, Keaton et Tami se placèrent au bout de la plate-forme. Tami émit un son, bien différent des gémissements de plaisir qu'elle avait poussés lors de leur dîner hier. Elle était morte de peur. Elle tremblait de tout son corps.

— Une dernière volonté ? lança joyeusement Leon à l'autre bout de la plate-forme.

Keaton rit puis regarda Tami. Elle s'accrochait à lui, les yeux clos. Étaient-ce des larmes qui perlaient sous ses cils ?

— Nous allons y arriver, lui assura-t-il. À trois, nous nous lançons, d'accord ? Un, deux, trois !

La seconde suivante, ils volaient dans les airs. Tami ouvrit les yeux, mais elle ne cria pas et ne prononça pas le moindre mot. En fait, Keaton n'était même pas sûr qu'elle respirait. Il était si occupé à l'observer qu'il prêta peu attention à leur traversée qui prit fin bien trop vite. Nathan les attendait sur la plate-forme d'arrivée.

— Alors, comment c'était ? demanda leur hôte en souriant.

Tami était blanche comme un linge, nota Keaton. Allait-elle faire un malaise ? se demanda-t-il, inquiet. Il fut vite rassuré car une transformation s'opéra : Tami afficha un grand sourire. Après s'être libérée de son harnais, elle exécuta une petite danse joyeuse. Elle considéra la tyrolienne avec laquelle ils venaient de fendre l'air puis se retourna vers Nathan et lui.

Elle prit la main de Keaton puis planta un baiser sur ses lèvres.

— C'était extraordinaire ! s'exclama-t-elle. Merci infiniment de m'avoir poussée à le faire ! Peut-on recommencer ?

Keaton la dévisagea, stupéfait, encore sous le choc après ce baiser inattendu. Son trouble se lisait sans doute sur son visage car la joie dans le regard de Tami s'éteignit. Elle recula de quelques pas.

— Oh ! mince ! Je suis désolée. J'ai dépassé les bornes, n'est-ce pas ? C'était vraiment inconvenant.

— Ça ne fait rien, dit-il d'un ton plat. Je suis content que vous ayez apprécié la tyrolienne.

— Et vous ? Ça vous a plu aussi ?

— Pour être franc, je m'inquiétais trop pour votre sécurité et votre état d'esprit pour être conscient de ce qui se passait.

Elle sourit.

— Merci, sincèrement. Sans votre soutien, je n'aurais jamais accompli cet exploit. Cela va renforcer notre esprit d'équipe, n'est-ce pas ?

— Oui, c'est sûr, répondit-il en souriant.

Nathan avait déjà récupéré et rangé leurs équipements. Il leur demanda de le suivre jusqu'à un poste d'observation où ils prendraient leur déjeuner. Pendant tout le chemin, Keaton tenta de ne pas penser à ce baiser. Ce n'était qu'une impulsion. Tami avait été si heureuse d'avoir vaincu sa peur qu'elle l'avait exprimée en l'embrassant, rien de plus.

Ce baiser ne signifiait rien, non ?

Non. Il ne pouvait pas signifier quoi que ce soit, car Keaton ne le permettrait pas. Tami et lui venaient de partager une expérience extrême ensemble. Leurs émotions, en particulier celles de Tami, avaient débordé, voilà tout. Il venait de reléguer ce baiser dans le coin le plus éloigné de son esprit, là où était sa place. Et il n'allait pas penser au fait que Tami l'avait étreint pendant toute la traversée en tyrolienne comme s'il était le seul rempart entre une mort certaine et elle. Certainement pas.

Debout sur la terrasse, Tami regardait le soleil se lever. Tenant entre ses mains une tasse de café chaud, elle écoutait les sons du désert qui se réveillait. Ces derniers jours avaient été éprouvants. Non pas sur le plan physique, du moins pas trop car, chaque jour, elle se sentait plus forte et plus en forme. Mais ils l'avaient été sur le plan mental. Son exubérance l'avait emmenée trop loin après la traversée en tyrolienne. Hélas. Depuis ce baiser impromptu, Keaton était distant avec elle. Certes, ils avaient apprécié leurs dîners ensemble et, par accord mutuel, avaient continué de parler travail à table, mais ils n'avaient plus rien évoqué de personnel. D'un certain côté, c'était un soulagement. Tami n'était guère pressée de révéler son propre passé, mais elle ne pouvait s'empêcher d'être curieuse à propos du passé de Keaton.

Au moins, Keaton et elle ne seraient pas obligés de passer autant de temps seuls à partir d'aujourd'hui. Deux nouveaux groupes les rejoindraient tout à l'heure, l'un dirigé par Fletcher Richmond, venu de Virginie, et l'autre par Logan Parker-Richmond, le jumeau de Keaton. Tami avait appris par les médias que Fletcher était le fils aîné de la famille secrète que le père de Keaton avait fondée sur la côte est. Quant à Logan Parker, il avait retrouvé les Richmond de Seattle, sa famille biologique, il y avait seulement quelques mois. Elle l'avait brièvement rencontré ainsi que sa fiancée, Honor Gould, lors de son premier jour de travail. La ressemblance entre les jumeaux l'avait stupéfiée. Alors que Keaton était très ambitieux et sérieux, Logan semblait moins intimidant. Peut-être parce que, en même temps que sa famille biologique, il avait eu la chance de trouver l'amour avec Honor. Ou peut-être était-ce simplement la manière dont il avait été éduqué.

Tami avait lu quelques articles sur lui. Elle se souvenait qu'il avait été enlevé à sa naissance puis emmené en Nouvelle-Zélande, où il avait été élevé par la kidnappeuse et sa famille. Les quelques Néo-Zélandais que Tami connaissait étaient charmants et d'un abord facile. Logan paraissait avoir les mêmes traits de caractère, et il était plus décontracté que Keaton, assurément. Voir les deux frères interagir serait sans doute intéressant.

Lors de son premier jour, Tami avait remarqué une certaine distance entre la fiancée de Logan et Keaton. Y avait-il anguille sous roche, ou s'était-elle simplement imaginé des choses ? Une chose était sûre : l'ambiance était tendue au bureau, après toutes les épreuves que les Richmond avaient traversées. Tami venant d'arriver, elle ne connaissait donc pas encore tous les détails des derniers événements.

Cela allait sûrement changer. Ces prochains jours avec les nouvelles équipes lui permettraient de mieux connaître ses collègues. Et elle espérait glaner des renseignements qui pourraient contenter son père. Ainsi, il lui ficherait la paix. Elle avait tenté d'ignorer ses SMS. Résultat : il l'avait bombardée d'appels, ce qui était bien plus ennuyeux. Au bout du compte, elle lui avait promis de lui donner des nouvelles chaque soir, par SMS. Pour l'instant, elle se contentait de brefs messages. Si son père en voulait davantage, il lui faudrait attendre qu'elle revienne à Seattle et fasse son rapport.

Cette pensée aurait dû lui donner l'impression d'être maîtresse de la situation, pourtant, c'était tout le contraire. Au-dessus de sa tête planait toujours l'obligation de rembourser l'argent que Mark avait volé. Elle avait promis de le faire, et ce n'était que grâce à cette promesse que les administrateurs de Our People, Our Homes avaient accepté de ne pas porter plainte... Pour l'instant. Toute cette situation l'angoissait. Elle poussa un grand soupir.

— Tout va bien ?

Elle se retourna vers Keaton qui venait de la rejoindre.

— Oui, merci.

— On dirait que quelque chose vous perturbe. Ou peut-être est-ce parce que vous n'êtes pas au meilleur de votre forme avant 8 heures du matin, ajouta-t-il en plaisantant.

Cet homme était trop perspicace !

— Non, ça va dit-elle avec un sourire de façade. Je me demande juste comment se passera le séminaire quand les nouvelles équipes seront là.

— Eh bien, les premiers jours, chacun de nous sera mis en équipe avec quelqu'un de Virginie. DR Construction fonctionne de manière semblable à la nôtre et a subi les mêmes répercussions à cause des mensonges de mon père. En tout cas, nous souhaitons tous aller de l'avant. Plus vite nous nous habituerons les uns aux autres, mieux nous travaillerons ensemble. Après le petit déjeuner, nous devrions parcourir les listes des équipes avant l'arrivée des autres.

— Oui, bonne idée. J'ai vu que les employés de Leon et Nathan étaient déjà arrivés.

Keaton observa le chalet principal et les bâtiments alentour qui bourdonnaient déjà d'activité.

— Oui, cela va être assez différent, mais je suis content que nous ayons eu un peu de temps pour nous roder.

Il alla se servir une tasse de café.

— Nous prenons le petit déjeuner à l'intérieur ? suggéra-t-il.

— Dans une minute. Je veux admirer le lever de soleil. Je ne prends pas le temps de le faire quand je suis chez moi.

Il resta à côté d'elle tandis qu'ils regardaient une myriade de nuances or et orange apparaître dans le ciel. Le fait d'être seule avec Keaton lui procurait un sentiment de plénitude qu'elle n'avait jamais connu avec personne. Elle avait remarqué qu'il aimait garder le silence par moments. Elle qui parlait beaucoup, elle devrait s'inspirer de lui. Après plusieurs minutes à regarder le ciel, elle termina son café.

— Nous devrions rentrer et nous préparer pour cette journée, dit-elle.

— Vous ne semblez pas ravie. Y a-t-il un problème que je devrais connaître ?

— Non, aucun problème. Simplement, j'aimais le fait d'être seule avec vous. Plus que je ne l'aurais cru, pour être honnête.

Ça va me sembler bizarre d'être entourée de nombreuses personnes, même si c'est le but de l'exercice.

— Je comprends ce que vous voulez dire, approuva-t-il en souriant. Mais nous nous adapterons. Venez, allons prendre notre petit déjeuner.

Une fois leur repas avalé, Keaton prit la cafetière sur le plan de travail et remplit sa tasse de nouveau.

— Je vous ressers ? proposa-t-il.

— Non, merci. Si je bois une gorgée de plus, je serai trop nerveuse. Je ferais mieux d'aller me changer. J'ai les listes des noms dans mon sac à dos. Je vous les apporte dans quelques minutes.

Elle se leva et se dirigea vers la porte.

— Bien, merci. Tami ?

— Oui ?

— Je tenais à vous dire que j'ai été très impressionné par la façon dont vous avez relevé les défis de ces derniers jours. Je pense que nous formerons un excellent duo à notre retour.

— Vous aviez des doutes ? demanda-t-elle d'un ton léger.

— Eh bien, après vous avoir vue tournoyer sur votre chaise de bureau, je m'interrogeais. Vous avez réussi à me surprendre chaque jour par votre force et votre résilience. Je suis vraiment content de vous avoir dans mon équipe.

Il lui offrit un sourire qui la fit fondre.

— Et je suis contente d'en faire partie.

Elle ne pouvait guère en dire plus alors que la culpabilité lui serrait la gorge. Keaton pensait qu'elle était dans son équipe ? Malheureusement, il se trompait. Il commençait à lui faire confiance, mais elle allait exploiter cette confiance chèrement acquise et s'en servir contre lui de la manière la plus cruelle possible. Cette idée la révulsait profondément. Elle appréciait Keaton. En toute franchise, elle le trouvait très séduisant. Le fait d'être un simple outil pour son père faisait d'elle une horrible personne, et elle ne méritait pas les louanges de Keaton. Mais elle ne pouvait rien lui dire de tout cela.

Elle monta rapidement dans sa chambre. Fermant la porte à clé, elle prit son téléphone. Comme elle s'y attendait, elle avait un nouveau message de son père.

Rappelle-toi ta promesse.

Elle soupira et tapa une réponse.

Je serai sans téléphone pendant quelques jours. Je t'enverrai un message à mon retour.

Elle envoya le SMS et attendit la réponse de son père, qui ne tarda pas à arriver.

Il vaudrait mieux que tu aies des informations dignes d'intérêt.

Son père s'impatientait, à l'évidence. Tami vérifia que le téléphone était chargé et désactiva les données mobiles avant de le ranger dans son sac. Une fois de plus, elle regretta de ne pas être née dans une autre famille. Comme la famille Richmond qui avait eu sa part de malheurs mais qui demeurait unie malgré tout.

Tami ne se rappelait pas une seule fois où son père lui avait dit qu'il l'aimait, ou même qu'il était fier d'elle. D'aussi loin qu'elle se souvienne, sa mère lui avait toujours fait comprendre qu'elle devait obéir si elle voulait être aimée. Tami avait essayé. Oh ! oui, elle avait essayé ! Mais l'obéissance aveugle et le conformisme n'avaient jamais été son style et ne le seraient jamais. Pour sa famille, elle était un mouton noir. Mais qu'elle le veuille ou non, son père était la seule solution à son problème actuel.

Une vague de rage contre Mark Pennington monta en elle. Elle avait laissé ce vaurien la courtiser. Elle avait même été flattée qu'il s'intéresse à elle. Et elle s'était montrée bien trop confiante. Quelle ironie, pensa-t-elle en allant dans la salle de bains pour se préparer. Désormais, c'était à elle que l'on ne pouvait pas faire confiance. C'était elle, le danger.

Les compliments de Keaton avaient réveillé sa culpabilité. Quand il saurait qu'elle était une taupe, et il l'apprendrait sûrement, il la détesterait. Non pas parce qu'elle aurait enfreint les règles de confidentialité qu'elle avait signées en croisant les doigts derrière son dos, mais parce qu'elle aurait gagné la confiance de Keaton pour ensuite la piétiner. Mais elle avait deux millions et demi de raisons d'aller au bout de sa mission. Les attentes et les besoins de chaque bénéficiaire de Our People, Our Homes reposaient sur ses épaules.

Elle soupira et, après avoir pris les listes, gagna le rez-de-chaussée. Il était temps d'attaquer la journée.

6

Keaton regardait les participants enfiler leur sac à dos et se préparer pour la randonnée qui les mènerait à la rivière. Jusqu'ici, tout se passait bien, même si Keaton avait encore du mal à accepter que Fletcher Richmond soit son demi-frère. On aurait dit qu'il ne se passait pas un moment sans qu'un nouveau frère sorte du bois, ironisa-t-il en son for intérieur.

Logan était à l'avant du groupe, avec Honor. Ce qui n'était guère étonnant puisqu'elle n'était jamais loin de lui. Lorsqu'il l'avait aperçue à leur arrivée, Keaton avait ressenti un petit pincement au cœur. Était-ce de l'envie ? Certes, Honor ne l'avait pas volontairement trompé le soir où elle avait couché avec Logan, quelques mois plus tôt. Elle avait pris Logan pour lui, puisqu'ils se ressemblaient trait pour trait. Par la suite, l'attirance inexplicable entre Logan et elle était devenue évidente, et Keaton avait vite compris que sa relation avec Honor était vouée à l'échec.

C'était lui qui avait rompu leurs fiançailles. Que faire d'autre quand l'amant de votre fiancée était votre propre jumeau ? Mais rapidement il s'était rendu compte qu'il n'avait pas le cœur brisé. Il avait été en colère, oui. Il s'était senti trahi, bien sûr. Mais il n'y avait eu ni chagrin déchirant, ni fureur vindicative. Cela avait été difficile de l'admettre : la femme avec qui il avait prévu de passer sa vie entière ne comptait pas autant pour lui qu'il l'avait cru. Néanmoins, il n'était toujours pas à l'aise lorsqu'il voyait Honor et Logan ensemble, mais cela viendrait.

Il le fallait. Keaton refusait de créer de nouvelles divisions dans une famille déjà déchirée par les mensonges de son père.

Il reporta son regard vers Tami, occupée à former les binômes. Au moins, il pouvait compter sur elle. C'était agréable de pouvoir se reposer sur quelqu'un, surtout après ces trois derniers mois.

— Bien, tout le monde, lança-t-il. Suivez Tami et notre guide, Leon, jusqu'à la rivière où l'on vous attribuera un kayak gonflable biplace. Nathan et moi fermerons la marche. Si quelqu'un a des problèmes pendant la descente en kayak, tout le monde s'arrête. Est-ce clair ?

Après une série de réponses affirmatives, Keaton fit signe à Tami et à Leon d'ouvrir la voie. Pendant la randonnée, il entendit plusieurs marmonnements mais, bientôt, tout le monde marcha à un rythme régulier et sembla apprécier l'air frais. Lorsqu'ils arrivèrent près de la rivière, Fletcher le rejoignit pour la descente en kayak. Keaton aurait préféré un autre partenaire pour cet exercice, mais peut-être que cela les aiderait à cimenter leur relation.

— Ce séminaire était une bonne idée. Tout n'est pas facile, mais c'est une bonne idée quand même, commenta Fletcher avec un sourire qui lui rappela celui de leur père.

— Merci, mais je n'ai pas eu cette idée tout seul. Nous avons tous travaillé sur ce projet.

— Tout de même, tu t'es chargé de la logistique. Je suis curieux de voir comment nos collaborateurs vont s'entendre. Jolie, ta nouvelle assistante, au fait. Elle paraît compétente.

— Elle l'est.

— Vous avez l'air de former une bonne équipe.

— Cette expérience aurait été compliquée dans le cas contraire. Y a-t-il eu beaucoup de résistance chez vos employés, concernant la fusion de nos deux entreprises ?

Fletcher fit la moue.

— Quelques cadres, les fidèles de papa. Ils n'ont pas très envie de sortir de leur zone de confort, surtout pour s'associer avec des gens qu'ils voient encore comme des concurrents. Tu vois ce que je veux dire ?

— Oui, tout à fait. C'est la même chose chez nous, glissa Keaton avec un petit sourire. Cela dit, il ne reste plus beaucoup de fidèles, pour être honnête.

— Chez nous non plus. Papa a trahi bien plus de personnes que sa famille immédiate. Mais nous nous en remettrons, et nous serons même plus forts qu'avant.

À ces mots, Keaton éprouva un étrange sentiment de complicité avec son demi-frère. C'était surprenant, étant donné la façon dont leurs familles respectives avaient été réunies. Se rencontrer pour la première fois autour de la tombe de leur père n'avait pas facilité les choses, c'était certain. Ce séminaire serait peut-être bénéfique pour tout le monde, en fin de compte.

Au bord de la rivière, les participants se réunirent en binômes et, dans un brouhaha de rires et de cris, tout le monde grimpa dans les kayaks. Des employés de Leon et Nathan se chargeraient d'acheminer en 4×4 les sacs à dos jusqu'au site de camping, en aval de la rivière.

Keaton observa Tami tandis qu'elle pagayait avec sa partenaire, bien loin devant Fletcher et lui.

— Elle s'en sort très bien, déclara Fletcher, assis à l'arrière de leur embarcation.

— Qui ça ?

— Ton assistante, Tami.

— Qu'est-ce qui te fait penser que c'est elle que je regarde ? demanda Keaton, sur la défensive.

— Tu ne la quittes pas des yeux.

— Je surveille tous mes employés. Pas toi ?

— Si, bien sûr, répondit son demi-frère d'un ton amusé.

Fletcher ne faisait que le taquiner. Néanmoins, Keaton s'efforça de ne plus regarder dans la direction de Tami.

La descente des rapides dura un peu plus d'une heure. À plusieurs endroits, les eaux étaient basses et requéraient plus de concentration mais, dans l'ensemble, la navigation fut assez aisée. Keaton se rendit compte que c'était la première fois qu'il se détendait depuis des mois. Fletcher et lui avançaient ensemble, à coups de pagaie réguliers et coordonnés. De plus, Fletcher ne semblait pas éprouver le besoin de remplir le silence par une conversation inepte. Son frère et lui se ressemblaient peut-être plus qu'il ne le croyait, songea Keaton.

Lorsqu'ils arrivèrent au camp, certains se plaignirent d'ampoules et de douleurs musculaires après être restés assis si longtemps mais, dans l'ensemble, l'ambiance était joyeuse. Chaque binôme monta sa tente pour la nuit. Tami et sa camarade semblèrent avoir un peu de mal, n'ayant pas fixé la base de la tente au préalable, mais après plusieurs tentatives émaillées de nombreux rires, elles finirent par réussir. Keaton trouvait fascinant de regarder Tami interagir avec les autres. Elle semblait capable de se trouver des points communs avec tous ceux à qui elle parlait, sans effort. Il lui enviait ce talent.

— Tu la regardes encore, petit frère, souligna Fletcher. Mais je comprends pourquoi. Cette fille a tout pour elle.

Keaton se retourna vivement vers lui.

— Si je la regarde, c'est seulement parce que je m'inquiète pour elle, rien de plus. Les romances de bureau, j'ai déjà donné. Je ne répéterai pas cette erreur.

— Compris, dit Fletcher en se frottant le menton. Tu penses qu'une relation longue distance fonctionnerait ?

— Non, je ne crois pas, rétorqua aussitôt Keaton, avant de se rendre compte que Fletcher plaisantait. Et reste loin de mon assistante.

Fletcher s'esclaffa, et Keaton ne put s'empêcher de sourire.

Durant ces six jours de camping, en plus d'une nouvelle descente en kayak et de plusieurs randonnées, les deux groupes effectuèrent un parcours de cordes, une randonnée en VTT, et passèrent une journée à faire de l'escalade, cette dernière activité leur permettant d'avoir une vue incroyable sur les formations de grès rouge et les canyons escarpés. Keaton se sentait revigoré le soir où ils retournèrent dans les chalets. Fletcher et lui avaient renforcé leur lien et, pour la première fois depuis le coup de théâtre qu'avait été la découverte de la double vie de son père, Keaton était impatient de voir comment les relations entre les deux fratries allaient évoluer.

Tami, en revanche, semblait de plus en plus tendue. Keaton s'était demandé si cela venait de toutes ces activités en altitude, mais elle avait montré bien plus d'enthousiasme que lors de leur traversée en tyrolienne. Pourtant, quelque chose la tracassait, c'était évident. Peut-être pourrait-il la faire parler ce soir, après la fête organisée pour marquer la fin du séminaire. Ou, s'avisa-t-il une fois de plus, peut-être devrait-il s'abstenir. Après tout, si Tami avait un problème d'ordre privé, cela ne le regardait pas.

Leon, Nathan et leurs employés avaient organisé un dîner et une fête spectaculaires. Ils avaient même prévu une remise de prix, afin de récompenser ceux qui étaient allés le plus loin dans le dépassement de soi, de manière individuelle et en groupe. Keaton fut content de voir l'un des collaborateurs les plus âgés de Fletcher remporter un prix. Cet homme s'était vraiment révélé. D'abord impatient et réticent, il avait su faire preuve d'une grande compassion et avait montré des qualités de meneur. Logan et Honor figuraient également parmi les lauréats. Keaton les avait peu vus pendant la semaine, mais il se réjouissait que leur esprit d'équipe soit mis à l'honneur. Dans l'ensemble, tout le monde semblait s'être bien amusé, et c'était agréable de voir les employés de Richmond Developments et de DR Construction se mêler librement. Le programme d'activités de plein air avait créé la camaraderie recherchée. Il y avait une seule ombre au tableau : Tami. Elle semblait toujours distraite, et ses sourires étaient de plus en plus rares.

Ce soir, elle était habillée de la splendide robe mauve qu'elle avait portée lors de leur première soirée à Sedona, et Keaton remarqua les nombreux regards admiratifs qu'elle récolta. Il eut très envie d'ordonner aux gens de ne pas la lorgner ainsi mais se raisonna. De quoi se mêlait-il ? Peut-être Tami appréciait-elle d'être au centre de l'attention ? D'ailleurs, ce n'était pas comme s'il avait le moindre droit sur elle.

La fête s'acheva à une heure raisonnable. Tout le monde étant épuisé et le départ étant prévu à l'aube le lendemain matin, la plupart des convives regagnèrent leur chalet assez tôt. Keaton décida de sonder l'humeur de Tami avant de monter dans sa chambre. Toute la soirée, elle était passée de table en table pour s'assurer que personne n'était mis de côté. Ne l'ayant pas entendu approcher, elle tressaillit légèrement quand elle remarqua sa présence.

— Tout va bien ? demanda-t-elle. Je n'ai rien oublié, dites-moi ?

— Non, tout s'est passé à merveille. Vous avez été embauchée la veille de ce séminaire, pourtant, vous avez été d'une efficacité exemplaire. Je suis content que vous soyez là, Tami.

Un petit sourire se peignit sur ses lèvres. Keaton s'était attendu à une réaction plus enthousiaste de sa part, mais peut-être était-elle fatiguée, tout simplement.

— Merci, dit-elle d'une petite voix. Y a-t-il autre chose ?

— Tami, vous n'êtes pas vous-même, ce soir. Quelque chose ne va pas ?

Tami le dévisagea, interloquée. Elle avait cru avoir donné le change, mais il fallait dire que Keaton était très observateur.

— Je me demande simplement comment je vais me débrouiller lorsque nous serons de retour au bureau, répondit-elle.

C'était une piètre excuse, mais elle ne pouvait guère lui avouer qu'elle était terrifiée par la date butoir qui approchait rapidement. Bientôt, elle devrait rendre des comptes à son père. Elle afficha un sourire forcé.

— C'est idiot, n'est-ce pas ? lança-t-elle.

— Tout ira bien, Tami. Nous formerons une très bonne équipe, tous les deux.

— J'ai apprécié ce programme. Il m'a fait prendre conscience que je peux réaliser bien plus de choses que je ne l'imaginais.

— Je comprends ce que vous voulez dire. Cela m'a ouvert les yeux, à moi aussi.

Elle l'entendit soupirer et suivit son regard. Derrière les vitres de la salle à manger, Logan et Honor marchaient main dans la main vers leur chalet. Ils semblaient si captivés l'un par l'autre que Tami eut de la peine pour Keaton. Elle avait appris par un employé de Richmond Developments que Honor avait été fiancée à Keaton, jusqu'à ce que son jumeau Logan entre en scène. Elle avait remarqué que Keaton avait eu très peu d'échanges avec le couple durant la semaine, et que ses interactions avec Logan étaient guindées. Keaton avait-il encore des sentiments pour Honor ? Ce n'était sans doute pas facile de voir la femme que l'on aimait transférer son affection à quelqu'un qui était votre portrait craché.

Elle s'approcha de lui et posa la main sur son épaule, pour détourner son attention. Il était normal que Keaton se protège des émotions difficiles, et elle avait envie de le protéger, elle aussi. Non, elle se devait d'être honnête. En réalité, elle était de plus en plus attirée par son supérieur. Ce qui était un problème. Car c'était sa relation avec son patron précédent qui était à l'origine de ses problèmes financiers. Toutefois, Keaton n'avait rien à voir avec Mark. C'était un homme respectable et honnête. Contrairement à Mark qui l'avait trahie alors qu'il prétendait l'aimer et qui l'avait fait passer pour complice d'un vol avant de quitter le pays et de la laisser seule pour affronter les conséquences.

Keaton se tourna vers elle, le regard sombre.

— Keaton ?

Elle vit la froideur dans son regard disparaître, laissant place à une autre émotion. Ses pupilles se dilatèrent, et il retint brusquement son souffle. Puis, sans crier gare, il la prit dans ses bras et prit possession de ses lèvres, lui donnant un baiser qui lui fit oublier toutes ses pensées.

Une onde de chaleur se propagea en elle tandis qu'il glissait la langue entre ses lèvres. Elle se sentit chanceler et s'accrocha à lui. Keaton avait le goût délicieux du péché et de l'interdit. Elle lui rendit son baiser, le savourant comme il la savourait. Il l'attira plus près encore, et elle sentit la preuve de son excitation contre son ventre. Le feu qui la consumait déjà s'embrasa quand elle se pressa contre lui.

Soudain, un cliquetis de casseroles résonna dans la cuisine. Keaton et elle s'écartèrent vivement l'un de l'autre. L'espace d'un instant, Tami fut perdue, jusqu'à ce qu'elle se rende compte qu'elle venait d'embrasser son patron.

— Je..., commença-t-elle.

Keaton leva la main pour l'interrompre.

— Non, ne vous excusez pas. C'est entièrement ma faute. J'ai abusé de ma position et j'ai profité de vous alors que vous aviez manifestement besoin de soutien. C'était mal de ma part, et ça ne se reproduira plus.

— Keaton, je...

— Après ce que je viens de faire, si vous êtes mal à l'aise à l'idée de travailler avec moi, je ne vous en voudrai pas. Je peux vous nommer à un autre poste dans notre groupe, ou vous fournir une aide appropriée pour que vous puissiez trouver un emploi dans une autre entreprise.

Quoi ? Mais que racontait-il ? Voulait-il qu'elle quitte Richmond Developments ? Non ! Elle ne pouvait pas partir.

Et qui était cet étranger qui se tenait devant elle ? Il n'avait rien à voir avec l'homme qui venait de l'embrasser avec passion. Après ce baiser, Tami vibrait encore d'un désir réprimé et ardent. Pour lui. Elle avança d'un pas, mais s'arrêta quand elle vit que le regard de Keaton était de nouveau froid et distant. Il avait réussi à reprendre le contrôle de ses émotions si vite qu'elle s'interrogea. S'était-il vraiment investi dans cette étreinte ? Ou Tami n'avait-elle été qu'un moyen bien pratique d'oublier sa relation ratée avec Honor ?

Elle étouffa la douleur qui lui serrait le cœur et reprit ses esprits.

— Inutile de vous excuser. Ce n'était rien, affirma-t-elle avec toute la dignité qu'elle put rassembler. Nous avons vécu des journées éprouvantes, et nous avions besoin d'un exutoire. Rassurez-vous, je ne vous tiendrai pas responsable de quelque chose que nous désirions tous les deux. Et il n'y aura aucun problème entre nous au bureau. Je suis sûre que nous pouvons oublier cet épisode et ne plus en reparler.

— Tami, je...

— Bonne nuit, Keaton.

Elle saisit son sac puis quitta la pièce. Elle parvint à garder contenance jusqu'à ce qu'elle entre dans sa chambre, mais une fois la porte fermée et verrouillée, elle lâcha prise. Tout son corps trembla, et les larmes qu'elle avait retenues si résolument se mirent à rouler sur ses joues.

Et voilà. Elle venait de répéter sa plus grande erreur : tomber amoureuse d'un homme qui ne voulait pas l'aimer. Pourquoi se jetait-elle dans les bras des hommes qui lui témoignaient un tant soit peu d'intérêt ? Était-elle donc si désespérément en manque d'affection ? Non, elle méritait mieux. Tout comme Keaton. Il méritait de savoir que la vie pouvait être plus drôle, plus légère. Malheureusement, elle ne serait pas celle qui le lui montrerait.

7

Le vol retour était très différent du vol aller, songea Tami. Tous les sièges du jet privé étaient occupés, et d'autres employés de Seattle avaient embarqué dans un avion commercial. Quant aux membres de DR Construction, ils avaient pris un avion pour la Virginie. À bord du jet, le bruit des conversations remplissait le silence gêné qui persistait entre Tami et Keaton.

Elle n'avait presque pas fermé l'œil de la nuit, et à en juger par la mine de Keaton, lui non plus. Logan et Honor étaient assis face à eux, et Tami avait remarqué les regards furtifs que Keaton leur lançait. Ce qui la poussait à s'interroger. Keaton était-il encore amoureux de Honor ? Ce devait être difficile de travailler avec son ex-fiancée. Surtout quand elle vous avait quitté pour un étranger qui vous ressemblait trait pour trait.

Pauvre Keaton... Il avait traversé bien des épreuves ces derniers mois. Elle comprenait pourquoi il ne voulait plus d'idylles de bureau. Elle n'en voulait pas non plus, d'ailleurs, après le désastre de sa relation avec Mark. Un désastre qui l'avait mise sur le chemin des Richmond. Elle était censée être l'instrument de leur chute. Cette perspective lui donnait la nausée. Les Richmond n'avaient-ils pas eu suffisamment de malheurs comme cela ?

Elle ne voulait pas compliquer davantage la vie de Keaton, mais elle était obligée de le faire si elle voulait sortir du pétrin dans lequel Mark l'avait mise. Son père ne respecterait sa part du marché que si elle lui révélait un scoop sur les projets de

Richmond Developments. Pour l'instant, elle n'était même pas sûre d'avoir récolté une seule information qu'il jugerait importante. L'idée même de trahir Keaton, ainsi que toute l'entreprise et ses employés - dont beaucoup étaient devenus des amis pendant le séminaire - lui donnait des haut-le-cœur.

— Tami ? Est-ce que ça va ? Vous êtes toute pâle, observa Honor, assise face à elle.

— Ça va passer, merci.

Honor appela une hôtesse et demanda une eau pétillante pour Tami. Puis elle sortit de son sac un paquet de morceaux de gingembre cristallisé.

— Mâchez ça, suggéra-t-elle. Ça soulage les nausées.

Tami lui offrit un sourire reconnaissant. Mais elle doutait qu'un cube de gingembre et un verre d'eau pétillante suffisent à régler son problème. Néanmoins, elle suivit les conseils de Honor puis se réfugia dans le sommeil pour le reste du voyage. Ce ne fut que lorsqu'une main masculine puissante saisit son épaule qu'elle se rendit compte qu'elle était blottie contre Keaton. Elle se redressa aussitôt.

— Je suis vraiment navrée, je ne savais pas que...

— Ce n'est rien, ne vous en faites pas. Nous allons atterrir, dit-il d'une voix brusque.

De toutes les choses stupides qu'elle aurait pu faire, s'endormir contre son patron figurait au sommet de la liste. Bien sûr, embrasser Keaton après la traversée en tyrolienne figurait en seconde position, à égalité avec le fait de lui avoir rendu son baiser avec fougue la veille. Bien que Keaton l'ait prise de court, elle avait apprécié chaque seconde de cette étreinte. Mais pas Keaton, de toute évidence, et elle devait l'accepter. Pour lui, elle n'avait sans doute été qu'un moyen d'oublier Honor l'espace d'un instant.

Pourtant, Tami avait le sentiment que ce n'était pas la seule raison. Keaton semblait livrer une bataille intérieure depuis plusieurs jours. Se pouvait-il qu'il soit attiré par elle ? En tout cas, le baiser de la veille tendait à le prouver. Mais Keaton était-il prêt à aller plus loin ? Absolument pas. Il avait été très clair.

Tami soupira et s'agita sur son siège. Dorénavant, elle devait maintenir une distance physique avec Keaton et s'efforcer de faire son travail aussi bien que possible. C'était mieux ainsi, non ? Oui, elle aurait sans doute fini dans le lit de Keaton la veille s'il l'y avait invitée, mais elle n'avait pas pris cet emploi pour avoir une liaison ou pour tomber amoureuse. Elle avait un seul but : fournir des informations secrètes à son père.

De nouveau, elle se sentit nauséeuse. Elle se redressa sur son siège et vérifia que sa ceinture était bouclée. Au moins, elle n'était pas côté hublot cette fois. Keaton avait eu la gentillesse de lui laisser le siège côté couloir.

À peine eurent-ils atterri que Keaton remit son téléphone en mode normal. Aussitôt, l'appareil sonna et Keaton prit l'appel.

— Allô ? Oui, qui ça ?

Il parut contrarié.

— Quel média ? Vraiment ?

Il écouta son interlocuteur durant plusieurs minutes.

— La candidature d'Everard ? Intéressant... Un commentaire sur le fait qu'Everard Corporation ait décroché le contrat Tanner ? Je n'ai pas de commentaire.

Il coupa brusquement la communication et regarda Logan.

— Mais qu'est-ce que c'était ? gronda son frère jumeau.

— Il semble qu'Everard Corporation nous ait doublés dans l'affaire Tanner. Ils ont remporté le contrat. Avec un dossier presque identique au nôtre.

Tami fut saisie par une terrible angoisse.

— Comment ça, ils ont choisi Everard Corporation ? tempêta Logan. L'appel d'offres ne devait se terminer que demain ! Un dossier identique, tu dis ? Qu'est-ce que c'est que cette histoire ?

Honor aussi semblait inquiète.

— Cette ordure d'Everard a sûrement une taupe chez nous,

dit-elle d'une voix tremblante. Comment aurait-il pu être au courant, sinon ?

Keaton marmonna un juron bien senti.

— Ce sera très mauvais pour notre image, déclara-t-il. Les médias vont supposer, comme nous, qu'il y a un espion dans nos rangs. Cela va saper tous les efforts que nous avons fournis pour redorer notre blason après le scandale de la double vie de papa. Les répercussions ne seront pas uniquement financières.

Tami prit le paquet de gingembre que Honor lui avait donné et mâcha un autre cube pour essayer de faire passer le goût amer dans sa bouche. Comment son père avait-il pu copier l'offre des Richmond avec autant de précision ? Keaton et elle n'avaient évoqué ce projet qu'une fois, lors de leur première soirée à Sedona. Elle savait que l'offre était secrète et, d'ailleurs, elle n'avait entendu personne d'autre en parler pendant le séminaire.

Qui plus est, elle n'avait encore rien révélé à son père sur ses discussions en tête à tête avec Keaton. Une autre question jaillit dans son esprit. Si son père avait obtenu ces informations sans elle, allait-il tout de même débloquer les deux millions et demi de dollars dont elle avait besoin ?

Le téléphone de Keaton se remit à sonner.

— C'est Mathias, dit-il, s'adressant à Logan. Tu crois qu'il a appris la nouvelle ? L'avion de Fletcher n'atterrira que dans une heure ou deux.

Tami savait que DR Construction était dirigée par Fletcher, Mathias et Lisa, les enfants que Douglas Richmond avait eus avec son autre épouse. C'était presque une entreprise miroir de celle que Logan, Keaton et Kristin dirigeaient à Seattle.

— Oui, Kristin le lui a sûrement dit, avança Logan. Mieux vaut régler ça maintenant. Plus on attend, plus ça empirera.

— Tu as raison, approuva Keaton.

Il répondit à l'appel. Les deux demi-frères échangèrent quelques phrases laconiques.

— Je t'assure que je lancerai une enquête complète dès mon

retour au bureau, affirma Keaton. Je suggère que vous fassiez la même chose de votre côté.

Tami entendit Mathias protester à l'autre bout de la ligne.

— Moi non plus, je ne crois pas que mes employés soient en cause, répondit Keaton, mais quelqu'un a sans doute vendu la mèche à Everard. Ce type est une ordure, mais nous démasquerons le traître. Rassure-toi, le coupable paiera. L'espionnage industriel n'est pas tolérable.

Keaton termina sa conversation au moment où les portes de l'avion s'ouvraient.

— Nous devons nous rendre directement au bureau, décréta-t-il. Il faut nous préparer. Mathias était déjà très énervé, mais quand Fletcher apprendra la nouvelle, il va être fou de rage.

Tami frémit à ces paroles. Elle n'était pas responsable de la situation, non ? Il fallait qu'elle parle à son père. Elle devait découvrir comment il avait réussi à remporter ce contrat avec une offre identique à celle de Richmond Developments.

Il était tard quand Tami quitta son bureau. Dans la salle de conférences, Keaton, Kristin, Logan et Honor étaient encore en pleine discussion avec le directeur du service informatique qui avait déjà lancé l'analyse de tous les ordinateurs du groupe, afin de déterminer si des informations avaient été piratées.

Tout à l'heure, ils s'étaient entretenus par appel vidéo avec Fletcher, Mathias et Lisa. Fletcher était furieux, comme ils l'avaient prévu. Chaque camp avait accusé l'autre d'imprudence, et les relations entre les fratries s'étaient tendues. Kristin avait été la voix de la raison, rappelant à tous qu'ils étaient dans le même bateau. Seul problème : le bateau était en train de prendre l'eau.

Tami s'était efforcée de les soutenir, mais hormis leur apporter des collations à intervalles réguliers et prendre des notes sur sa tablette, elle n'avait pas pu faire grand-chose.

Keaton lui avait dit qu'ils en avaient encore pour des heures, et qu'elle pouvait s'en aller.

Bien entendu, il avait cru bien faire, mais Tami avait pris ses paroles comme un rejet, étant déjà fragilisée par les événements de la journée. Elle monta dans sa voiture, se sentant épuisée. À présent, elle devait se rendre chez son père. Une perspective qui ne la réjouissait guère. Elle se mit rapidement en route et, malgré la circulation dense en ce vendredi soir, elle arriva à destination au bout d'une demi-heure.

La demeure de ses parents, située dans le quartier huppé de Magnolia, était illuminée comme un arbre de Noël. Il n'y avait pas de préoccupations écologiques dans le monde de Warren Everard. Il tenait à ce que tout le monde voie, empreinte carbone ou non, à quel point il était riche et puissant. Après s'être annoncée via l'Interphone du portail, Tami attendit que s'ouvrent les lourdes grilles en fer forgé, sur lesquelles se détachaient les initiales de son père, dorées à la feuille d'or.

En proie à une nervosité croissante, elle engagea sa voiture dans l'allée. Après s'être garée devant la porte aux motifs travaillés, elle chercha dans son sac le gingembre cristallisé. Le paquet était vide. Décidément, tout allait de travers aujourd'hui.

Au prix d'un effort, elle descendit de son véhicule et monta les marches du perron. Le majordome l'attendait dans l'entrée.

— Bonsoir, Sanders, dit-elle. Je dois parler à mon père, c'est urgent.

— Il vous attend dans le petit salon.

Une nouvelle bouffée d'angoisse l'envahit. Son père l'attendait ? Comment savait-il qu'elle était de retour ? Avait-il d'autres espions chez Richmond Developments ? Apparemment, la situation était pire que ce qu'elle avait imaginé. Elle martela de ses escarpins le carrelage de marbre noir et blanc pour rejoindre le salon où se trouvait son père.

Une fois devant la porte, elle hésita. Elle se rappela les

nombreuses fois où elle avait été convoquée dans cette pièce pour être sermonnée. Mais elle n'était plus une enfant effrayée aujourd'hui. Elle était une adulte qui avait pris son indépendance à dix-huit ans - du moins, une indépendance qui avait duré jusqu'à ce qu'elle ait besoin de deux millions et demi de dollars. Et elle avait donc deux millions et demi de raisons d'affronter son père et d'exiger des explications. Elle frappa à la porte et entra sans attendre d'y être invitée.

Warren Everard était installé dans un fauteuil à oreilles face au feu de cheminée. Elle l'observa un instant. En dehors de sa couleur de cheveux, elle avait hérité de peu de chose de cet homme à l'air suffisant... et c'était tant mieux. Elle ne voulait absolument pas lui ressembler.

— Tu as eu ce que tu voulais. Le contrat Tanner, dit-elle de but en blanc.

— En effet. J'imagine que chez Richmond Developments et DR Construction, l'ambiance n'est pas à la fête.

Il se fendit d'un rire mauvais qui écorcha les oreilles de Tami. Comment pouvait-il se réjouir ? À cause de ses actes fourbes, des gens allaient perdre leur emploi.

— Comment as-tu fait pour contourner la procédure d'appel d'offres ? demanda-t-elle.

— Un détail mineur. L'important, c'est que j'ai gagné.

— En effet. Ça veut dire que tu peux me confier le contrôle de mon trust, maintenant.

— Ah ? Comment ça ?

— C'est ce dont nous étions convenus. Quand tu aurais les informations que tu voulais - et tu les as eues, manifestement, car ton offre était identique en tout point à celle de Richmond - j'aurais accès à mon trust.

— Mais tu oublies une chose.

— Laquelle ?

— Ce n'est pas toi qui m'as fourni ces informations. Si je me souviens bien, tu as ignoré la plupart de mes SMS et de mes appels et tu m'as répondu uniquement par une série de messages courts et non informatifs, n'est-ce pas ?

Elle déglutit et hocha la tête. Cela ne servirait à rien de préciser qu'elle avait eu l'intention de lui transmettre les notes enregistrées dans son téléphone.

— Donc tu n'as pas respecté ta part du marché, il me semble ? ajouta-t-il.

Il secoua la tête et afficha un sourire sardonique.

— Tami, Tami, Tami. Tu ne retiens jamais les leçons, n'est-ce pas ? Pour survivre dans ce monde, tu dois être plus féroce. Les chiffes molles n'arrivent jamais à rien.

— Je ne suis pas une chiffe molle, protesta-t-elle.

Elle avait beau essayer d'ignorer les piques de son père, elle n'y parvenait pas. Elle réagissait toujours, lui donnant la satisfaction de gagner à chaque fois.

— Si, tu es une chiffe molle, et tu ne cesses de me décevoir. Tu peux oublier ton accès à ton trust. Ta grand-mère a bien fait de me désigner comme administrateur. À l'évidence, il te manque la clairvoyance et la sagesse requises pour gérer une telle somme d'argent.

Il ricana.

— Tout donner à une œuvre de charité ! s'exclama-t-il d'un ton méprisant. Mais où avais-tu la tête ? Non, inutile de me répondre. Nous savons tous les deux que tu ne réfléchis jamais, et que c'est pour cela que tu t'es retrouvée dans ce pétrin.

— J'ai été manipulée.

Manipulée par un homme aussi ignoble que mon père.

— Oui, parce que tu es bien trop naïve. Tu peux t'en aller à présent. Et ne prends pas la peine de revenir tant que tu n'auras pas plus de cran.

— Ce n'est pas parce que je ne piétine pas les gens que je n'ai pas de cran.

— Bien sûr, continue de te répéter cela. Et tant que tu y es, demande-toi pourquoi, dès que tu as rencontré un problème, c'est vers moi que tu t'es tournée en premier.

Il se leva et quitta la pièce, la laissant bouillir en silence. Elle refusait de laisser la cruauté de ses paroles l'atteindre davantage. Elle avait déjà bien assez de problèmes comme cela.

Elle regagna le vestibule d'un pas ferme et répondit distraitement au « bonsoir » poli de Sanders lorsqu'il lui ouvrit la porte. Qu'allait-elle faire à présent ? Elle avait encore un emploi chez Richmond Developments, mais désormais, elle ne pouvait plus cacher ses intentions initiales à Keaton. Il fallait qu'il sache jusqu'où son père était prêt à aller pour gagner. Pour commencer, elle devait le prévenir qu'il y avait une taupe au service des ressources humaines. Qui sait combien d'autres espions son père avait placés chez Richmond Developments ?

Et puis il y avait Our People, Our Homes. Elle devait leur annoncer qu'elle ne pourrait pas tenir sa promesse. Soudain, l'échange qu'elle venait d'avoir avec son père lui parut insignifiant, comparé à ce qui l'attendait.

Keaton était arrivé dans son bureau bien avant que le soleil ne se lève, comme chaque jour cette semaine. Campé devant la baie vitrée, une tasse de café à la main, il regardait Seattle s'éveiller. Il aimait être ici, dans ce bureau et dans cette ville. Mais surtout il aimait cette entreprise, et l'idée qu'elle s'effondre lui était insupportable. Peu importait que la responsabilité soit partagée entre son frère, sa sœur et lui. Peu importait que des circonstances indépendantes de leur volonté les aient entraînés sur une pente descendante. Un fait demeurait : il était l'un des directeurs, et il ferait tout ce qui était en son pouvoir pour redresser la barre.

Pour l'instant, sa famille et lui ignoraient toujours qui était à l'origine de la fuite. Et, comme prévu, les médias avaient fait leurs choux gras de cette histoire.

Il entendit un bruit près de son bureau. C'était sûrement Tami. Toute la semaine, elle était arrivée aux aurores, y compris le week-end. Elle faisait de son mieux pour le soutenir.

Pourtant, il lui avait parlé sèchement à plusieurs reprises ces jours-ci. Ce qui était injuste de sa part. Ce n'était pas la faute de Tami s'ils avaient perdu un gros contrat. Il posa sa tasse et sortit de la pièce.

Tami était installée à son bureau. Elle semblait très professionnelle dans son tailleur bleu marine, celui qu'elle avait porté lors de son premier jour de travail. Ainsi vêtue, elle était bien différente de la jeune femme en jean et en T-shirt qu'il avait côtoyée à Sedona. Mais pas moins attirante... Non, il n'irait pas sur ce terrain. Il avait promis à Tami que leur relation demeurerait strictement professionnelle. Malheureusement, ses hormones n'avaient pas eu le message.

Même de dos, elle le troublait. Elle avait relevé ses cheveux en un chignon qui exposait son cou gracile. Il s'imagina y poser les lèvres et... *Assez !* se reprit-il. Mieux valait qu'il la voie de face. Il s'avança et se plaça devant elle.

Dès qu'elle leva les yeux, ce fut comme s'il avait reçu un uppercut. Elle avait une mine terrible. Son visage était pâle et ses yeux noisette étaient cernés d'ombres violettes. Manifestement, elle avait passé une très mauvaise nuit. À cause des difficultés de Richmond Developments ? Ou à cause de lui ?

— Que puis-je faire pour vous, Keaton ? demanda-t-elle.

Sa fatigue était perceptible même dans sa voix. Certes, elle souriait, mais il ne retrouvait pas la jeune femme gaie et pleine d'énergie qu'il avait côtoyée pendant le séminaire.

— Tout va bien, Tami ?

— Vous voulez dire que j'ai une mine affreuse, c'est ça ?

— Je ne vais pas vous mentir, je vous ai déjà vue plus en forme.

Elle se fendit d'un petit rire.

— Eh bien, merci ! ironisa-t-elle. J'ai mal dormi, c'est tout. J'imagine que nous avons beaucoup de travail aujourd'hui. Par où voulez-vous que je commence ?

Il était à la fois soulagé et déçu qu'elle reste parfaitement concentrée sur son travail. Il commença à lui dicter une liste d'instructions. Des contrats à suivre, des offres à finaliser, des fournisseurs à courtiser pour être sûrs d'avoir les meilleurs prix. Ce n'était pas le moment de relâcher leurs efforts.

— Logan et Kristin ne vont pas tarder à arriver, dit-il. Pouvez-vous veiller à ce que l'on nous apporte du café et des *bagels* ?

— Bien sûr. C'est tout pour l'instant ?

Eh bien, elle était vraiment centrée sur le travail !

— Oui, merci. C'est tout pour l'instant.

Un peu décontenancé, il retourna dans son bureau et ferma la porte. Tami était différente. Inaccessible. Non, ce n'était pas le mot exact. Tami était toujours très accessible, mais ces derniers temps, il y avait une fragilité chez elle qui lui donnait le sentiment que s'il la touchait, elle pourrait se briser en mille morceaux.

La perte du projet Tanner l'avait-elle affectée à ce point ? Était-elle si dévouée à Richmond Developments ? C'était possible. Après tout, elle avait montré beaucoup d'enthousiasme pour l'entreprise lors de leur premier dîner à Sedona.

Mais cet enthousiasme joyeux s'était éteint. Était-ce à cause de lui ? L'avait-il repoussée trop abruptement après ce baiser ? Oui, bien sûr. Il s'en était voulu de ne pas avoir résisté à la tentation et il en avait même voulu à Tami de le tenter par sa seule présence. Il avait réagi de manière excessive, s'avisa-t-il. Tami et lui avaient échangé un baiser, il n'y avait pas mort d'homme. Il devrait se réjouir que Tami soit si professionnelle, étant donné que c'était lui qui l'avait embrassée comme s'il manquait désespérément d'affection.

Il avala une gorgée de café et grimaça car le breuvage était maintenant froid.

C'était lui qui avait fait marche arrière après leur baiser. C'était lui qui avait assuré que cela n'arriverait plus. Leur idylle naissante s'était achevée avant même d'avoir commencé. C'était ainsi.

Il avait eu exactement ce qu'il voulait, non ? Alors pourquoi avait-il l'impression d'avoir perdu quelque chose de spécial ?

8

La situation n'était pas si critique, songea Keaton. Certes, son entreprise avait perdu plusieurs membres clés après que le projet Tanner était tombé à l'eau. Mais il y avait toujours des affaires à décrocher, même dans un marché en berne, et Richmond Developments n'était tout de même pas au bord de la faillite.

En ce moment, son principal problème était de n'avoir aucun indice pouvant mener à la taupe d'Everard Corporation. Et ce manque d'informations mettait ses nerfs à vif. À qui pouvait-il faire confiance ? Cette histoire n'était pas bonne pour l'ambiance de travail et gâchait les progrès faits pendant le séminaire en Arizona. Au moins, Logan, Kristin et lui avaient réussi à combler le fossé qui s'était creusé avec leur fratrie de Virginie. À présent, en ce qui concernait les contrats nationaux, DR Construction et Richmond Developments étaient plus compétitifs. Leur fusion leur donnait du poids, et Keaton se réjouissait que, malgré tous les mensonges de Douglas Richmond, ses enfants aient eu l'élégance et la force de s'unir.

Ce soir-là, Tami et lui travaillaient tard, une fois de plus. Tous les jours, il lui répétait qu'elle pouvait partir à l'horaire réglementaire, mais elle tenait à rester aussi longtemps que lui au bureau. Elle semblait toujours fatiguée, quoiqu'un peu moins ces derniers jours. Mais quelque chose la tracassait, c'était évident. Lorsqu'elle n'était pas concentrée sur son travail, elle semblait ailleurs et inquiète. Chaque fois qu'il lui demandait si elle avait un souci, elle se ressaisissait, affichait un sourire et assurait que tout allait bien.

Mais tout n'allait pas bien, tant s'en fallait. Pour lui, en tout cas. Plus les jours passaient, plus il désirait Tami, et cela lui compliquait la vie. Les idylles de bureau réussissaient à certains, mais Keaton ne voulait plus s'y risquer. Malheureusement, personne ne l'intéressait autant que Tami. Pas une seule femme ne l'attirait comme elle. Et maintenant qu'il y songeait, même avec Honor, il n'avait rien ressenti de tel. Leur relation avait été dénuée de passion. De spontanéité. Ils avaient partagé une histoire structurée, équilibrée, et aussi ennuyeuse qu'un tableur, en vérité.

Certes, Honor et lui auraient fait en sorte que leur union fonctionne s'ils étaient restés ensemble, mais quand il la voyait si radieuse avec Logan, Keaton mesurait tout ce qui avait manqué dans leur couple. Il était content pour Honor à présent, bien qu'elle ait dû lui être infidèle pour découvrir qu'ils n'étaient pas faits l'un pour l'autre. Parfois, quand il voyait Honor et Logan ensemble, il éprouvait encore un pincement au cœur, mais c'était surtout sa fierté qui était atteinte.

Avec Tami, en revanche, il se retrouvait face à un mur qu'il ignorait comment franchir. Un mur qu'il avait érigé lui-même, se rappela-t-il au moment où Tami entrait dans son bureau. Il jeta un coup d'œil à l'horloge. 21 heures, déjà ?

— Voilà l'analyse de données que Fletcher et vous avez demandée. Voulez-vous la consulter avant que je la lui envoie ?

— Laissez-la-moi et je l'étudierai avec lui demain. Il est tard, nous avons besoin de nous reposer.

— Vous en êtes sûr ? Je dois encore rentrer les chiffres de...

— Tami, asseyez-vous.

Elle prit place sur la chaise face à son bureau.

— Bien. Maintenant, faites une pause, dit-il.

— J'en fais tout le temps.

— Mais vous et moi, nous avons eu des journées à rallonge toute la semaine. Nous devons revenir à des horaires normaux.

— Je vous assure, Keaton, ça ne me prendra qu'une minute et...

— Cela peut attendre demain, décréta-t-il. Je sais que vous n'avez pas encore dîné et je meurs de faim. Si nous allions manger ensemble quelque part ?

Il crut un instant qu'elle allait décliner son offre, mais elle finit par acquiescer d'un signe de tête.

— Maintenant ? demanda-t-elle.

— Oui, pourquoi pas ?

— Je vais me rafraîchir, je serai prête dans une minute.

Lorsqu'elle revint, Keaton et elle prirent leurs affaires et quittèrent l'immeuble.

— Est-ce que le restaurant est dans le quartier ? Peut-on s'y rendre à pied ? demanda-t-elle.

— Non, répondit-il, faisant signe à une voiture qui attendait devant l'immeuble. J'ai fait une réservation et appelé un taxi. Nous méritons d'aller dans un endroit spécial après avoir travaillé si dur.

— D'accord, dit-elle prudemment. Mais je ne suis pas habillée pour un établissement haut de gamme.

— Votre tenue fera l'affaire, rassurez-vous. Nous mangerons très bien, dans un beau décor.

Lorsqu'ils s'arrêtèrent devant un restaurant en bordure du lac, Tami sourit.

— Oh ! j'adore cet endroit ! s'exclama-t-elle.

— C'est l'un de mes préférés aussi. J'adore la cuisine fusion.

Lorsqu'ils entrèrent dans le restaurant, une serveuse les accueillit et les conduisit à leur table. La salle était petite mais la vue sur le lac était splendide, et les arômes qui flottaient dans l'air étaient très alléchants. Ayant faim tous les deux, Tami et lui choisirent rapidement leurs plats et optèrent pour de l'eau minérale plutôt que du vin.

— Vous travaillez vraiment très dur, Tami, dit-il, s'adossant à sa chaise pendant qu'ils attendaient leur commande. Vous vous êtes adaptée très rapidement, j'en suis très content.

— Je fais de mon mieux.

Un voile de tristesse assombrit son regard.

— J'ai beaucoup de chance de vous avoir comme assistante, ajouta-t-il pour la réconforter.

Elle baissa les yeux et se concentra sur sa serviette comme si c'était la chose la plus importante du monde.

— Tami, j'ai remarqué que vous n'êtes pas dans votre assiette, ces derniers temps. Tout va bien ?

Comme il s'y attendait, elle esquissa un sourire. Mais il sentait bien que quelque chose n'allait pas. Était-ce le baiser qu'ils avaient échangé lors de leur dernière soirée à Sedona ? Ou autre chose ?

— Tami, vous me le diriez si quelque chose vous perturbait, n'est-ce pas ? Je sais que j'ai l'air un peu rigide, mais vous pouvez toujours venir me trouver si vous avez besoin de quoi que ce soit.

— Je sais. Et tout va bien. Je vous assure.

Si elle le répétait assez souvent, cela finirait peut-être par être vrai, non ? L'enquête sur le détournement de fonds de Our People, Our Homes avait débuté, et Tami avait rendez-vous à l'hôtel de police pour répondre à des questions. Bientôt, tout le monde saurait qu'elle était impliquée dans cette affaire, et elle serait sûrement renvoyée de chez Richmond Developments. C'était étrange... Elle avait cru que travailler pour Keaton serait une corvée, et elle avait pensé que son emploi chez Our People, Our Homes lui manquerait. En réalité, elle trouvait le monde des affaires dans lequel évoluait Keaton fascinant. Et elle appréciait son travail d'assistante, dans lequel elle excellait.

Regarder Keaton travailler était un vrai spectacle. Il abordait les dossiers avec détermination, en ayant toujours en vue un résultat clair, et il n'avait pas peur de changer de direction si quelque chose ne fonctionnait pas. Avec Logan et Kristin, les codirecteurs, ils formaient un trio solide, au style très différent des autres employeurs de Tami. Ils étaient ambitieux, mais ils ne négligeaient jamais l'aspect humain dans leur travail. Tami n'en doutait pas, Richmond Developments et DR Construction sortiraient de cette mauvaise passe et retrouveraient leur place de leaders sur le marché de la construction et de la promotion immobilière. Elle était heureuse de faire partie de leur groupe et elle aurait aimé pouvoir continuer à collaborer avec eux. De plus, cela aurait irrité son père, ce qui était un avantage non négligeable.

Par ailleurs, son emploi était bien payé, et puisqu'elle avait peu d'économies et ne disposait d'aucune autre source de revenus, elle avait besoin de cet argent. Néanmoins, elle savait que cette situation ne durerait pas éternellement. Quand la vérité éclaterait, bien que Tami ne soit guère impatiente que ce moment arrive, elle savait qu'elle devrait passer aux aveux. Même si ce n'était pas elle qui avait donné à son père les informations sur le projet Tanner, elle avait eu l'intention de le faire. Vivre chaque jour sur le qui-vive était difficile, mais si elle avait démissionné immédiatement après le séjour en Arizona, elle aurait paru encore plus coupable. Alors, elle resterait encore un peu et dirait la vérité à Keaton quand elle serait prête.

Elle reporta son attention sur son patron. Elle l'admirait et, chaque jour, son attirance pour lui grandissait un peu plus. Quand il était près d'elle, elle avait bien du mal à se concentrer sur son travail, car elle mourait d'envie de revivre le baiser qu'ils avaient partagé, juste avant qu'il ne la rejette. Non, elle se montrait injuste. Keaton s'était comporté en gentleman et avait assumé l'entière responsabilité de leur moment d'égarement. Au moins, en faisant son travail du mieux qu'elle pouvait, elle se rendait indispensable, prouvant qu'elle était capable d'agir en adulte et de faire comme si ce baiser incendiaire n'avait pas secoué son monde. Ainsi, Keaton ne ressentirait pas le besoin de lui trouver un poste ailleurs.

Mais que se passerait-il quand il apprendrait comment elle avait été engagée ? Elle déglutit pour contenir la peur qui lui noua la gorge. Elle espérait que lorsqu'elle finirait par tout avouer, Keaton la croirait : elle n'avait jamais voulu être une espionne, et ce n'était pas à cause d'elle que Richmond Developments avait perdu le contrat Tanner. Oui, mais… Qu'arriverait-il quand son implication chez Our People, Our Homes deviendrait publique… ? De nouveau, elle avala sa salive. Vivre dans la peur que Keaton découvre ses secrets pourrait bien lui donner un ulcère. Il n'y avait plus qu'à espérer que son dévouement envers son travail et envers Keaton plaideraient en sa faveur.

Heureusement, la serveuse leur apporta leurs plats, et Tami put mettre de côté ses pensées douloureuses. Keaton et elle goûtèrent les différents mets en silence. Keaton mangeait comme il embrassait : en portant une grande attention aux détails et en savourant les moindres subtilités. Une bouffée de désir monta en elle, et elle s'agita sur son siège. Elle devait cesser de réfléchir à Keaton de cette façon, se réprimanda-t-elle tout en mordant dans une crevette succulente et en laissant les saveurs exploser sur ses papilles. Keaton avait été clair, une relation sentimentale entre eux était exclue et, étant donné ce qu'il avait vécu avec Honor Gould, Tami comprenait sa position.

Elle aussi devrait se méfier des idylles de bureau, surtout après la façon dont Mark Pennington s'était servi d'elle avant de s'évanouir dans la nature et de la laisser porter le chapeau pour ses délits. Pourtant, elle ne pouvait quitter Keaton des yeux. Au diable la prudence ! pensa-t-elle. Parfois, la vie vous offrait des occasions, et si l'on était trop peureux pour les saisir, il ne fallait pas s'étonner de ne rien obtenir du tout au bout du compte. C'était décidé, elle allait pousser Keaton à discuter de leur séjour à Sedona, en particulier de leur second baiser. Cet épisode planait entre eux chaque jour au bureau et rendait l'ambiance pesante. Il fallait qu'ils mettent les choses au clair une bonne fois pour toutes.

— C'est délicieux, n'est-ce pas ? dit-elle pour relancer la conversation.

— Succulent. Je ne me rendais pas compte à quel point j'étais affamé. J'imagine que vous aviez aussi faim que moi.

— Vous dites cela à cause de mon énorme appétit à Sedona ? demanda-t-elle en souriant.

Voilà, c'était fait. Elle avait abordé le sujet. Maintenant, elle n'avait plus qu'à continuer.

— Eh bien, il n'y a pas de mal à avoir un bel appétit, dit-il en se resservant de crevettes.

— J'ai vraiment apprécié ce séminaire, et cela m'a fait plaisir de rencontrer certains membres de DR Construction. Cela facilite grandement la communication entre les deux entreprises. Qu'avez-vous préféré dans toute cette expérience ?

— Je dirais la randonnée en kayak. Je sais que les rapides n'étaient pas très difficiles, mais j'ai trouvé cela très distrayant. Je parie que vous avez préféré la tyrolienne. Je me trompe ?

— En fait, oui. J'ai beaucoup apprécié ce moment, mais il y en a un autre qui a encore plus compté pour moi.

— Ah, lequel ?

Il arrêta sa fourchette à mi-chemin de sa bouche, attendant sa réponse.

— Le moment où vous m'avez embrassée.

Elle sentit l'air s'électriser entre eux. Keaton reposa lentement sa fourchette sur son assiette.

— Tami, je...

— S'il vous plaît, laissez-moi finir. Je sais que vous avez eu l'impression d'être allé trop loin et je peux le comprendre. Je sais aussi pourquoi vous ne voulez pas d'une nouvelle romance de bureau.

— Ah, le moulin à ragots fonctionne aussi bien que jamais, à ce que je vois, dit-il, ironique.

— Quoi qu'il en soit, j'ai le sentiment que toute cette situation a dressé une sorte de mur invisible entre nous. Et il nous faut le démolir si nous voulons continuer à travailler ensemble efficacement. Je ne veux pas que vous marchiez sur des œufs avec moi. Je ne vais pas nier que votre baiser m'a totalement renversée. Et si la chance de le revivre m'était donnée, je la saisirais des deux mains.

Elle sourit.

— Vous trouvez qu'une relation entre nous serait inconvenante, je l'accepte, dit-elle. Mais pouvons-nous au moins avoir un semblant d'amitié ? Trouver une manière d'accepter notre attirance mutuelle et de faire avec ?

Keaton s'adossa à sa chaise et resta muet. Tami commença à se demander si elle avait été trop directe mais, ensuite, Keaton se pencha vers elle et, à sa grande surprise, lui prit la main.

— Je ne veux pas être votre ami, Tami. Je veux être plus que ça, bien plus, mais vous savez pourquoi ça ne fonctionnerait pas entre nous.

Elle serra doucement sa main.

— Je sais, mais nous pouvons faire beaucoup mieux que la relation guindée que nous avons actuellement, vous ne croyez pas ?

— C'est sûr, approuva-t-il en la relâchant sa main.

C'était un début, se dit-elle. Peut-être pas celui qu'elle avait espéré, mais Keaton avait admis vouloir plus qu'une amitié. C'étaient ses propres règles personnelles qui le retenaient. Elle respecterait son choix. Ce ne serait pas facile mais, au moins, ils avaient mis les choses au clair.

Lorsqu'ils eurent fini de dîner, Keaton réserva un taxi. Ils attendirent la voiture devant le restaurant. Un vent frais venant du lac soufflait autour d'eux. Tami frissonna, et elle sursauta quand Keaton posa le bras autour d'elle et l'attira contre lui.

— Inutile que nous ayons froid tous les deux, expliqua-t-il. Vous devriez vous blottir contre moi, nous avons encore quelques minutes à attendre.

— Ou alors, nous pourrions nous réfugier dans l'entrée du restaurant ? suggéra-t-elle.

Lorsqu'elle se tourna, elle se retrouva plaquée contre lui et perçut la chaleur de son corps à travers son tailleur. Il recula un peu et un courant d'air froid se glissa entre eux.

— Pas avec cette foule de gens qui attendent leur table, fit-il valoir. Vous devrez vous contenter de moi, ou geler. Amis, vous vous rappelez ? Nous devons veiller l'un sur l'autre.

— Je...

Elle hésita un instant, craignant que tout son désir pour lui transparaisse dans ses paroles.

— Je me contente de vous, dit-elle.

Il se fendit d'un rire, et elle sentit ses pectoraux vibrer contre ses tétons, qui se dressèrent aussitôt. Mince ! Et si Keaton l'avait remarqué ? Au moins, elle pouvait mettre sa réaction physique sur le compte du froid. Même si cette réaction n'avait rien à voir avec la température et tout à voir avec Keaton...

Il vérifia la localisation de leur véhicule sur son téléphone.

— Notre voiture est coincée dans la circulation, apparemment. On dirait que nous allons devoir attendre encore. Ça ne vous pose pas de problème ?

Elle secoua la tête en guise de réponse.

— Si vous mettiez les bras autour de ma taille ? suggéra-t-il.

— Vous en êtes sûr ? demanda-t-elle prudemment.

— Eh bien, il fait froid. Je fais mon devoir en gardant mon employée au chaud, non ?

— Si vous le dites, patron, répliqua-t-elle d'un ton qu'elle voulut léger.

Même si chaque particule de son corps la poussait à prendre Keaton au mot, Tami attendit un peu avant de l'enlacer. Lorsqu'elle se résolut à le faire, elle constata qu'il avait raison : le fait d'être blottis l'un contre l'autre les réchauffait vraiment. Keaton remit son téléphone dans sa veste et enroula les bras autour d'elle. Quiconque les observerait penserait qu'ils étaient deux amoureux en train d'attendre sur le trottoir. Mais Tami était très consciente qu'ils n'étaient pas un couple, hélas.

Après quelques minutes, elle se rendit compte qu'elle n'était pas la seule à être affectée physiquement par leur proximité. Elle percevait une pression distincte contre son ventre. Elle bougea légèrement, et Keaton laissa échapper un souffle qui se transforma en buée.

— Désolé, dit-il d'une voix étranglée. On ne peut rien contre la nature.

— Voulez-vous que je m'écarte ? demanda-t-elle.

Elle recula un peu pour l'observer, pressant involontairement son ventre contre lui. Le mouvement provoqua une onde de désir en elle.

— Tami, je...

Il inspira brusquement.

— J'ai beau essayer, Tami, je ne peux tout simplement pas vous résister, apparemment.

Elle vit un tumulte d'émotions passer sur son visage. D'abord le désarroi puis la frustration et, enfin, l'acceptation. Quand il pencha la tête vers elle, elle sut qu'il allait l'embrasser. Elle attendit, impatiente.

Il posa les lèvres sur les siennes. Une simple caresse. Mais ensuite, elle entrouvrit les lèvres et lui rendit son baiser avec tout le désir qu'elle avait contenu depuis leur départ de Sedona. Elle l'étreignit et sentit les muscles de son dos à travers sa chemise de coton. Il l'attira tout contre lui de ses mains puissantes et caressa sa langue avec la sienne. Autour d'elle, tout sembla s'évanouir. Ce ne fut que lorsqu'un bruit de klaxon résonna près d'eux qu'elle revint à la réalité.

Keaton haletait quand il détacha ses lèvres des siennes.

— C'est notre voiture, annonça-t-il.

Elle voulut se diriger vers le véhicule, mais Keaton la retint.

— Avant que nous ne montions dans la voiture, je tiens à vous dire quelque chose. Je ne vais pas m'excuser pour ce baiser et je ne vais pas faire comme si ça n'était pas arrivé. Ces deux dernières semaines ont été une torture, car je n'ai pas cessé de penser à notre précédent baiser. J'ai essayé de lutter, mais c'est une bataille perdue d'avance. En fait, c'est une bataille où je veux être vaincu. Au diable l'amitié. J'ai envie de vous, Tami. Je veux vous faire l'amour, je veux me perdre en vous et vous voir vous perdre en moi, pour que nous puissions oublier le monde l'espace de quelques instants. Je ne vous en voudrai pas si vous dites non. Je respecterai votre décision quelle qu'elle soit, mais quand nous monterons dans cette voiture, devrai-je donner au chauffeur nos deux adresses, ou uniquement la mienne ?

Elle hésita quelques secondes, partagée entre le désir et la prudence. Si Keaton et elle passaient la nuit ensemble, cela changerait tout sur le plan professionnel. Et sur le plan personnel. C'était une limite qu'elle s'était promis de ne plus jamais franchir, et elle avait cru que Keaton s'était fait la même promesse. Mais ils éprouvaient un désir réciproque.

Elle prit une grande inspiration.

— La vôtre uniquement.

— Merci, dit-il, déposant un baiser sur le sommet de sa tête.

Il lui prit la main et la conduisit à la voiture, ouvrant la portière et s'installant sur la banquette à côté d'elle. Leur chauffeur les salua puis se concentra sur la route pendant que Tami et Keaton étaient assis, main dans la main. Ils parcoururent les rues sombres jusqu'à l'appartement de Keaton, situé de l'autre côté du lac. Le trajet ne fut pas long, et Tami en fut heureuse. Au moins, elle n'avait pas eu le temps de changer d'avis.

Au cours de sa vie, elle avait passé trop de temps à regretter ses choix. Or, elle était bien décidée à profiter de cette nuit pour exprimer ses sentiments pour Keaton. Pas de façon verbale. Mais elle lui montrerait à chaque respiration, chaque caresse, à quel point elle l'admirait et combien il comptait pour elle. C'était un homme de grande valeur. Elle-même était moins honorable, mais elle mettrait cela de côté pour l'instant, en espérant, contre toute logique, que leur nuit d'amour montrerait à Keaton la vraie Tami. Celle qui aimerait trouver sa place. Celle qui voulait aimer librement. Celle qui aurait été d'une loyauté indiscutable si les circonstances le lui avaient permis.

Quand ils furent dans l'ascenseur et montèrent vers l'appartement de Keaton, au dernier étage, elle ressentit la tension qui émanait de lui. Dès qu'ils furent chez lui, il la plaqua contre le mur et l'embrassa éperdument. Elle plongea les mains dans ses cheveux, s'accrochant à lui. Il lui retira sa veste et défit d'une main experte les boutons de son chemisier, révélant son soutien-gorge à balconnets.

Elle aurait peut-être dû choisir un sous-vêtement plus excitant, se dit-elle, mais à en juger par l'expression de Keaton tandis qu'il regardait sa poitrine laiteuse qui débordait des bonnets rose pâle soulignés d'une simple bande de dentelle elle sut que cela n'aurait fait aucune différence.

— Je veux te caresser, chuchota-t-il d'une voix rauque de désir. Partout.

— Et je veux que tu me caresses.

Il posa les lèvres sur la courbe de son sein et respira son parfum.

— Tu sens divinement bon, murmura-t-il contre sa peau.

— Je porte encore trop de vêtements, tu ne trouves pas ? dit-elle en plaisantant.

Il émit un petit rire et elle sentit ses mains remonter sur ses côtes jusqu'à son soutien-gorge. D'un geste adroit, il le dégrafa puis le lui retira ainsi que son chemisier, offrant ses seins nus à son regard avide. Tami sentit ses tétons se raidir, et une douleur exquise se réveilla en elle, une douleur que seul Keaton pourrait apaiser.

— Nous sommes deux à être trop habillés, murmura-t-il. Viens avec moi, nous n'allons pas faire cela dans mon vestibule.

« Cela » se révéla être un lent déshabillage mutuel, dans la pénombre de la chambre, tandis que derrière les fenêtres, les lumières de la ville scintillaient. Tami frissonna quand il lui retira son dernier vêtement et qu'ils furent tous les deux nus. Elle le toisa de pied en cap. Elle savait déjà qu'il avait un corps magnifiquement sculpté, après l'avoir admiré pendant leur parcours d'escalade à Sedona. Mais le voir totalement nu lui coupait littéralement le souffle.

Son sexe en érection se dressait fièrement au centre d'une toison blond foncé, et Tami avança, comme hypnotisée.

— Tu es superbe, murmura-t-elle, caressant d'une main ses biceps, ses pectoraux, avant de s'aventurer plus bas.

— Superbe… Non. Ce mot t'est réservé, répondit-il d'une voix rauque.

Il retira lentement les épingles de son chignon puis glissa les doigts dans ses boucles pour les libérer de leur coiffure stricte.

— Voilà, c'est mieux, dit-il.

Posant les mains sur ses épaules, il la guida doucement vers le lit. Elle s'y allongea, et il se mit à la caresser, jusqu'à ce qu'elle s'agite de désir.

— Viens, dit-elle. Je veux te toucher, moi aussi.

— Plus tard. Pour l'instant, je veux t'explorer tout entière. Laisse-moi te faire perdre la tête. Laisse-moi chasser les ombres que je vois sous tes yeux chaque jour.

Ses paroles étaient comme un baume sur son âme, et elle le laissa exaucer son souhait. Ses mains furent douces d'abord, puis sûres et fermes tandis qu'il explorait ses épaules, ses seins puis, enfin, ses hanches et le haut de ses cuisses. Déjà moite de désir, elle écarta les jambes. Lorsqu'il effleura de sa paume son clitoris, ce fut comme s'il avait déclenché une décharge électrique en elle. Elle souleva les hanches malgré elle et se frotta frénétiquement contre lui, cherchant le plaisir extrême dont elle avait désespérément besoin.

— Tu aimes ça, n'est-ce pas ? murmura-t-il. Voyons si tu aimes ceci davantage.

Il la caressa encore puis glissa la main entre ses cuisses. Lentement, il inséra un doigt en elle. Accueillant volontiers cette invasion, elle contracta ses muscles internes, mais ce ne fut pas suffisant.

— Encore… J'en veux encore, supplia-t-elle.

— Tes désirs sont des ordres.

Elle sentit le matelas s'enfoncer un peu quand il se plaça au-dessus d'elle, et elle l'entendit déchirer un emballage de préservatif. Lorsqu'il eut déroulé la protection sur lui, il se cala entre ses jambes, et elle lui tendit les bras.

— J'avais prévu de faire durer le plaisir plus longtemps, dit-il avec un sourire contrit.

— La prochaine fois. Viens en moi, s'il te plaît. Maintenant.

Il ne la quitta pas des yeux pendant qu'il plaçait son sexe contre le sien. Elle gémit, impatiente, quand il taquina ses replis intimes avec sa couronne engorgée.

— Encore, supplia-t-elle, la raucité de sa voix témoignant de la force de son désir.

Il lui donna du plaisir, encore et encore. Il alla et vint en elle, jusqu'à ce qu'elle perde tous ses repères et qu'elle bascule dans un océan de plaisir comme elle en avait rarement connu. Elle enroula les jambes autour de sa taille, lui enjoignant de continuer alors même que les vagues pulsantes de son orgasme déferlaient sur elle. Quand Keaton jouit à son tour, il se raidit et poussa un cri, s'enfonçant très loin comme s'il voulait ne faire qu'un avec elle.

Après quelques secondes, il s'effondra sur elle. Tami apprécia le poids de son corps sur elle, le parfum de sa peau, les pulsations de son cœur qui battait au même rythme que le sien. Elle s'accrocha à ses épaules comme s'il était son ancre. Et c'était peut-être le cas. Son monde était en plein chaos depuis des semaines, et ces moments avec Keaton étaient l'expérience la plus réelle et la plus intense de sa vie. Keaton ne voyait peut-être ces ébats que comme un répit, mais pour elle, c'était bien davantage.

Il roula sur le côté, l'entraînant avec lui, et l'observa de son regard gris pâle.

— Ça change tout, Tami, tu le sais.

— Chut, dit-elle, posant un doigt contre ses lèvres. N'analysons pas la situation maintenant. Profitons juste de cette nuit... Tout le reste peut attendre.

Il garda le silence un instant puis hocha la tête.

— Tu as raison. Profitons de cette nuit. Je reviens tout de suite.

Il se leva et alla dans la salle de bains adjacente à sa chambre. Quand il réapparut, Tami laissa son regard dériver sur son corps. Keaton était réellement magnifique. Ce soir, il était à elle, et elle comptait bien savourer chaque seconde.

9

Tami vit l'horloge numérique passer de 4 h 59 à 5 h 00. Elle avait regardé chaque minute défiler depuis une heure. Malheureusement, rester éveillée à se ronger les sangs ne changeait rien.

Keaton lui avait accordé sa confiance, et elle allait la lui renvoyer à la figure. C'était égoïste d'avoir accepté cette nuit d'amour avec lui, elle le savait. Et ce qu'elle s'apprêtait à lui révéler détruirait toute chance d'une relation sérieuse avec lui. Néanmoins, il fallait qu'elle passe aux aveux. Sans quoi, elle ne pourrait pas avancer.

Mais par où commencer ? Que dire ?

À côté d'elle, Keaton dormait profondément. Tami fit de son mieux pour ne pas le réveiller quand elle sortit du lit et ramassa une partie de ses vêtements. Elle récupéra le reste dans l'entrée, et, ayant repéré une salle de bains dans le couloir, alla s'y doucher puis s'habiller.

Ses cheveux étaient en bataille et son cou couvert de marques roses laissées par la barbe de Keaton. Elle toucha sa peau d'une main tremblante. Elle avait savouré chaque instant de leur étreinte la veille, mais elle craignait que les souvenirs de leur passion soient aussi fugaces que ces marques. Elle ravala les larmes qui lui montèrent aux yeux à cette pensée.

Personne ne l'avait forcée à agir comme elle l'avait fait. Elle aurait pu laisser Our People, Our Homes mener son enquête. Pourtant, elle avait assumé personnellement la responsabilité du vol et considéré qu'il lui incombait de rembourser l'argent. Mais son père avait entravé son projet, comme il avait essayé de bloquer et d'étouffer toutes ses initiatives pendant des années. Elle aurait dû se douter qu'il ferait tout pour la voir échouer encore.

Elle regarda son visage dans le miroir. Elle était aussi faible que son père l'avait dit. C'était elle qui était allée le trouver, une solution de facilité, au lieu d'affronter les conséquences de ses choix. Et c'était elle qui avait accepté ses conditions, sans réfléchir à l'effet que ses actes auraient sur autrui. Elle avait mis l'entreprise et la famille de Keaton en danger. Contre son gré, mais cela ne changeait rien à sa culpabilité.

Elle avait une certitude désormais : elle aimait Keaton. De tout son cœur. Par conséquent, elle ne pouvait plus continuer à lui mentir. Il était grand temps qu'elle assume ce qu'elle avait fait. Sa relation avec Keaton ne pourrait pas aller plus loin tant que ses mensonges se dressaient entre eux. Elle devait être honnête avec lui, même si cela lui valait beaucoup d'ennuis - des ennuis qui seraient sans doute doublés quand l'enquête sur Our People, Our Homes progresserait. Elle était sûre que Richmond Developments porterait plainte. Et Keaton serait furieux contre elle. Malgré tout, elle devait dire la vérité.

Tami redressa les épaules et alla s'asseoir dans le salon, où elle regarda les premières lueurs du jour éclaircir l'horizon de Seattle. Lorsqu'elle entendit Keaton arriver, la brûlure dans son ventre s'intensifia.

— Tu es bien matinale, observa-t-il en entrant dans le salon. Tu n'arrivais pas à dormir ?

Il bâilla puis se frotta la mâchoire. Cela lui rappela la sensation de sa barbe sur sa peau. Elle chérirait les souvenirs de leur nuit, car une fois qu'elle passerait aux aveux, ils seraient tout ce qui lui resterait.

— Keaton, il faut que je te parle.

Son regard ensommeillé s'aiguisa aussitôt.

— Pourquoi ai-je le sentiment que je ne vais pas aimer ce que tu vas dire ?

— Parce que tu ne vas pas aimer. J'aurais dû être franche avec toi avant que nous nous engagions dans cette liaison.

— Eh bien, je t'écoute.

— Commençons par le commencement : mon embauche chez Richmond Developments. Elle n'est pas le fruit du hasard.

Haussant un sourcil, l'air froid, il croisa les bras.

— Continue.

— Mon père est Warren Everard.

Il serra la mâchoire, et son regard lança des éclairs.

— Tu ne portes pas le nom de ton père, observa-t-il d'un ton brusque.

— Non. J'ai changé de nom il y a douze ans quand j'ai décidé que je ne voulais plus être associée à lui.

Elle prit une inspiration puis une autre, en attendant la réaction de Keaton.

— Et pourtant, tu es devenue sa marionnette ? répliqua-t-il avec une fureur contenue.

— Je... Je lui ai demandé un service. En échange, j'ai accepté de me faire engager chez Richmond Developments et de lui fournir des informations.

— C'était toi ? C'est à cause de toi que nous avons perdu le projet Tanner ?

La voix de Keaton était plate, mais Tami n'avait pas de doute sur les émotions qu'il éprouvait.

Du dégoût.

De la colère.

— J'ignore comment il a obtenu ces informations, mais ça ne vient pas de moi, répondit-elle d'une voix neutre qui ne trahissait rien de la nervosité qui oppressait sa poitrine.

— Et tu penses que je vais te croire ?

Tami se leva sur des jambes tremblantes.

— Crois ce que tu veux. Je connais la vérité.

— La vérité ? Sans rire ? Tu as le culot de me dire ça alors que tu étais l'espionne de ton père ?

Elle ravala la bile qui était montée dans sa gorge.

— Je sais que tu es en colère contre moi et...

— En colère ? Tu crois que je suis en colère ? Oh ! je suis bien plus que cela ! Tu vas le regretter. J'utiliserai tous les moyens juridiques à ma disposition pour te faire payer ta trahison. Tes actes nous ont coûté des millions ! Et le pire c'est que tu as fait perdre leur emploi à des gens honnêtes !

— Keaton, s'il te plaît, écoute-moi jusqu'au bout. Mon père a au moins une autre taupe chez Richmond Developments. Aux ressources humaines. C'est comme ça que j'ai eu le poste. Je crois que c'est la femme que j'ai rencontrée le premier jour, Monique. Si elle travaille pour mon père, elle a peut-être fait engager d'autres espions.

— Tu peux être sûre que je ferai faire un audit complet du personnel. Mais en dehors de ma famille, tu es la seule personne à qui j'ai parlé du projet Tanner. Il n'y a que toi.

— Keaton, je suis désolée. Je n'ai jamais voulu...

— Quoi ? Me mentir ? Me trahir ? Gagner ma confiance avec ton beau petit discours hier soir, pour ensuite la jeter aux orties ? Voir mon entreprise s'écrouler tout en permettant au groupe de ton père de rafler les contrats que nous devions décrocher ? Eh bien, c'est pourtant ce que tu as fait.

Il passa une main rageuse dans ses cheveux.

— Félicitations, tu es vraiment la fille de ton père. J'espère qu'il est fier de toi. Non seulement tu m'as trahi, mais tu as trahi toutes les personnes honnêtes qui travaillent pour Richmond Developments. Je ne sais pas comment tu peux te regarder dans une glace. Bien entendu, tu es renvoyée pour faute grave. Tu auras des nouvelles de nos avocats dès lundi. Maintenant, sors de chez moi.

Il n'y avait plus rien à dire ou à faire, Tami le savait. Elle prit son sac et se dirigea vers l'entrée. Quand elle fut presque à la porte, Keaton lança :

— Pourquoi maintenant ?

— Pardon ?

— Pourquoi m'avoir parlé maintenant ?

La souffrance dans sa voix la troubla. C'était elle qui l'avait blessé. Elle avait tout gâché.

Elle prit une grande inspiration et laissa la vérité se déverser de ses lèvres.

— Parce que j'ai compris que je suis tombée amoureuse de toi. Je ne pouvais pas continuer à travailler pour toi avec ces mensonges entre nous. Je voulais seulement faire ce qui était juste, Keaton.

Il y avait bien d'autres choses qu'elle avait envie de lui dire, mais s'il apprenait maintenant ce qui était arrivé chez Our People, Our Homes, il ne croirait jamais qu'elle avait été une victime dans cette affaire.

— Tu n'as pas dit assez de mensonges comme ça ? Je ne veux pas entendre tes excuses, assena-t-il d'un ton amer. Va-t'en. Je ne veux plus te voir.

Sans un mot, elle sortit de l'appartement.

Quand l'ascenseur s'ouvrit sur le rez-de-chaussée, elle constata que le gardien l'attendait.

— Mademoiselle, j'ai pour ordre de vous faire quitter les lieux.

Tami eut bien du mal à hocher la tête et à mettre un pied devant l'autre pour quitter l'immeuble. Son cœur était en mille morceaux. Elle eut tout de même la présence d'esprit d'appeler un taxi et de rentrer chez elle, où elle retira ses vêtements et arriva à se traîner jusqu'à la douche. Elle eut beau essayer, elle ne parvint pas à chasser le sentiment de dévastation qui la tenaillait. Cette débâcle était le résultat de ses choix et de ses erreurs. Elle ne pouvait s'en prendre qu'à elle-même.

Une fois sortie de la douche, Tami s'enveloppa dans un peignoir et alla se blottir sous sa couette. Mais elle ne put échapper à ce qu'elle avait fait. À l'immensité de sa trahison. Les mots de Keaton continuaient de résonner dans sa tête : « Tu es vraiment la fille de ton père. » Et il avait raison. En faisant tout pour ne pas être comme Warren Everard, elle était devenue un outil qu'il avait pu utiliser et elle avait fini par faire autant de dégâts que lui.

Le week-end ressembla à un grand vide brumeux. Tami n'avait personne vers qui se tourner pour trouver du réconfort. Le lundi matin, elle fut réveillée par quelqu'un qui sonnait à sa porte. Elle se leva péniblement et alla ouvrir.

— Mademoiselle Wilson ?

Le livreur qui se tenait sur son perron lui tendit une tablette et un stylet.

— Oui.

— Un colis pour vous. Veuillez signer sur l'écran.

Elle obtempéra. Le livreur ramassa le paquet à ses pieds et le lui donna.

— Bonne journée ! lança-t-il joyeusement avant de s'éloigner.

Tami était sans voix. Elle avait reconnu le logo sur le paquet. Richmond Developments. Elle alla dans le salon, ouvrit le paquet et découvrit ses affaires personnelles à l'intérieur, ainsi qu'une enveloppe blanche sur laquelle était inscrit son nom. Elle contenait une déclaration du service juridique qui précisait les raisons de la rupture de contrat, les infractions présumées, ainsi que les mesures qui seraient prises contre Tami pour obtenir une compensation.

Une compensation ? Tami savait ce que le projet Tanner leur aurait rapporté, et il lui faudrait travailler des siècles pour rembourser ne serait-ce qu'un dixième de leur manque à gagner. Sans compter ce qu'elle devait à Our People, Our Homes. Un rire nerveux s'échappa de sa gorge, qui ressemblait plutôt à un cri de désespoir. Jamais elle ne s'était sentie aussi malheureuse.

Keaton faisait les cent pas dans son bureau. Trois jours s'étaient écoulés depuis la révélation de Tami, et le sentiment de trahison était toujours aussi vif. Comment avait-il pu être aussi stupide ? N'avait-il donc tiré aucune leçon après Honor ? Il avait prévenu ses frères et sœurs que Tami était une espionne d'Everard Corporation et avait annoncé l'avoir licenciée. Tous avaient été à la fois choqués et furieux. Toutefois, Keaton ne leur avait pas révélé qu'elle était la fille d'Everard. Car il se sentait coupable de ne pas avoir découvert cette information plus tôt. Quoi qu'il en soit, cela ne changeait rien à la situation. Tami était partie, et sa famille et lui avaient décidé de mener une enquête interne sur leurs employés via une entreprise indépendante, afin de ne pas alerter les autres taupes potentielles.

Jusqu'ici, seule Monique, des ressources humaines, avait été arrêtée pour espionnage industriel. Mais il y avait peut-être un autre infiltré au service financier, dirigé par Kristin. En apprenant la nouvelle, Kristin avait été verte de rage, et elle avait dû faire appel à toute sa maîtrise d'elle-même pour ne pas accuser la personne en question sur-le-champ.

Honor lui avait rappelé qu'il y avait une procédure à suivre et que, bien que cette procédure prenne du temps, il valait mieux agir avec méthode, et conformément au droit du travail.

Mais aucune réparation juridique n'apaiserait la douleur que Keaton éprouvait. Dès le départ, Tami avait prévu de l'espionner. Et il l'avait laissée entrer dans son cœur, pourtant barricadé. Était-il donc si peu doué pour cerner les gens ? Il avait combattu les sentiments qu'elle lui inspirait. Il s'était persuadé que son attirance pour elle était purement physique et s'était félicité d'écouter sa raison. Mais il avait perdu la bataille lorsqu'il l'avait embrassée lors de leur dernière soirée à Sedona. Les jours suivants avaient été un enfer, car Keaton s'en était voulu d'avoir blessé Tami en la rejetant ce soir-là. Et son désir pour elle n'avait pas diminué d'un iota. Encore maintenant, elle ne quittait pas ses pensées, et cela le rendait furieux contre lui-même, et, hélas, contre tout son entourage.

Même les bonnes nouvelles que Fletcher lui avait données l'avaient à peine réconforté. Fletcher avait annoncé aux deux fratries que leur groupe avait de grandes chances de décrocher un gros contrat, qui pourrait les aider à se remettre de leur récent revers avec l'affaire Tanner. Lors d'un appel vidéo, ils avaient discuté des aspects qu'ils souhaitaient mettre en avant pour se démarquer de la concurrence. Et Keaton s'était rendu compte qu'il avait repris certaines suggestions que Tami lui avait faites à Sedona. L'idée d'offrir des prêts à taux bas et de réserver dans le projet des logements abordables à des familles modestes pour qu'elles puissent vivre dans de meilleurs quartiers avait germé dans son esprit. Tous ses frères et sœurs avaient approuvé cette initiative, et le service financier planchait sur la manière de l'intégrer dans le projet.

Comment une personne comme Tami, qui s'était révélée être totalement fourbe, pouvait-elle en même temps être si éprise de justice sociale ? En tant qu'assistante elle avait excellé dans son travail, et elle avait toujours eu à cœur de défendre les plus démunis. Cela ne collait pas avec son personnage d'espionne. Keaton secoua la tête. Il laissait bien trop d'espace mental à Tami. Il était temps d'enterrer ses sentiments pour elle, et de laisser le service juridique se charger du reste.

Honor frappa contre sa porte ouverte, l'arrachant à ses pensées.

— Tu as l'air de mauvais poil. Je peux entrer ou pas ?

— Bien sûr, entre. Je réfléchissais, c'est tout.

— C'est tout toi, dit-elle en souriant. Toujours en train de réfléchir. Parfois trop, d'ailleurs. J'ai tort ?

Il sourit machinalement, sans éprouver aucun amusement.

— Tu me connais trop bien, Honor.

Elle prit place sur une chaise. Keaton s'assit face à elle.

— En effet, je te connais bien, Keaton, et je dois avouer que je me fais du souci pour toi. Tu n'es pas toi-même ces derniers temps.

— Nous avons beaucoup de travail, argua-t-il.

— C'est le cas depuis des mois. Mais ce n'est pas de cela

que je parle. Je parle de toi, ici, dit-elle, se penchant vers lui et posant la main contre son cœur.

Puis elle recula et le regarda dans les yeux.

— Quelque chose ne va pas, Keaton. Parle-moi. Dis-moi ce qui te tracasse.

— Écoute, je n'ai vraiment pas le temps de…

— Épargne-moi cette excuse. Si tu ne prends pas le temps de me parler maintenant, quand le feras-tu ? Et si tu ne me parles pas à moi, alors à qui ? À Kristin ? À Logan ? À ta mère ?

Il avait sans doute dû faire la moue car elle continua :

— Tu vois ? Il ne te reste que moi. Je sais que je t'ai fait du mal, mais je croyais que tu avais accepté ma relation avec Logan à présent. Au moins, dis-moi que ce n'est pas ce qui te tourmente.

— Non, ce n'est pas ça.

— Ah, tu vois ! Tu admets que quelque chose te perturbe.

— Évidemment ! Nous avons perdu un très gros contrat.

— Mais nous sommes sur le point d'en décrocher un autre, alors je sais que ce n'est pas cela non plus. Mais je pense que c'est lié. Je me trompe ?

— Bon, d'accord. Tami est la fille de Warren Everard. Voilà, tu es contente ?

Honor eut un mouvement de recul.

— Sa fille ?

— Son espionne personnelle.

Honor secoua lentement la tête.

— Eh bien ! J'étais choquée quand tu nous as appris que tu l'avais renvoyée pour espionnage. Pour être honnête, après l'avoir côtoyée à Sedona, je trouvais que ça ne collait pas avec sa personnalité. Mais tu dis qu'elle est la fille d'Everard ? Tu crois que son père l'a forcée à jouer les taupes ?

En guise de réponse, il émit un petit rire incrédule.

Devrait-il tout avouer à Honor ? Pourquoi pas ? Il fallait qu'il se confie à quelqu'un.

— Nous avons couché ensemble.

En vérité, il n'avait pas voulu dire les choses de manière aussi crue, mais cela résumait bien la situation.

— Tu penses que son père l'a poussée à me séduire ?

— Tu as couché avec elle ? s'exclama Honor.

— Tu m'as entendue.

— Mais vous ne vous connaissiez que depuis deux semaines !

— Trois et demie, en fait. Y a-t-il un délai minimum avant lequel un couple peut avoir des relations sexuelles ? Je pensais que tu serais la dernière personne à me juger là-dessus, assena-t-il.

— Keaton, je n'étais pas en train de te juger. Mais je te connais. Tu ne te précipites pas dans ce genre de choses. Elle devait être très spéciale pour toi. Pas étonnant que tu souffres.

Oui, Tami avait été spéciale pour lui. Voilà pourquoi il était si furieux. Si blessé.

— Keaton...

Elle se pencha vers lui.

— Parfois, les gens sont poussés à faire des choses qu'ils n'auraient jamais faites en temps normal, à cause de circonstances particulières.

— Des circonstances comme pour Logan et toi, l'an dernier ? rétorqua-t-il avait une pointe d'aigreur.

Il vit le regard de Honor s'embuer.

— Je n'ai jamais voulu te faire de mal, Keaton.

À ces mots, il sentit un nœud se défaire dans sa poitrine.

— Oui, je le sais, admit-il. Nous n'étions pas faits l'un pour l'autre, malgré tous nos efforts. Je regrette mon commentaire. Je n'ai plus d'amertume concernant ta relation avec Logan. Maintenant, je sais ce que c'est que d'être attiré par quelqu'un contre toute logique. Je crois que je comprends encore mieux pourquoi tu n'as pas pu résister à ton attirance pour Logan.

Elle baissa la tête et essuya une larme égarée.

— Merci. Ce que tu viens de me dire me touche beaucoup. Et ça fera plaisir à Logan aussi. Mais ça ne règle pas ton problème actuel, n'est-ce pas ?

— Avec Tami ? C'est réglé. Elle est partie, et le service juridique va porter plainte contre elle.

— Tu vas la poursuivre en justice ?

— Elle nous a coûté des millions de dollars, Honor ! Je ne peux pas laisser passer ça. Logan et Kristin sont de mon côté. Et puis, ce n'est pas comme si son père n'avait pas les moyens de régler les dommages et intérêts, surtout maintenant qu'il a raflé le contrat Tanner.

Honor s'agita sur sa chaise.

— Est-ce que cela effacera ta peine ? lui demanda-t-elle.

Honor savait aller droit au but, c'était certain. Il soutint son regard.

— Non, mais ça enverra un message aux autres taupes tapies dans l'ombre : nous ne tolérerons aucune trahison d'aucune sorte.

— Je peux comprendre ta démarche. Cela dit, Tami ne ressemblait pas à une espionne professionnelle.

— Les espions ne montrent jamais leurs véritables intentions, non ?

— C'est vrai, mais tu sais ce que je veux dire. Elle était trop... Je ne sais pas... Trop gentille. Elle tenait vraiment à améliorer la vie des gens. Tami ne recherchait pas son intérêt personnel.

— À l'évidence, elle était très douée pour être le pion de son père, observa-t-il avec cynisme.

— Je ne pense pas qu'elle jouait la comédie en permanence. Je me demande quelles circonstances l'ont poussée à devenir la complice de son père. Si tu parviens à découvrir quelles étaient ces circonstances, tu pourras mieux comprendre pourquoi Tami a agi comme elle l'a fait.

— Est-ce vraiment utile de comprendre le pourquoi du comment ?

— Keaton, tu es un homme intelligent, et tu as bon cœur, même si tu ne le laisses pas paraître. Peux-tu honnêtement me dire que tu ne tiens plus à elle ? Que tu ne veux pas savoir pourquoi elle a agi ainsi ?

Elle se leva, lui lança un dernier regard soucieux, puis quitta la pièce.

Honor lui en demandait trop. Il n'avait aucune intention de questionner Tami, puisqu'il savait déjà pourquoi elle les avait espionnés. La raison était évidente : l'argent. C'était ce qui motivait Everard, et c'était ce qui motivait sa fille, manifestement. Toutefois... C'était elle qui avait décidé de tout avouer, en insistant sur le fait qu'elle n'avait transmis aucune information à son père. Keaton ne l'avait pas crue sur le moment, et il n'était pas plus enclin à la croire maintenant. Mais si Tami disait vrai ? Peut-être était-ce Monique des ressources humaines, ou la taupe du service financier qui avait vendu la mèche ?

Keaton réfléchit un instant. Non, cela ne pouvait pas être Monique, car elle n'avait aucun accès aux informations que Everard voulait. De plus, les informaticiens avaient déjà passé au crible son ordinateur et n'avaient rien trouvé de suspect. L'employé du service financier avait un poste plus haut placé, mais à moins qu'il ne soit un hacker exceptionnellement doué, il n'avait pas pu accéder au réseau sécurisé dans lequel Keaton et ses frères et sœurs avaient discuté du projet Tanner. Non, tous les indices désignaient Tami. En dehors de sa famille, elle était la seule personne à qui il avait parlé du projet.

Et si le père de Tami avait obtenu les informations indirectement ? Keaton songea à cette soirée à Sedona, durant laquelle Tami et lui avaient évoqué les projets de Richmond Developments. Tami avait pris des notes sur son téléphone. Était-ce ainsi que Everard avait su ? Avait-il accès au téléphone de sa fille ? Si oui, Tami était-elle complice, ou aussi innocente qu'elle le prétendait ?

Keaton soupira. Quelle que soit la manière dont Warren Everard avait obtenu ces données, le mal était fait. Keaton avait exclu Tami de son entreprise et de sa vie.

Malheureusement, il n'arrivait pas à la chasser de son esprit.

10

— Je suis très contente que tu aies pu m'accompagner ce soir, s'exclama Nancy Richmond tandis que Keaton et elle se frayaient un chemin au milieu de la foule.

La mère de Keaton avait insisté pour qu'il soit présent à ce gala de bienfaisance. Elle avait mis du temps à reprendre une vie sociale après le décès de son époux en décembre et le scandale qui avait suivi. À dire vrai, Keaton était heureux d'avoir pu se libérer pour l'accompagner.

— Moi aussi, maman. Tu es particulièrement en beauté ce soir, dit-il sincèrement.

Nancy rougit.

— Oh ! Keaton ! Tu sais toujours ce qu'il faut dire, répondit-elle en lui tapotant le bras.

Il posa la main sur la sienne. Sa mère avait fait partie du comité directeur de Richmond Developments pendant très longtemps, mais après le décès soudain de Douglas, elle s'était mise en retrait. Car elle n'avait pas seulement perdu l'homme qu'elle avait aimé durant plus de trente ans. Découvrir que son mari avait fondé une autre famille de l'autre côté du pays avait considérablement ébranlé sa confiance en elle. D'autant plus qu'à première vue c'était le mariage de Nancy qui avait semblé illicite. Lorsqu'il avait été établi que c'était le mariage de Douglas Richmond avec Eleanor qui était illégal, le mal était déjà fait. Keaton était prêt à tout faire pour que sa mère redevienne elle-même, et si assister à ce dîner à deux mille dollars la place en l'honneur de vétérans pouvait l'y aider, il s'en réjouissait.

— Comment va ta charmante assistante ? demanda Nancy lorsqu'ils furent installés à leur table. Je ne t'ai pas raconté, je crois ? Je suis passée au bureau à votre retour de Sedona. Vous étiez tous en réunion, alors Tami s'est occupée de moi. Nous avons eu une agréable discussion, et elle m'a expliqué comment elle avait surmonté sa peur de l'avion. Ses suggestions pour gérer ma propre angoisse m'ont paru très sensées. À tel point que Hector et moi songeons à nous envoler pour Palm Springs dans quelques semaines.

— C'est formidable, maman.

Keaton était surpris que Tami ne lui ait pas parlé de cet échange et ravi que sa mère envisage de prendre des vacances. Mais une minute… Hector était l'avocat de la famille. Il avait été d'un grand soutien pour Nancy, mais de là à voyager ensemble ? Douglas n'était décédé que depuis quelques mois…

— Oh ! tu devrais voir ta mine ! s'exclama Nancy. Ne t'inquiète pas, nous ne comptons pas dormir ensemble… pour l'instant.

Keaton pâlit. Il n'avait aucune envie d'entendre ce genre de choses.

— Tu es une adulte et tu fais tes propres choix, répondit-il, gêné. Pour en revenir à Tami, elle a déjà quitté Richmond Developments.

— Ah ? Elle n'a pas fait l'affaire, finalement ? C'est bien dommage.

— En fait, j'ai dû me séparer d'elle. C'est la fille de Warren Everard.

— C'est vrai ? Mon Dieu ! Et elle n'a pas prévenu les ressources humaines d'un potentiel conflit d'intérêts, je présume ?

— Nous avons des raisons de croire qu'elle a joué un rôle dans la perte du projet Tanner. Apparemment, une employée des ressources humaines travaillait aussi pour Everard, et elle a fait en sorte que Tami devienne mon assistante.

— Eh, bien, si je m'attendais à ça ! Toutefois, si Everard est derrière tout cela, je ne devrais pas être étonnée. Cet homme est prêt à tout pour obtenir ce qu'il veut. Ton père et lui se sont accrochés plusieurs fois. Warren Everard a toujours été un salaud. Excuse mon langage.

— C'est une qualité que j'ai toujours aimée chez toi, maman. Ta capacité à dire les choses comme elles sont.

— Nous avons cela en commun, mon chéri, lui assura-t-elle avec un sourire plein de fierté maternelle. Tu sais, Warren et Margot Everard ont toujours eu la réputation d'être des parents très difficiles et exigeants. Ils prétendent avoir coupé les ponts avec leur fille à ses dix-huit ans, mais selon la rumeur, c'est plutôt l'inverse. En tout cas, je ne peux pas m'imaginer rejeter l'un de mes enfants, quelles que soient les difficultés, mais il faut dire que Margot est une femme très froide. Les apparences ont toujours été primordiales pour elle.

Nancy soupira puis reprit :

— Étant donné la situation, je vois mal pourquoi Tami voudrait travailler pour Everard. S'il y avait eu une réconciliation familiale, j'en aurais entendu parler. Pourquoi Tami t'espionnerait-elle pour le compte de son père alors qu'ils ne se sont pas parlé depuis des années ?

Keaton haussa les épaules.

— Qui sait ? En tout cas, elle a avoué qu'elle était la fille d'Everard et qu'elle avait fait ce qu'il lui avait demandé.

— C'est vraiment dommage.

Keaton était bien de son avis.

Le lendemain, Keaton venait de rentrer chez lui après son jogging matinal quand sa mère lui téléphona.

— Keaton, quand je vais te raconter ce que je viens d'apprendre, tu ne vas pas en croire tes oreilles !

— Bonjour quand même, maman. J'ai passé une très bonne soirée hier, merci.

— Ah, oui, bien sûr, dit-elle d'un ton distrait. Mais je ne

t'appelle pas pour ça. J'ai discuté avec une amie qui connaît Bitsy Tyler, dont la fille est mariée à un agent du bureau du procureur. Bitsy lui a révélé que la fille de Warren Everard faisait l'objet d'une enquête de police, pour son implication dans un détournement de fonds chez Our People, Our Homes.

Keaton se figea et serra son téléphone si fort que le plastique de la coque grinça.

— De combien d'argent s'agit-il au juste ?

— Tout leur capital d'exploitation. Deux millions et demi de dollars.

Il émit un long sifflement.

— Et Tami est accusée du vol ?

— Non... Du moins, pas directement. Apparemment, elle avait une relation avec son patron. C'était le directeur de l'organisme, et il a disparu de la circulation, tout comme les fonds volés. Une de mes partenaires du club de bridge a interrogé Margot Everard hier. Margot a répondu que Warren et elle n'ont plus de contacts avec leur fille et qu'elle n'avait aucun commentaire à faire.

Keaton n'avait écouté que d'une oreille après que sa mère avait mentionné la relation de Tami avec son patron. Tami avait-elle pour habitude de coucher avec tous ses supérieurs ?

— Tu penses qu'elle a joué un rôle actif dans cette histoire, Keaton ?

La question de sa mère le ramena à l'instant présent.

— Difficile de répondre avec si peu d'éléments, maman. Et, à vrai dire, ce n'est pas à nous d'en discuter. Si Tami est soupçonnée de vol, nous devons espérer que la justice établira sa complicité ou son innocence.

— Je ne peux pas accepter l'idée que la charmante jeune femme que j'ai rencontrée dans ton bureau soit capable d'un tel acte.

En temps normal, Keaton aurait été d'accord avec sa mère, mais il était bien placé pour savoir que Tami pouvait manipuler son monde.

— Les apparences peuvent être trompeuses, maman. Nous avons tous appris cela à nos dépens avec papa.

À l'autre bout du fil, sa mère resta silencieuse, et Keaton regretta ses paroles.

— Maman, je suis désolé. Je n'aurais pas dû dire ça.

— Non, chéri, tu as raison. Les apparences peuvent être trompeuses, mais j'ai eu beaucoup de temps pour réfléchir à ma situation et, bien que ton père m'ait été infidèle pendant toutes ces années, il m'a offert une belle vie et m'a donné trois enfants que j'aime plus que tout. Ce qu'il a fait est condamnable sur tant de plans que je n'arrive toujours pas à les recenser tous. Mais j'ai appris à aller de l'avant et, à ma façon, j'ai réussi à lui pardonner. Si je ne l'avais pas fait, je serais toujours une victime et, cela, je m'y refuse.

— Tu es une femme extraordinaire, maman. Je suis très fier de toi.

— Et je suis très fière de toi, Keaton. Je te tiendrai au courant si j'en apprends plus sur Tami. À mon avis, la situation est plus complexe qu'il n'y paraît.

Keaton raccrocha et alla se doucher. Il appuya les avant-bras contre le mur carrelé de la douche et laissa les jets puissants lui masser la nuque et les épaules. Une part de lui continuait de bouillir de rage à l'idée que Tami l'ait trahi, encore plus maintenant qu'il la savait soupçonnée de détournement de fonds. Mais cette petite voix dans sa tête lui soufflait de ne pas tirer de conclusions hâtives.

Quant au fait que sa mère ait pardonné à son mari, Keaton n'était pas prêt à en faire autant. Il avait idolâtré son père toute sa vie. Il s'était toujours efforcé de le rendre fier. Et il avait fourni deux fois plus d'efforts pour tout ce qu'il avait accompli, comme pour compenser l'absence de son jumeau disparu. Il avait fait des sacrifices, sans prendre le temps d'en mesurer le coût. Et tout cela pour quoi ? Pour être relégué à la place de second lorsque Logan était arrivé ! Étant l'aîné des jumeaux, son frère avait pris tout ce pour quoi Keaton avait œuvré toute son existence. Même sa fiancée. Pour couronner le tout, Keaton avait ensuite découvert que Logan, Kristin et lui n'étaient pas les seuls enfants de leur père. La brûlure de la trahison était toujours vivace, et Keaton doutait qu'elle cicatrise un jour.

Il referma d'un geste brusque le robinet, sortit de la douche et attrapa une serviette. Tandis qu'il se séchait, il décida qu'il devait parler à Tami. Les informations dont sa mère lui avait fait part soulevaient plus de questions qu'elles n'apportaient de réponses.

Après s'être habillé, il consulta le dossier personnel de Tami sur son ordinateur et enregistra son adresse dans son téléphone. Il fallait que Tami et lui s'expliquent. Au plus vite.

Keaton vérifia l'adresse qu'il avait entrée dans son navigateur de bord. Oui, c'était bien ici. Le quartier était plutôt agréable, mais loin de ce que Keaton avait imaginé pour la fille de Warren Everard. En regardant ces maisons modestes, on ne pouvait certainement pas deviner que Tami était la fille de l'un des hommes les plus riches de Seattle, ni qu'elle avait tiré le moindre bénéfice des deux millions et demi de dollars volés chez son précédent employeur.

La maison en bardeaux était petite et en retrait de la rue. Un petit jardin à l'avant semblait lutter pour sa survie, et l'allée était envahie de mauvaises herbes. Keaton monta les petites marches menant à l'entrée et tambourina contre la porte, n'étant toujours pas certain d'avoir l'adresse correcte. Après quelques secondes, il entendit des pas.

— Qui est-ce ?

C'était bien la voix de Tami.

— C'est Keaton. Il faut qu'on parle.

Elle ouvrit lentement la porte. Il l'observa, remarquant aussitôt les cernes sombres sous son regard et la pâleur de son visage. Elle portait un pantalon de yoga et un large pull de laine qui engloutissaient sa silhouette. Pourtant, il sentit son corps réagir au quart de tour. Il étouffa le désir qui vrillait en lui, tout comme les souvenirs de leurs ébats que son esprit semblait déterminé à revisiter.

Tami n'arrivait pas à quitter Keaton des yeux. Vêtu d'un pantalon de toile et d'un pull de laine, il semblait tout droit sorti d'un magazine de mode. Même ses cheveux étaient parfaitement coiffés. Ses yeux gris et froids semblaient la disséquer, et elle se sentit soudain gênée d'être si peu apprêtée.

— Je peux entrer ? demanda-t-il d'une voix un peu bourrue.

— Bien sûr.

Quand il passa devant elle, elle huma une bouffée de son eau de toilette, l'odeur boisée lui rappelant leurs journées de travail, durant lesquelles elle avait été si proche de lui qu'elle avait eu l'impression qu'ils formaient une équipe. Une période heureuse, mais hélas révolue.

Elle referma la porte.

— Je suis désolée, je n'attendais personne. Je peux t'offrir quelque chose à boire ?

— Je veux bien un café.

Il la suivit dans la cuisine. Tandis qu'elle s'affairait, elle sentit qu'il surveillait le moindre de ses mouvements, comme s'il ne lui faisait pas confiance. Nerveuse, elle laissa tomber quelques grains de café sur le plan de travail et s'empressa de les ramasser. Puis elle alluma la cafetière et se tourna vers lui. Plus vite il lui dirait ce qu'il avait à dire, plus vite il s'en irait.

— De quoi voulais-tu me parler ? demanda-t-elle.

Il savait sans doute qu'elle avait reçu les documents juridiques indiquant que Richmond Developments, l'attaquait en justice. Il n'était pas venu pour discuter de cela, tout de même ? Cela dit, comparé à l'autre désastre qu'elle devait affronter, à savoir l'enquête liée à Our People, Our Homes, son conflit avec Richmond Developments lui semblait bien moins grave.

À sa grande surprise, Keaton évoqua justement l'enquête pour détournement de fonds et le fait que Tami était soupçonnée. Elle sentit un goût amer envahir sa bouche. Apparemment, le moulin à ragots avait tourné à plein régime.

— Cette histoire de détournement de fonds, est-ce vrai ? demanda-t-il.

— Que veux-tu savoir au juste ? Si j'ai volé cet argent ? Non, évidemment ! Ce qui est vrai, c'est que j'ai laissé Mark utiliser mon ordinateur protégé par un mot de passe. Il était mon patron et mon petit ami, et je n'avais aucune raison de croire qu'il trahirait ma confiance. Ce qui est également vrai, c'est qu'il a déposé l'argent sur notre compte bancaire joint avant de le transférer immédiatement ailleurs.

Keaton la regarda droit dans les yeux.

— Tu étais impliquée là-dedans ?

N'avait-il donc pas écouté un mot de ce qu'elle venait de dire ? Elle ferma les yeux et compta jusqu'à trois avant de les rouvrir.

— Seulement parce que je l'ai laissé utiliser mon ordinateur. En soi, c'était une infraction à la charte de l'utilisateur que j'avais signée quand j'ai commencé chez Our People, Our Homes.

La machine à café émit un bip annonçant que le café était prêt. Tami remplit deux tasses d'une main tremblante et marmonna un juron quand quelques gouttes de breuvage brûlant éclaboussèrent sa main. Heureusement, Keaton n'avait rien remarqué. Ou alors, il prenait sa nervosité pour un signe de culpabilité.

— Et tu affirmes que ton implication s'arrête là ? demanda-t-il.

— Écoute, je ne vois pas en quoi ça te regarde, mais la réponse est oui. Mon implication s'arrête là. C'est ce que j'ai expliqué à la police pendant quatre heures hier, et six heures avant-hier. La seule chose dont je suis coupable, c'est d'avoir laissé Mark accéder à mon ordinateur.

Elle poussa un soupir puis poursuivit :

— Nous étions cosignataires pour les comptes bancaires de l'association caritative, et je ne me suis jamais méfiée de lui. Je croyais que nous nous aimions, alors pourquoi ne lui aurais-je pas fait confiance ? Il parlait sans cesse de notre avenir, de ce que nous allions accomplir ensemble. Pour la première fois de ma vie, j'avais cru trouver quelqu'un qui m'aimait pour moi-même, et non pour les avantages que je pourrais apporter grâce à ma famille. Je l'admets, avoir une relation avec lui et être cosignataire n'était sans doute pas prudent. J'aurais dû demander à être retirée de la liste des mandataires des comptes quand notre histoire est devenue sérieuse. Mais je n'ai jamais pensé que Mark se servirait de moi. Quand j'ai appris ce qu'il avait fait, j'ai eu du mal à y croire.

Elle but une gorgée de café avant de reprendre la parole.

— Avec le recul, je me dis qu'il m'a courtisée uniquement pour mieux me manipuler, afin de faire main basse sur l'argent. Il a fait en sorte que j'aie l'air aussi coupable que lui et m'a laissée seule pour affronter les conséquences de ses méfaits. Même si je savais que j'avais l'air complice, je suis allée trouver le conseil d'administration dès que j'ai su. Je leur ai tout expliqué et je leur ai présenté une solution.

C'était une histoire difficile à croire, mais elle espérait que la vérité était audible dans ses paroles.

— Une solution ?

— Puisque j'étais responsable de ce vol, j'ai proposé de rembourser intégralement la somme, afin que nous puissions continuer à fonctionner. J'aurais dû savoir que c'était une mauvaise idée. J'aurais dû les laisser suivre la procédure légale dès que le détournement a été constaté. Mais je suis allée demander de l'aide à mon père. J'ignore pourquoi j'ai cru que notre relation avait peut-être changé mais, sur le moment, je ne voyais pas d'autre moyen d'arranger les choses. Il est administrateur d'un fonds que m'a légué ma grand-mère. Je lui ai demandé d'avoir accès à ce fonds pour rembourser l'argent que Mark avait volé. Il a accepté, mais à une condition.

Keaton marmonna un juron bien senti.

— Si tu n'as pas pris l'argent, pourquoi as-tu essayé de le rembourser ? lui demanda-t-il. Pourquoi les autorités ne cherchent-elles pas à retrouver le coupable et à lui faire rembourser ces millions ?

Tami sentit sa gorge se serrer. Combien de fois devrait-elle répéter les choses avant que Keaton ne la croie ?

— Il est inculpé mais il a quitté le pays. Quant au fait que j'aie voulu rembourser l'argent, c'était parce que je me sentais coupable. C'est moi qui ai laissé Mark entrer dans mon ordinateur et qui ai ignoré les dispositifs de sécurité conçus précisément pour éviter un détournement. Je suis la seule responsable.

— C'est tout de même lui qui a fait le choix de trahir ta confiance. Où est-il maintenant ?

— D'après ce que je sais, il a transféré l'argent sur un compte *off-shore* et il profite du climat tropical de Nauru. Bien entendu, il n'y a pas de traité d'extradition entre les États-Unis et les îles de la Micronésie.

Elle poussa un grand soupir.

— Il s'était bien documenté, c'est sûr. Quand il faisait ses recherches devant moi, il prétendait qu'il nous préparait des vacances à deux et, comme une idiote, je l'ai cru. J'étais si absorbée par l'illusion d'être aimée pour moi-même que je n'ai pas vu les signes de manipulation. La police pense encore que je pourrais le rejoindre.

— C'est ce que tu comptes faire ?

— Non ! Bien sûr que non ! Pour le prouver, j'ai volontairement donné mon passeport à la police avant même qu'on me le demande et je coopère pleinement pour l'enquête.

— Revenons à Everard. Qu'attendait-il de toi au juste ?

Elle sentit des larmes lui piquer les yeux et serra sa tasse entre ses mains.

— Il voulait que je découvre sur quoi tu travaillais, et que je lui transmette ces informations. Le séminaire à Sedona a quelque peu contrecarré ses plans. Il m'envoyait plusieurs messages par jour quand nous étions là-bas.

— Et tu lui as révélé de quoi nous avons parlé lors de notre première soirée ?

Elle secoua la tête avec véhémence.

— Je ne lui ai absolument rien dit là-dessus. Quand nous sommes revenus à Seattle, je suis allée le voir. Il m'a bien fait comprendre que je ne verrais pas le moindre dollar de mon argent, parce que je ne lui avais pas donné personnellement les renseignements dont il avait besoin. Ensuite, il m'a quasiment flanquée à la porte.

Elle but une autre gorgée de café, et la brûlure dans son ventre lui rappela qu'elle n'avait pas mangé depuis vingt-quatre heures. L'idée d'avaler la moindre nourriture lui donnait la nausée.

— Écoute, Keaton, j'ignore ce que tu veux de moi mais je n'ai jamais rien dit à mon père concernant le projet Tanner. Je sais que les apparences sont contre moi, mais j'aimerais que tu me croies.

— J'aimerais aussi.

Ses mots lui serrèrent le cœur, et elle sut, à cet instant, qu'aux yeux de Keaton elle resterait coupable quoi qu'elle puisse dire.

— Je veux que tu t'en ailles maintenant, décréta-t-elle.

— Une dernière chose. Le téléphone que tu as utilisé à Sedona, tu l'avais depuis longtemps ?

— Non, pourquoi ?

— Puis-je te demander où tu l'as eu ?

— Ma mère me l'a donné le jour où elle m'a prêté des tenues pour mon nouveau travail. Elle a dit que papa tenait à ce que j'aie un appareil dernier cri, afin que j'aie l'air crédible dans mon nouveau rôle d'assistante.

Même son père n'avait pas assez cru en elle pour penser qu'elle pouvait réussir seule.

— Ça t'ennuie de me prêter ce téléphone ? J'aimerais que nos informaticiens l'inspectent. Je te promets de te le rendre.

— D'accord. Je ne m'en sers plus, de toute façon. Je vais le chercher.

Pendant que Keaton se dirigeait vers l'entrée, elle fila vers sa chambre et prit le téléphone dans le dernier tiroir de sa commode. Elle l'apporta à Keaton, effleurant sa main au passage. La sensation la fit tressaillir.

— Keaton, je suis vraiment navrée. J'aimerais revenir en arrière et défaire tout le mal que j'ai fait.

Il l'étudia, le regard aiguisé, puis fit un bref hochement de tête.

— Je te le renverrai par coursier, dit-il.

— Ne prends pas cette peine. Je ne veux plus rien avoir qui vienne de mon père.

La seconde suivante, Keaton sortit et se dirigea vers son véhicule, comme s'il était impatient de s'éloigner d'elle. Tandis qu'elle le regardait s'engager sur la route, un sentiment de tristesse l'envahit.

Jamais elle ne s'était sentie aussi seule.

11

Keaton terminait la lecture du rapport qui lui avait été remis avec le téléphone de Tami. Ses soupçons étaient confirmés. Non seulement l'appareil avait une fonction d'accès à distance, mais tout ce que Tami y avait enregistré, depuis les photos qu'elle avait prises jusqu'aux notes qu'elle avait entrées dans une application dédiée, avait été sauvegardé dans un *cloud* appartenant à un utilisateur anonyme.

Keaton était certain que s'ils poursuivaient leur enquête ils découvriraient que cet utilisateur inconnu travaillait pour une entreprise du groupe Everard. Keaton lâcha un soupir de dégoût et lança le rapport sur le bureau puis alla se camper devant la baie vitrée. Il entendit la porte de son bureau s'ouvrir mais ne prit pas la peine de se retourner.

— Un problème ? entendit-il Logan demander.

— Lis ça, dit-il, désignant d'un geste furieux le rapport sur son bureau.

Après quelques instants, Logan émit un sifflement.

— Alors c'est comme ça que cette raclure a procédé, dit son jumeau. Tu penses toujours que Tami est complice ?

Jusqu'à la veille, Keaton aurait répondu oui sans hésitation. Mais à la lumière des déclarations de sa mère et de Tami, soit Tami était la meilleure actrice du monde, soit elle avait été cruellement manipulée. À deux reprises. Et, chaque fois, par des hommes qui auraient dû l'aimer et la protéger.

— Pas totalement, non. Elle avait l'intention de nous

espionner, certes, mais elle ignorait qu'elle était dupée par son propre père.

— Alors, que fait-on maintenant ?

— Comment ça ? Même si c'était involontaire, elle a tout de même donné à Everard les renseignements qu'il voulait.

— Est-ce qu'on maintient notre plainte contre elle ?

Keaton se retourna vivement vers son jumeau. C'était toujours un peu déconcertant, cette impression de se voir dans un miroir. Hormis une petite cicatrice que Logan avait juste au-dessus de son sourcil droit, ils étaient identiques. Après toute une existence à se croire le seul fils de ses parents, Keaton avait découvert que son jumeau disparu était toujours vivant. Il lui avait fallu du temps pour accepter son frère dans sa vie.

— Eh bien...

Keaton ne pouvait pas répondre par l'affirmative. Bien qu'il en veuille toujours à Tami d'avoir eu l'intention de les espionner, elle n'était pas allée au bout de sa mission. Son licenciement était-il une peine suffisante ? Sans doute.

— Je vais y réfléchir, concéda-t-il.

Logan s'assit sur une chaise et croisa nonchalamment les jambes.

— Qu'est-ce que tu fais ? s'étonna Keaton.

— J'attends que tu te confies et que tu admettes que tu as des sentiments pour cette fille.

Keaton se laissa tomber dans son fauteuil.

— Honor t'a parlé, alors ?

— Évidemment. Mais, franchement, il faudrait être aveugle pour ne pas voir que tu souffres, et que ce n'est pas seulement à cause d'un contrat perdu.

— Si tu le dis.

— Parle-moi de Tami.

— Je ne sais pas par où commencer. Depuis qu'elle est entrée dans mon existence, elle a envahi presque toutes mes pensées.

— Pour moi, ça ressemble à de l'amour.

— Non. J'ai déjà été amoureux.

De Honor, qui était aujourd'hui fiancée à Logan.

— Sois honnête, Keaton. Est-ce que tu ressentais pour Honor ce que tu ressens pour Tami ?

— Nous nous connaissons à peine.

— Je pense au contraire que vous vous connaissez. Ici, dit-il, pointant l'index sur sa poitrine. Même si tu luttes dans ta tête, ton cœur sait. Suis mon conseil, Keaton : écoute ton cœur.

— Je ne sais pas si j'en suis capable.

— Évidemment que tu en es capable ! Il faut juste que tu fasses le grand saut. Métaphoriquement parlant, bien sûr.

Son jumeau se leva et lui sourit.

— Je te vois au dîner chez maman tout à l'heure.

Logan quitta la pièce, le laissant à ses ruminations.

Keaton prit le rapport et le relut. Tami avait peut-être consenti à l'installation de logiciels espions sur son téléphone mais, si elle disait la vérité, elle avait été piégée. Sachant à quel point elle aimait aider les personnes défavorisées, il trouvait d'autant plus triste que des gens se soient servis d'elle. Et que dire du fait que c'étaient des membres de sa famille ! Il leva les yeux vers la porte que son frère venait de passer. Oui, il y avait eu une période où il aurait préféré que Logan ne vienne jamais aux États-Unis. Pourtant, il lui était maintenant impossible d'imaginer sa vie sans son jumeau. S'il était coupé de sa famille comme Tami l'était, cela le détruirait.

Les paroles de Tami lui revinrent en mémoire. « Pour la première fois de ma vie, j'avais cru avoir trouvé quelqu'un qui m'aimait pour moi-même. » Il en savait peu sur la prime jeunesse de Tami mais, en tant que fille de Warren Everard, elle avait sans doute été entourée des gens intéressés par sa fortune. Kristin et lui avaient connu ce genre de relations au lycée, et même à l'université. Certains adolescents gravitaient autour des personnes privilégiées pour d'autres raisons qu'une amitié sincère. Certains adultes aussi. Était-ce cela que Tami avait connu toute sa vie ? Si oui, il n'était guère étonnant qu'elle ait voulu faire plaisir à un petit ami qu'elle pensait altruiste et désintéressé.

Manifestement, les parents de Tami lui avaient donné très peu d'amour. Ce que Keaton avait du mal à concevoir. Son père avait commis bien des fautes, mais il avait aimé profondément sa famille - ses familles - et avait élevé ses enfants dans l'amour et le respect. Malgré tout ce qu'elle avait vécu, Tami était devenue une jeune femme chaleureuse et pleine de compassion. Elle avait été trahie par ceux qui auraient dû la soutenir, et elle méritait tellement mieux...

Cette ordure que Tami avait cru aimer, ce Mark, comment était-il ? se demanda Keaton. Il tapa sur son ordinateur le nom de l'organisme caritatif et trouva son site web. Sur la page de l'organigramme, il constata qu'une seule personne pouvait correspondre. Mark Pennington. Cet homme était toujours désigné comme le directeur de l'organisme, constata-t-il avec étonnement.

Keaton ouvrit une nouvelle fenêtre de recherche et tapa le nom de cet individu. Il n'y avait pas grand-chose, même sur les réseaux sociaux. Juste quelques références à des résultats sportifs universitaires et à un événement qu'il avait dirigé pour Our People, Our Homes. C'était comme si Pennington avait délibérément effacé d'Internet toutes les informations personnelles possibles, ce qui n'était pas un mince exploit.

Mais il devait bien y avoir un moyen de le retrouver et de le remettre à la justice. Keaton passa un coup de fil à la directrice de la sécurité de Richmond Developments pour lui demander de venir dans son bureau. Janice May avait travaillé des années pour la police de Seattle. Après une bonne heure de discussion, Keaton et elle avaient élaboré un plan. De toute évidence, Mark Pennington était un homme guidé par l'argent. Si Keaton pouvait lui faire miroiter une promesse de s'enrichir rapidement, Pennington serait sans doute prêt à quitter son île tropicale et à remettre un pied sur le sol américain. Et dès qu'il serait dans le pays, les autorités pourraient l'interpeller.

Janice avait interrogé un ancien collègue qui lui avait confirmé que Pennington faisait l'objet d'un mandat d'arrêt.

Janice lui avait suggéré de passer par un cabinet privé pour la réalisation du plan. Tout ce que Keaton aurait à faire, c'était imaginer une escroquerie alléchante avec suffisamment d'argent à la clé pour attirer Pennington aux États-Unis. Ce type étant une ordure cupide, la tâche ne devrait guère être ardue.

Une organisation minutieuse était la clé de la réussite, or Keaton était très organisé et très minutieux.

Deux jours plus tard, un agent du cabinet privé auquel Keaton avait fait appel se rendit à Nauru, pour mettre le plan en action. À présent, il n'y avait plus qu'à attendre.

— Pourquoi ne réponds-tu pas au téléphone ! tonna Warren Everard sur le perron de Tami. Tu m'aurais épargné un trajet jusqu'à ton taudis !

— Si tu m'appelais sur mon portable, je répondrais, répliqua-t-elle, se mettant en travers de la porte pour l'empêcher d'entrer.

Keaton lui avait envoyé un pli par coursier, qui contenait une copie du rapport des informaticiens de Richmond Developments. Cela avait été un choc de voir avec quelle facilité son père l'avait manipulée et avait eu accès à des informations qu'elle avait crues secrètes. Il était hors de question qu'elle le laisse entrer dans sa modeste demeure. Ce n'était peut-être pas une maison luxueuse, mais c'était son sanctuaire, et elle avait travaillé dur pour pouvoir se l'offrir.

Elle sortit de la poche de son jean son vieux téléphone et le brandit.

— Tu vois ? Pas d'appels, pas de messages.

— Pas cette vieillerie ! rétorqua-t-il d'un ton méprisant. Je parle du téléphone que je t'ai donné quand tu as été engagée chez Richmond.

— Ah, ce téléphone-là ! Celui dans lequel tu as installé un

logiciel espion, pour pouvoir me surveiller et trahir l'accord que nous avions conclu ?

Il n'essaya même pas de prendre un air coupable.

Tami poussa un soupir las.

— Qu'est-ce que tu fais ici, papa ? Je croyais que tu en avais fini avec moi.

— Si seulement, marmonna-t-il aigrement. Je veux savoir si tu étais au courant que la clique de chez Richmond m'avait piégé !

Son père était d'une pâleur grisâtre, remarqua-t-elle, alors que d'habitude, il avait le teint rosé. Et il respirait avec difficulté, comme s'il subissait une pression intense.

— Tout va bien, papa ? Tu n'as pas l'air en forme.

— Évidemment que je ne suis pas en forme ! Maintenant, réponds à ma question !

— Inutile de hurler dessus. De quoi devrais-je être au courant, au juste ?

— De la contamination.

— Quelle contamination ?

— Ne joue pas avec moi. Je sais précisément à quel point tu étais intime avec Keaton. Est-ce qu'il a manigancé tout cela pour assister à ma chute ?

Tami pâlit. Le rapport que Keaton lui avait envoyé indiquait que le logiciel installé dans son téléphone pouvait espionner les appels, les notes, ainsi que les conversations à proximité de l'appareil. Cela signifiait-il que son père avait entendu tout ce qui s'était passé entre Keaton et elle ? Même leurs ébats ?

Une vague d'embarras monta en elle, qui fut rapidement suivie par une colère noire comme elle n'en avait jamais éprouvé. Cette violation de son intimité allait bien au-delà de l'espionnage industriel. Tami n'avait aucune raison de se sentir gênée. Elle ne devrait éprouver que de la pitié pour l'homme qui était son géniteur. Warren Everard était si ambitieux qu'il n'avait plus aucune notion du respect de la vie privée. Si ambitieux qu'il croyait pouvoir gagner à tout prix, sans se soucier de ceux qui se mettaient en travers de sa route.

— Quelle… contamination ? répéta-t-elle.

— Le projet Tanner. Tout est bloqué à cause d'une contamination de sols due à la décharge illégale de substances toxiques il y a trente ans. Ces salauds ont falsifié les rapports et ont si bien dissimulé la vérité que même mes avocats n'ont découvert le pot aux roses que trop tard. J'ai envoyé mes employés sur les lieux afin qu'ils fassent des tests. Le taux de contamination est tellement élevé que je m'étonne que les sols ne brillent pas la nuit. Keaton Richmond le savait, hein ?

Tami secoua lentement la tête.

— Papa, il avait accès aux mêmes données que toi avant de faire sa proposition d'achat. Il ne savait rien.

— Je ne te crois pas. Je vais poursuivre en justice toutes les personnes impliquées. Les vendeurs, les agents immobiliers, et si je découvre que Richmond Developments savait, je les poursuivrai aussi, sois-en sûre. Cette affaire va traîner si longtemps en justice que je ne vivrai sans doute pas assez longtemps pour en voir la conclusion. Ça va nous coûter des millions !

Il fit volte-face et gagna d'un pas furieux sa voiture, devant laquelle son chauffeur patientait. Tami regarda son père monter dans le véhicule, et un petit sourire se peignit sur ses lèvres.

Elle ne devrait pas ressentir une telle satisfaction alors que son père était littéralement malade de rage. Mais il avait volé ce contrat à Richmond Developments et, maintenant, il récoltait ce qu'il avait semé. Le fait que l'entreprise de Keaton l'ait échappé belle était un avantage immense. Étant donné ses difficultés actuelles, Richmond Developments n'aurait peut-être pas pu se remettre d'un tel coup dur.

Tami se demandait quelle tête son père ferait quand il recevrait le courrier qu'elle avait fait envoyer par son tout nouvel avocat. Elle l'avait engagé afin qu'il la défende dans l'affaire Our People, Our Homes ainsi que dans l'affaire Richmond Developments. Elle en avait profité pour mentionner que son père refusait de lui donner le contrôle sur son trust. L'avocat avait fait des recherches et découvert que Warren avait été à l'encontre des dernières volontés de la grand-mère de Tami en lui interdisant l'accès à ce trust, prétextant que sa fille était instable et peu fiable.

Bien que son père ait très bien géré son argent, comme le prouvait le relevé de compte obtenu par son avocat, Tami doutait qu'il sache se montrer juste à l'avenir. Pas après la façon dont il avait abusé de sa position en tant qu'administrateur du trust, et la manière dont il avait volé le projet Tanner. Il était grand temps qu'elle reprenne le contrôle et qu'elle ait son mot à dire sur la manière dont cet argent était géré. Étant donné la façon dont son père l'avait traitée, elle n'avait plus aucune raison d'être en contact avec lui. Son avocat avait donc entamé des démarches afin que Warren Everard soit démis de ses fonctions d'administrateur.

Tami rentra dans sa maison, se sentant plus libre qu'elle ne l'avait été depuis bien longtemps. Après ce qui s'était passé avec Mark, puis la manipulation de son père, elle savait qu'elle devait changer. Elle devait prendre en main les choses qui lui tenaient à cœur. Certes, faire le bonheur des gens autour d'elle était très bien, mais il fallait aussi qu'elle prenne soin d'elle-même.

Keaton était-il au courant pour le projet Tanner ? Devrait-elle lui téléphoner, ou peut-être lui parler en personne ? Elle saisit son portable et, constatant que la batterie était vide, décida d'aller voir Keaton. On ne la laisserait sans doute pas entrer chez Richmond Developments, mais elle pouvait toujours se rendre chez lui.

Sans se laisser le temps de changer d'avis, elle saisit son sac, ses clés et sortit de chez elle. Keaton méritait de connaître les dernières nouvelles sur le dossier Tanner dès maintenant, et pas par une source intermédiaire. Quand elle arriva devant l'immeuble de Keaton, cependant, elle se rendit compte que le gardien était le même que la dernière fois qu'elle était venue.

— Mais c'est important ! Il faut que je le voie, insista Tami quand le gardien eut refusé de la laisser prendre l'ascenseur.

— Non, mademoiselle. Je ne peux pas vous laisser monter, j'ai des instructions. Envoyez-lui un courrier.

Tami gémit, agacée. Juste au moment où elle rebroussait chemin, Keaton entra dans le hall.

— Jeffrey, il y a un problème ? demanda Keaton.

— Je suis navré, monsieur Richmond. Je lui ai dit que sa présence n'était pas autorisée dans cet immeuble, mais elle refuse de s'en aller. Voulez-vous que je téléphone à la police ?

— S'il te plaît, Keaton, intervint-elle. Je ne serai pas longue. C'est vraiment important, sinon je ne serais pas venue. Je t'assure.

Keaton s'adressa au gardien.

— Inutile d'appeler la police.

Puis il reporta son attention sur Tami.

— Viens avec moi.

Elle le suivit vers l'ascenseur. Durant la courte montée, Keaton ne la regarda pas et ne prononça pas le moindre mot. Venir ici n'était peut-être pas une très bonne idée, pensa Tami en regardant les chiffres de l'affichage défiler inexorablement. Elle expira quand les portes de la cabine s'ouvrirent puis suivit Keaton dans le couloir aux tapis épais.

Lorsqu'ils entrèrent dans l'appartement, elle fut assaillie par les souvenirs de sa dernière visite. Leur attirance avait été si forte qu'ils s'étaient jetés l'un sur l'autre dès l'entrée. Un frisson de désir dansa sur sa peau.

— Tu as froid ? demanda-t-il.

— Non, dit-elle en le regardant droit dans les yeux.

Elle repéra l'instant précis où il comprit à quoi elle pensait. Ses pupilles se dilatèrent et il retint son souffle.

— Installe-toi dans le salon, dit-il. Je reviens dans une minute.

Elle obtempéra, se souvenant de son état lorsqu'elle s'était assise dans cette même pièce quelques jours plus tôt. Sexuellement satisfaite, mais nerveuse à la perspective d'avouer la vérité. Ce soir, elle était juste nerveuse.

Elle sursauta quand Keaton la rejoignit. Il avait troqué son costume contre un pantalon et un pull qui semblait très onéreux.

— Je peux t'offrir à boire ?

— Non, merci. Je te l'ai dit, ce ne sera pas long. Je voulais t'annoncer la nouvelle moi-même, avant qu'elle ne paraisse dans les journaux demain.

— Je t'écoute, dit-il, s'asseyant face à elle.

— Ça concerne le projet Tanner.

Il se raidit visiblement.

— Continue.

— Les terres sont contaminées. Mon père est venu me voir il y a une heure, et il m'a accusée de l'avoir piégé.

Elle se fendit d'un rire sans joie.

— Ironique, n'est-ce pas ? Il s'est servi de moi et, maintenant, il me fait des reproches. Quoi qu'il en soit, ce n'est pas cela que je suis venue te dire. Je voulais juste que tu saches que je suis contente qu'il ait raflé ce contrat. Apparemment, une grande partie des terres était une décharge illégale de produits toxiques, et les registres ont été trafiqués. Ces terrains devront sûrement rester en friche jusqu'à ce que les tests de toxicité indiquent qu'ils sont constructibles. Étant donné la réaction de mon père, j'imagine que ça prendra des années.

Keaton appuya les coudes sur ses cuisses et joignit les mains.

— Tu es certaine de ce que tu avances ?

— Oh ! oui ! Il a pris la peine de venir chez moi pour me dire tout cela en personne. Pour être franche, il semblait littéralement malade. Et ça ne m'étonne pas. Une part de moi éprouve de la compassion pour ce qu'il traverse, je ne serais pas moi-même si je n'en éprouvais pas. Mais une autre part est soulagée que Richmond Developments ait évité une catastrophe. Je voulais que tu sois au courant dès que possible. Avant que la nouvelle ne sorte dans les médias.

Keaton soupira.

— Eh bien, je ne m'attendais pas du tout à ça ! Merci de m'avoir prévenu. Ma famille va être ravie.

Tami laissa son regard dériver sur lui et fut envahie par une bouffée de désir familière. Elle aurait aimé que les choses soient différentes, mais la réalité était ce qu'elle était, hélas.

— Eh bien, conclut-elle en se levant, c'était tout ce que j'avais à te dire. Je te remercie de m'avoir écoutée jusqu'au bout. Ne prends pas la peine de me raccompagner, je connais le chemin.

Malgré tout, il la suivit jusqu'à l'entrée.

— Tami ?

Elle hésita puis se retourna. Il était si près qu'elle distinguait les stries argentées de ses iris. Il n'y avait que quelques centimètres entre eux. Il suffirait qu'elle tende le cou pour l'embrasser... Mais il refuserait sûrement un baiser de sa part. Parce qu'elle l'avait trahi. Il ne tenait sans doute pas à retrouver leur complicité professionnelle, ni à revivre leur nuit de passion. Plus jamais il ne lui ferait confiance, même si elle venait de lui montrer qu'elle ne lui voulait aucun mal. Un fait demeurait : elle avait intégré son entreprise avec l'intention de voler des renseignements, et pour cela, elle éprouverait des regrets éternels. Elle n'aurait jamais cru qu'elle s'attacherait à son patron. Ni qu'elle tomberait amoureuse de lui.

— Oui ? demanda-t-elle.

Il prit une grande inspiration. Elle rêvait qu'il lui demande de rester. Qu'il lui accorde son pardon. Qu'il lui dise qu'il éprouvait les mêmes sentiments qu'elle.

— Merci pour ta visite. Cela me touche que tu aies pris la peine de venir jusqu'ici pour m'annoncer la nouvelle en personne.

Une vague de déception la submergea.

— Eh bien, c'était la moindre des choses. J'ai peut-être pris des décisions stupides dans ma vie, mais j'essaie toujours de faire au mieux. Peut-être qu'avec le temps tu finiras par me croire et me pardonner. Au revoir, Keaton.

Elle tendit le bras vers la poignée de la porte et tressaillit quand il effleura sa main et ouvrit le battant à sa place. Après avoir murmuré un merci, elle se dirigea vers l'ascenseur. Elle parvint à garder contenance jusqu'à sa voiture mais, une fois à l'abri dans l'habitacle, elle lâcha prise. La tension en elle se dissipa, comme cette petite lueur d'espoir qui s'était allumée en elle pendant un instant fugace.

Et elle fondit en larmes lorsqu'elle songea que son avenir était bien morne.

12

Keaton avait beau essayer, il n'arrivait pas à se sortir Tami de la tête. Une part de lui voulait oublier toute cette affaire et aller de l'avant. Et une autre part lui soufflait qu'il n'en avait pas encore fini. Or, cette part remettait en question chacune de ses pensées et de ses décisions. Et puis il ne pouvait pas empêcher les bribes de souvenirs de surgir dans ses pensées à n'importe quel moment du jour et de la nuit.

En toute franchise, sa vie lui semblait vide à présent. Pourtant, il avait des raisons de se réjouir. Sa famille et lui avaient évité le désastre Tanner, et le nouveau projet que Fletcher avait lancé avait été couronné de succès. Nancy avait réservé un séjour à Palm Springs avec Hector, et Logan et Honor avaient prévu de se marier cet été. Même Kristin semblait un peu plus heureuse ces jours-ci.

Keaton avait cru qu'il lui serait facile de tourner la page maintenant que Tami était sortie de sa vie - après tout, ils ne s'étaient côtoyés que très peu de temps - mais, sans qu'il s'en rende compte, elle s'était infiltrée dans chaque recoin de son esprit. Et de son cœur, aussi. Apparemment, Logan le connaissait mieux qu'il ne se connaissait lui-même - en ce qui concernait ses sentiments pour Tami, en tout cas.

Il arpenta la pièce, mû par une énergie nerveuse. Aujourd'hui, Mark Pennington devait arriver à Los Angeles par un vol en provenance de Nouvelle-Zélande, puis prendre une correspondance pour Seattle. La promesse d'une escroquerie très lucrative consistant à coordonner le détournement de vingt millions de dollars répartis dans divers organismes caritatifs, pour ensuite les envoyer vers un compte *off-shore* et les partager avec Keaton et un intermédiaire, avait suffi à convaincre Pennington de quitter son refuge à Nauru. Bien sûr, ce dernier avait essayé d'éviter un retour dans son pays, arguant qu'il pouvait tout faire à distance. Mais l'offre d'un bonus conséquent l'avait apparemment poussé à monter dans un avion. Jones, l'homme que Keaton avait engagé et qui avait rendu visite à Pennington à Nauru, irait le chercher à l'aéroport et le conduirait dans un restaurant où Keaton les rejoindrait. Keaton porterait des micros : tout ce que Pennington dirait durant leur entrevue serait enregistré et potentiellement utilisé pour alourdir les charges qui pesaient contre lui.

Keaton vérifia sa montre une fois de plus. C'était le moment de se mettre en route, constata-t-il. Il avait réservé une voiture avec chauffeur pour se rendre à Renton, dans la banlieue de Seattle. Le restaurant n'aurait pas d'autres clients ce soir, en dehors de quelques policiers en civil.

Le gardien l'appela sur son Interphone pour le prévenir que sa voiture était arrivée. Keaton était heureux de pouvoir enfin passer à l'action. Il faisait cela pour Tami, et pour l'organisme de bienfaisance victime de vol. Après cela, Keaton espérait clore enfin ce chapitre et aller de l'avant.

Le restaurant de hamburgers était faiblement éclairé et la nappe n'était pas très propre, remarqua Keaton en s'asseyant à table après avoir été équipé de micros par un technicien. Des policiers étaient installés en petits groupes dans le restaurant, et l'un d'eux vint rejoindre Keaton.

— Jack Hima, enchanté. Merci pour votre aide, dit l'officier.

Keaton lui serra la main et sourit.

— On se croirait dans un film d'espionnage, non ?

— Parfois, il faut penser comme un rat pour en attraper un.

— Et ce type est véritablement un rat.

Hima hocha la tête.

— Nous avons épluché son passé. Il fait l'objet de mandats d'arrêt sous d'autres noms. C'est une ordure cupide, c'est sûr. Cet homme aime vivre dans le luxe avec l'argent des autres. Mais ne vous inquiétez pas, nous allons le coincer aujourd'hui et, après l'État de Washington, il devra également affronter la justice en Oregon et en Idaho.

Donc, Pennington était un voleur professionnel. Le fait qu'il n'ait pas été arrêté jusqu'à maintenant rendait Keaton fou de rage. Mais le règne de cette fripouille allait prendre fin aujourd'hui, et Keaton s'en félicitait. Tami avait été une proie toute trouvée pour un homme tel que Pennington. Elle était la femme la plus généreuse et la plus bienveillante que Keaton ait jamais connue. Il regrettait seulement qu'elle ait accepté de jouer les espionnes pour son père.

Hima prit son téléphone et vérifia son écran.

— Ils ne vont pas tarder à arriver. Je retourne à ma place. Rappelez-vous, parlez uniquement affaires, comme mes collègues vous l'ont conseillé pendant la répétition. Un type tel que lui a un gros ego. Avec un peu de chance, il commettra une bourde et nous fournira d'autres d'informations avant que nous l'arrêtions. Dans le cas contraire, nous avons suffisamment de preuves pour l'interpeller.

Keaton hocha la tête et prit une profonde inspiration pour calmer sa nervosité. Il n'était pas fait pour les missions secrètes. Il préférait de loin le monde impitoyable des affaires à ce genre de manigances faites dans l'ombre.

Deux hommes entrèrent dans le restaurant, et l'hôtesse, agent en civil également, les conduisit à la table de Keaton. Il se leva, et bien que cela aille à l'encontre de toutes les valeurs qu'on lui avait inculquées, offrit une poignée de main à Pennington.

— Content que vous ayez pu venir, dit-il.

Pennington avait l'air épuisé. Sans doute avait-il voyagé plus de vingt-quatre heures, sans compter les escales. Ses vêtements étaient froissés, ses yeux rougis et ses cheveux décoiffés. Il ne cessait de jeter des regards nerveux autour de lui, comme s'il s'attendait à ce que quelqu'un se jette sur lui. Ce qui allait arriver, pensa Keaton avec satisfaction.

— Eh bien, vous m'avez fait une proposition suffisamment intéressante pour que je me déplace. Parlons affaires.

Pennington et Jones, l'enquêteur, s'assirent à table. L'hôtesse leur apporta des menus.

— Vous avez faim ? demanda Keaton tandis que Pennington parcourait la carte avec attention.

— Je suis affamé.

— Commandez ce que vous voulez. C'est moi qui paie, dit Keaton avec toute la générosité qu'il put feindre.

— Merci, je ne vais pas me faire prier.

Pennington appela la fausse serveuse et commanda une double portion de frites accompagnée d'une sauce au fromage, un triple burger et une bière.

— Vous commandez quelque chose ? demanda Pennington à Keaton et à Jones.

— Non, ça ira. Et vous ? demanda Keaton à l'enquêteur.

— Juste un café, merci.

Lorsque la serveuse fut repartie, Pennington s'avança sur sa chaise et observa Keaton.

— Comment avez-vous su où me trouver ?

— Pourquoi ? Vous vous cachiez ? répondit Keaton en esquivant la question.

Pennington sourit. Ce type avait un certain charme, pensa Keaton, et c'était sans doute ce qui avait plu à Tami. Cela et le fait qu'ils travaillaient ensemble pour un organisme de bienfaisance. Keaton sentit une colère inattendue monter en lui et s'efforça de la contenir.

— On peut le dire. Je me suis mis quelques personnes à dos.

— Le conseil d'administration de Our People, Our Homes, j'imagine, dit Keaton avec un sourire forcé.

— Ah, vous avez entendu parler de cette histoire ?

Pennington parut mal à l'aise. Il semblait se demander s'il devait partir ou rester. Keaton tâcha de garder un air aussi neutre que possible.

— J'ai mes espions, dit-il avec un sourire entendu. Beau travail, je dois dire.

Ces paroles lui avaient écorché la langue, mais elles firent leur effet, car Pennington se détendit sur son siège et prit un air arrogant.

— Oui, c'était une bonne affaire. Avec quelques à-côtés intéressants, ajouta-t-il avec un sourire vicieux.

Des à-côtés ? Était-ce ainsi que Pennington avait vu sa relation avec Tami ? Keaton avait soudain très envie de décocher une droite à cette sombre ordure.

— Des à-côtés intéressants ? Vous parlez de la femme avec qui vous travailliez ?

— Exact. Jolie, bien faite, mais un peu trop portée sur les bonnes œuvres et la gentillesse à mon goût. Je préfère que mes partenaires soient un peu plus vicieuses.

— Mais les femmes vicieuses sont moins malléables et bien moins naïves, non ? Vous n'auriez pas pu duper cette femme à moins qu'elle ne vous fasse totalement confiance.

— Oui, oui. Tami était une vraie crème. À vous donner des indigestions, même.

De nouveau, Keaton réprima l'envie de frapper son interlocuteur. La façon dont ce type dénigrait Tami était inacceptable.

— Alors, elle ne savait rien de ce que vous tramiez ?

— Non, bien sûr. Si elle avait eu le moindre soupçon, elle serait directement allée voir la police. Mais pourquoi ces questions ? Ça n'a rien à voir avec notre affaire.

— C'est vrai. Je me demandais seulement si vous aviez eu de l'aide pour réussir votre coup. Si tel avait été le cas, j'aurais retiré mon offre. Je ne veux pas de quelqu'un qui a besoin des autres pour réussir. Dites-moi, avec tout ce que vous avez volé à cet organisme, vous deviez avoir un excellent train de vie à Nauru ? Pourquoi ma proposition vous a-t-elle intéressée ?

Pennington haussa les épaules.

— L'argent. On n'en a jamais assez, non ?

— Et vous n'avez pas de scrupules quant à la manière dont vous l'obtenez ?

— Aucun.

Ce vaurien avait même l'air fier.

— On dirait que vous êtes tout à fait le genre d'homme que je pensais rencontrer, lâcha Keaton, sardonique.

— Je suis votre homme, pas de doute. Quand vous m'aurez transmis les mots de passe bancaires, je ferai des merveilles. Un partage égal entre nous trois, c'est bien ce qui était convenu ?

Du coin de l'œil, Keaton vit Hima et son collègue se lever de leur table et se diriger vers eux. Hima posa une main ferme sur l'épaule de Pennington.

— Mark Pennington ?

— Hé ! Qu'est-ce qui se passe ? s'exclama Pennington.

Il tenta de se lever mais fut fermement remis en place par Hima qui sortit des menottes de sa poche.

— Je vous arrête pour le détournement de deux millions et demi de dollars appartenant à l'organisme caritatif Our People, Our Homes.

Il continua à lire à Pennington ses droits puis le fit se lever de sa chaise.

Pennington se retourna vers Keaton, l'air furieux.

— Espèce de salaud ! C'était un piège ?

— En effet, répondit Keaton avec une grande satisfaction. Et votre cupidité révoltante vous y a fait sauter à pieds joints.

Le collègue d'Hima emmena Pennington vers la sortie, les autres policiers lui emboîtant le pas. Hima resta avec Keaton un instant.

— Richmond, merci pour votre aide, et à vous aussi, Jones, dit-il, serrant la main des deux hommes. Laissez-moi vous retirer vos micros avant que je m'en aille.

Lorsque ce fut fait, Keaton demanda :

— Que va-t-il lui arriver ?

— Il sera inculpé et incarcéré en attendant son audience. Étant donné le risque de fuite, la caution sera élevée. Bien au-dessus de ses moyens.

— Et l'argent ?

— Une procédure est lancée afin de le récupérer. Il sera rendu à l'organisme de charité, mais ça va prendre du temps.

— Bien, je suis heureux de l'entendre, conclut Keaton.

Après avoir remercié Jones, il appela un taxi pour rentrer chez lui. Lorsqu'il arriva à son appartement, il était encore agité après cette entrevue mouvementée. Il éprouvait une certaine satisfaction en songeant qu'il avait aidé à livrer une ordure à la justice, et il espérait que Pennington écoperait de la peine maximale. Voler était déjà mal, mais voler un organisme de charité était pire. Et puis la façon dont Pennington s'était servi de Tami le mettait hors de lui. Elle méritait mieux. Au moins, Keaton avait contribué à laver son nom.

Comment l'organisme allait-il pouvoir continuer à fonctionner tant que son capital d'exploitation ne lui était pas restitué ? Keaton ignorait combien de temps cela prendrait pour que l'argent soit remboursé. Au moins, toutes les charges contre Tami seraient abandonnées.

Cela signifiait-il qu'elle pourrait reprendre son poste chez Our People, Our Homes ? Certes, elle avait enfreint leurs règles de sécurité, mais elle ne l'avait pas fait délibérément, et l'argent serait restitué, au bout du compte. Cette affaire ne le regardait pas, mais il avait envie de savoir, malgré tout. Sa mère étant très investie dans le domaine caritatif, il savait à quel point il était difficile pour les œuvres de bienfaisance de se maintenir à flot, à moins qu'elles ne reçoivent des dons considérables. Une idée germa dans son esprit, et il saisit son téléphone. Il était temps de sortir l'artillerie lourde. Sa mère saurait exactement comment procéder.

Le cœur lourd, Tami reposa la pelote de laine verte que, quelques semaines plus tôt, elle avait songé à utiliser pour Keaton. Elle ne pouvait se résoudre à en faire un gilet pour chiot, bien que cela ait été son intention initiale. Keaton aurait été très mignon avec un bonnet vert, se dit-elle avec un sourire doux-amer.

Son téléphone se mit à sonner. Elle reconnut aussitôt le numéro d'Our People, Our Homes sur l'écran. Qui l'appelait, et pourquoi ? Elle décrocha et fut surprise d'entendre la voix de la présidente du conseil d'administration.

— Tami, est-ce bien vous ?

— Oui, Philippa. Que puis-je faire pour vous ?

— Eh bien, la question est plutôt : que pouvons-nous faire pour vous ? Tout d'abord, maintenant que l'enquête vous concernant est bouclée, nous avons reconsidéré votre licenciement.

— Reconsidéré ? Nous savons toutes les deux que j'ai enfreint les règles de mon contrat et de la charte d'utilisateur quand j'ai laissé Mark se servir de mon ordinateur.

— C'est vrai, votre opinion sur Mark Pennington était biaisée, tout comme la nôtre. Cependant, la police nous a fourni des informations qui prouvent que vous n'avez aucune implication dans le vol de notre capital.

— Vous êtes sérieuse ? C'est fantastique !

Tami n'en croyait pas ses oreilles.

— Comment ? Que s'est-il passé ? Avez-vous récupéré l'argent ?

Les questions s'enchaînaient si vite que Tami entendit Philippa rire à l'autre bout du fil.

— Je vois que vous êtes toujours la même, Tami, et c'est tant mieux. Vous nous avez manqué. Pour répondre à vos questions, Mark a été arrêté il y a trois jours et inculpé pour vol. Il est en détention provisoire. Ses déclarations à la police vous blanchissent totalement.

— Il est revenu ? Mais pourquoi ?

— On ne m'a pas donné les détails, mais il semble avoir été attiré aux États-Unis par une proposition d'escroquerie. Il a un sacré ego, tout de même. Il pensait pouvoir rentrer aux États-Unis et passer entre les gouttes !

— Une escroquerie ?

— Je ne connais pas tous les détails mais, en tout cas, il est derrière les barreaux, et espérons qu'il y restera très longtemps. Pour ce qui est de votre dernière question, non, nous n'avons pas récupéré l'argent, mais on nous a assuré qu'une fois la procédure légale terminée la majeure partie de la somme nous sera rendue. En attendant, nous avons eu une rentrée d'argent inattendue par une autre source.

— Inattendue à quel point ?

— Cinq millions de dollars.

— Cinq...

Submergée par l'émotion, Tami ne put finir sa phrase. Elle réprima les larmes qui lui brûlaient les yeux. C'était incroyable ! Avec une telle somme, ils pourraient améliorer la vie de bien des gens. Mais, s'avisa-t-elle, elle ne faisait plus partie des employés d'Our People, Our Homes. Elle devrait rester spectatrice et ne pourrait pas participer aux grands projets que ces fonds leur permettraient de financer.

— C'est tout à fait inespéré, continua Philippa, mais il y a une condition liée à ce don.

— Une condition ?

— Que vous récupériez votre poste. Bien entendu, vous n'auriez plus accès aux comptes bancaires, mais votre rôle resterait essentiellement le même.

Tami se raidit. Qui poserait une telle condition, et pour quelle raison ? Ayant été manipulée non pas une mais deux fois, elle était méfiante désormais.

— Qui a fait ce don ? demanda-t-elle prudemment.

— Nous l'ignorons. L'offre nous a été faite par un cabinet d'avocats et le donateur souhaite rester anonyme. Puisque à cheval donné on ne regarde pas les dents, j'aimerais, de manière solennelle et officielle, vous inviter à reprendre votre poste.

Le comité directeur lui proposerait-il de revenir sans ce

don ? se demanda Tami. Elle avait accepté son licenciement lorsqu'elle paraissait coupable, mais le fait que son retour soit conditionné à un don la mettait dans une position difficile. Elle n'avait pas envie de revenir si c'était pour être surveillée constamment. La confiance, une fois brisée, était difficile à restaurer. Elle était bien placée pour le savoir.

Et puis, il y avait l'argent de son trust. Elle avait envisagé d'en faire don à Our People, Our Homes de toute façon. Elle n'avait pas besoin de cet argent, et elle avait toujours voulu le consacrer à des œuvres de charité plutôt que de le dépenser dans des choses futiles. Certes, elle avait été innocentée, mais cela ne changeait pas son désir d'utiliser sa fortune pour de nobles causes.

— Tami ? insista Philippa.

— J'aimerais prendre quelques jours pour y réfléchir, si ça ne vous ennuie pas.

— Je comprends. Vous m'appellerez dès que vous aurez pris votre décision ?

— Bien sûr.

Tami raccrocha. Une longue réflexion l'attendait.

13

C'était le genre d'activités qui lui procurait le plus de satisfaction, songea Tami tandis qu'elle servait des repas dans le refuge pour sans-abri. Elle continuait d'y faire du bénévolat trois soirs par semaine. C'était un soutien concret, tangible. Le travail administratif qu'elle assurait autrefois chez Our People, Our Homes était utile mais, ici, elle voyait réellement l'aide qu'elle pouvait apporter aux autres.

Cela la changeait de son poste chez Richmond Developments, et elle n'avait plus besoin de porter des tailleurs hors de prix. Toutefois, elle avait aimé s'apprêter, surtout quand elle voyait une lueur d'appréciation dans le regard de Keaton. Elle étouffa prestement cette pensée, car elle ne pouvait se permettre d'aller sur ce terrain. Elle avait réussi à reprendre sa vie en main à présent. Et, bien qu'elle n'ait pas encore décidé si elle allait ou non reprendre son poste chez Our People, Our Homes, elle s'occupait en tant que bénévole. La journée, elle travaillait dans un refuge pour animaux. Et le soir, elle était ici, ou chez elle à tricoter ou à trier les vêtements qu'elle souhaitait donner.

Toutefois, elle savait bien que tout cela n'était qu'un moyen de temporiser. Bientôt, elle devrait prendre une décision. Elle se concentra sur sa tâche, à savoir distribuer les petits pains accompagnant le ragoût au menu de ce soir. C'était une cuisine simple mais chaleureuse. Tami sourit à l'homme devant elle. Elle savait qu'il s'appelait George et qu'il dormait dans les halls d'immeuble la nuit. Depuis peu, il souffrait d'une toux sèche, et Tami s'inquiétait pour lui. Il avait refusé une aide médicale, mais elle était bien décidée à le convaincre d'aller voir un médecin. Juste au moment où elle allait aborder la question, une certaine agitation près de la porte attira son attention. Beaucoup de gens s'étaient tournés vers la personne qui venait d'entrer.

Tami sentit un frisson la secouer et leva les yeux.

Keaton. Elle cligna les yeux comme si elle pouvait se débarrasser de son image. Mais non, il était bien là. Et il avançait vers elle.

— Vous attendiez de la compagnie ? demanda George.

— Non.

— On dirait qu'il est venu pour vous, observa le vieil homme avec un petit rire rauque qui provoqua une autre quinte de toux.

— George, s'il vous plaît. Laissez-moi vous emmener à la clinique pour qu'on vous examine.

— Non, ça ira.

Il saisit son plateau et alla rejoindre un groupe installé à table. Au moins, il avait encore de l'appétit, observa Tami. Elle reporta son attention sur la file de gens qui attendaient d'être servis et fut surprise de voir Keaton devant elle.

— Pourquoi n'as-tu pas repris ton ancien poste ? demanda-t-il.

— Pas de « bonjour » ? Ni de « Comment vas-tu, Tami » ? répliqua-t-elle.

Elle offrit un petit pain à la jeune fille à côté de Keaton.

— Tami, s'il te plaît. Réponds à ma question, insista-t-il.

Elle comprit soudain que c'était Keaton qui était à l'origine du don de cinq millions de dollars. Mais pourquoi avait-il fait cela ? De multiples questions lui brûlaient la langue, mais elle ne pouvait pas les poser maintenant.

— Je suis occupée, comme tu vois. Si tu veux me parler, trouve quelque chose à faire en attendant que je finisse mon service. Si tu es prêt à attendre, nous parlerons ensuite.

— Bien, dit-il d'un ton sec. Qu'est-ce que je peux faire ?

Tami regarda autour d'elle et remarqua une petite famille dans un coin.

— Là-bas, dit-elle. Jerome et ses enfants ont besoin d'aide. Il ne peut pas leur donner à manger à toutes les deux en même temps. Va l'aider.

À sa grande surprise, Keaton s'exécuta sans broncher.

— Mademoiselle, je peux avoir un petit pain, s'il vous plaît ? demanda une vieille dame, dont le manteau élégant suggérait qu'elle avait sans doute connu des jours meilleurs.

Tami reprit la distribution des petits pains et fut si occupée qu'elle ne repensa à Keaton qu'en fin de soirée, quand elle eut fini d'aider au nettoyage de la cuisine. Lorsqu'elle revint dans la salle principale, Keaton était encore assis à côté de Jerome et portait un bébé d'un an endormi dans ses bras. Un groupe d'hommes et de femmes s'était rassemblé autour d'eux, et tout le monde l'écoutait avec attention. Dès que Keaton la vit, il adressa quelques mots à Jerome et lui rendit son bébé.

Tandis qu'il avançait vers elle, Tami éprouva un frisson d'excitation. Keaton se mouvait avec une grande assurance et une grâce animale, et elle n'était pas la seule à l'avoir remarqué. Plusieurs regards appréciateurs étaient braqués sur lui.

— Tu es disponible, maintenant ? demanda-t-il.

— Merci d'être resté avec Jerome. C'est son premier soir ici. Sa femme est décédée de la grippe l'hiver dernier, et il a perdu son travail parce qu'il a dû rester chez lui pour s'occuper des enfants. La perte de son emploi a entraîné la perte de son logement. Le bébé, Lucy, est asthmatique, et il a très peur qu'elle tombe malade.

— Est-ce que tu en sais autant sur tous les gens présents ici ? demanda-t-il.

— Ça fait partie de mon travail, Keaton. Comment pourrais-je les aider au mieux si je ne connais pas leur histoire ?

— C'est vrai. Concernant Jerome, je lui ai proposé de travailler sur un chantier de restauration de bâtiments anciens que l'équipe de Logan pilote. Tu savais qu'il était ébéniste de métier ?

Il m'a montré des photos de certains de ses ouvrages sur son téléphone. Nous sommes toujours à la recherche d'artisans compétents. Il y a une crèche non loin du chantier où il pourra faire garder ses filles, et je lui ai offert une avance sur salaire afin qu'il puisse louer un appartement.

Tami était stupéfaite. Keaton avait fait tout cela en une seule soirée ?

— Il a accepté ?

— Oui, il semblait ravi. Il m'a dit que c'est la première fois depuis bien longtemps qu'il voit le bout du tunnel.

Il observa Jerome qui parlait avec les gens autour de lui, le sourire aux lèvres.

— Je comprends maintenant pourquoi tu m'as dit qu'il ne suffit pas d'injecter de l'argent pour régler un problème. Tu avais raison. Ces gens ont besoin de reprendre les rênes de leur vie.

Cette lueur d'enthousiasme dans son regard, elle l'avait vue souvent chez ceux qui découvraient le bénévolat.

— Certains refusent l'aide qu'on leur offre, tempéra-t-elle. Mais c'est fantastique que tu aies pu offrir une aide constructive à quelqu'un qui a vraiment besoin de remettre sa vie sur les rails.

— Ce qui me ramène à ma question initiale. Pourquoi n'as-tu pas repris ton ancien poste ?

— Le don de cinq millions vient de toi ?

— Pas de moi personnellement, mais de notre fondation.

— Pourquoi y avoir mis une condition ? Si tu tenais tant à aider Our People, Our Homes, pourquoi me faire porter la responsabilité de cette immense contribution ? Un don conditionnel, ce n'est pas un don, tu ne crois pas ? C'est de la manipulation, or je refuse d'être à nouveau manipulée. Je suis déjà passée par là, j'ai fait ce que d'autres personnes attendaient de moi, mais c'est terminé. À présent, je fais mes propres choix et je refuse qu'on me force la main pour quoi que ce soit.

Elle se rendit compte qu'elle avait élevé la voix et que le silence s'était fait autour d'eux. Tout le monde les regardait… Elle sentit ses joues s'empourprer. Non, elle n'avait pas à être gênée, s'avisa-t-elle. Il fallait qu'elle dise les choses. Des applaudissements retentirent au fond de la salle, bientôt suivis par d'autres. Keaton sembla gêné, et il leva la main en guise d'excuses silencieuses.

— Pourrait-on discuter dans un endroit privé ? demanda-t-il. Tu as mal interprété mes intentions.

— Ah, oui ? Et, quelles étaient tes intentions, dis-moi ?

— S'il te plaît, Tami.

— Allons, Tami, accordez-lui un peu de répit ! Il est beau garçon et il sent bon, intervint l'une des habituées du refuge.

— Vous croyez ? répliqua Tami avec un sourire narquois. Vous pouvez l'avoir si vous le voulez, Sally. Il est célibataire.

La vieille dame éclata de rire.

— Sûrement pas ! Il demande bien trop d'efforts pour moi !

Tami vit les épaules de Keaton s'affaisser de soulagement, et elle ne put s'empêcher de sourire. Au moins, il n'avait pas pris ses jambes à son cou.

— D'accord, céda-t-elle. Il y a un café au bout de la rue. Ça irait ?

— Tu as fini ton travail ?

— Oui, pourquoi ?

— Comment comptais-tu rentrer chez toi ?

— Les places de parking sont rares ici, alors j'ai pris un bus. Je comptais appeler un taxi pour rentrer.

— Si je te raccompagnais ? Nous pourrons discuter chez toi.

Tami réfléchit à sa suggestion. Un café ou chez elle, quelle différence cela ferait-il, au fond ? Elle dirait ce qu'elle avait à dire et, avec un peu de chance, Keaton l'entendrait. Ensuite, il s'en irait. Et elle aurait le cœur déchiré, une fois de plus.

— D'accord. Allons-y.

Après avoir dit au revoir à tout le monde, Keaton et elle parcoururent une courte distance dans les rues sombres et humides pour rejoindre la voiture de Keaton, garée sous un réverbère.

— Tu as eu de la chance de trouver une place aussi près, commenta-t-elle tandis qu'il ouvrait la portière côté passager.

— J'ai dû faire plusieurs fois le tour du quartier, mais j'étais prêt à attendre. Il fallait que je te voie.

Ne sachant que répondre, Tami monta dans la voiture et mit sa ceinture pendant que Keaton s'installait au volant. Ils gardèrent le silence pendant le trajet jusqu'à la périphérie de la ville, et lorsqu'ils descendirent du véhicule, Keaton la suivit dans l'allée menant chez elle. Une fois à l'intérieur, elle le conduisit vers son petit salon et lui fit signe de s'asseoir.

— Je peux t'offrir quelque chose à boire ? Un thé ? Un café ?

— Non, merci. J'aimerais juste que tu viennes t'asseoir avec moi.

Elle s'installa dans un fauteuil face à lui.

— Tout d'abord, je tiens à dire que tu m'as mal compris concernant le don, dit-il. Je sais que tu as perdu ton emploi à cause de Pennington et de ta relation avec lui. Je voulais juste m'assurer que l'on te proposerait ton ancien poste maintenant que ton nom est blanchi.

— Comment sais-tu que mon nom est blanchi ?

Il hésita un instant puis répondit :

— L'escroquerie qui a fait revenir Pennington aux États-Unis, j'y suis pour quelque chose. Un homme comme lui est obsédé par l'argent, alors avec l'aide de la police, je lui ai proposé de gagner une somme indécente, et il est tombé dans le panneau.

— Mais pourquoi as-tu fait cela ? Tu n'avais rien à voir avec lui, ni avec l'organisme qu'il a escroqué. Qu'avais-tu à gagner ?

— Rien, personnellement. Mais cela permettait de sauver ta réputation. Tu méritais que ton nom soit lavé de tout soupçon.

Elle le dévisagea, stupéfaite, et secoua lentement la tête.

— Ce n'est pas ce que tu pensais il y a encore quelques jours. Puis-je te rappeler que ton entreprise a porté plainte contre moi pour obtenir des dommages et intérêts ?

— Nous retirons la plainte. Tu devrais en avoir la confirmation demain par le biais de ton avocat. J'étais si furieux contre toi que je voulais te faire payer. Mais c'était injuste de ma part de te traiter comme je l'ai fait, de ne pas t'écouter ou essayer de comprendre tes motivations. Je suis conscient de mes erreurs à présent et, à l'avenir, je compte t'écouter d'abord avant de tirer des conclusions hâtives. J'espère que tu pourras m'aider à travailler là-dessus, et que ton cœur généreux arrivera à me pardonner mon comportement.

— Mon cœur généreux ?

— Je t'ai observée, Tami. Je sais que tu es la femme la plus incroyable, la plus belle et la plus aimante que je connaisse. Et tu es ainsi avec tous ceux que tu rencontres. Que ce soient les gens du refuge, tes collègues ou même de parfaits inconnus dans la rue. Tu mérites bien mieux que la façon dont Mark t'a traitée, ou dont je t'ai traitée. Voilà pourquoi je tenais à ce que tu retrouves ton poste précédent. Et je voulais que tes employeurs aient une motivation suffisante, pour m'assurer qu'ils te reprennent. Je mesure à quel point leur situation financière est précaire, et même si je sais que l'essentiel de l'argent volé par Pennington leur sera restitué, ça va prendre du temps. Du temps qu'ils n'ont sans doute pas. Alors, la fondation Richmond a pris le relais, voilà tout. Si j'ai posé la condition de ton embauche, ce n'était pas pour te manipuler, mais pour te rendre ce qu'on t'a pris.

— Cinq millions de dollars, c'est un sacré relais, Keaton.

— Nous avons étudié le travail de cette organisation. Elle accomplit de très belles choses, mais comme toutes les œuvres de bienfaisance, elle est entravée par des contraintes financières. Nous pensons avoir trouvé un moyen d'utiliser certains de nos programmes immobiliers pour fournir des logements à bas coût et à faible taux d'intérêt, comme tu me l'as suggéré à Sedona, et pour offrir des emplois aux ouvriers qualifiés qui traversent une mauvaise passe. Collaborer avec Our People, Our Homes nous paraît une bonne manière de réaliser nos objectifs.

— C'est une formidable nouvelle. Et mon ancien emploi chez Our People, Our Homes me manque. Mais je ne suis pas sûre que retourner là-bas soit la meilleure chose à faire.

— Eh bien, tu pourrais toujours revenir travailler avec moi, dit-il en souriant.

— Non, je ne pourrais pas. Je ne veux aller nulle part où les gens remettront toujours en question mon intégrité.

Keaton observa Tami tandis que ses paroles faisaient sens dans son esprit. Pour la première fois, il comprenait vraiment l'impact que la réaction en chaîne provoquée par cette ordure de Pennington avait eu sur elle. Tami avait raison. À cause de Pennington, sa réputation avait été fortement ébranlée, et Keaton avait aggravé le problème.

— Tami, je suis vraiment navré.

— Tu ne comprends donc pas, Keaton ? Parce que tu as forcé Our People, Our Homes à me reprendre, je ne saurai jamais s'ils veulent de moi pour mes compétences ou parce que tu les as contraints à me réengager. Tu pensais m'aider, je le sais, mais tu n'as fait qu'empirer les choses.

— J'essayais de t'aider, oui. Et nous pouvons rendre notre don inconditionnel.

Mais il savait que c'était trop tard. Le mal était fait. Et, étant donné la façon dont Pennington et le père de Tami l'avaient manipulée, il comprenait pourquoi il était si important pour Tami de se sentir estimée.

Une autre idée se forma dans son esprit.

— J'ai une suggestion et j'aimerais que tu y réfléchisses avec attention avant de me donner une réponse.

— Encore une manipulation, Keaton ? demanda-t-elle, méfiante.

— Non, une occasion de tenter quelque chose de nouveau. La fondation Richmond, Our People, Our Homes et Richmond Developments auront besoin de quelqu'un pour coordonner le programme des logements abordables. Je pense que tu serais la personne idéale, si le poste t'intéresse. Cela te donnerait l'opportunité de développer tes compétences organisationnelles, qui sont déjà grandes, tout en travaillant sur le terrain avec les gens que tu aimes tant aider. Tu es bien plus qualifiée pour cet emploi que n'importe quel collaborateur de Richmond Developments.

Tami changea d'expression, et une lueur d'espoir éclaira son joli regard noisette.

— Tu es sérieux ? demanda-t-elle, encore incertaine. Mais tu n'as aucune raison de me faire confiance, Keaton. Nous le savons tous les deux.

Keaton s'avança sur son siège et prit ses mains dans les siennes.

— Je comprends pourquoi tu as agi comme tu l'as fait, Tami. Et je te pardonne, totalement, absolument. Je l'admets, il m'a fallu du temps, trop de temps, mais je sais maintenant que c'est ta générosité qui t'a poussée à commettre ces actes. Je suis désolé que tu aies été obligée de les commettre. Je suis désolé que ton père se soit servi de toi et je suis désolé qu'un homme comme Pennington t'ait mis dans une position qui t'a poussée à te tourner vers ton père.

— Rien de tout cela n'était ta faute, répondit-elle, retirant ses mains.

Il ressentit la rupture du contact physique comme un rejet, mais il n'allait pas se décourager. Ni maintenant, ni jamais.

— Certes, mais j'aurais pu mieux réagir. J'ai fait ce que je pouvais pour que Pennington soit livré à la justice. Je l'ai fait pour toi, Tami.

— Pourquoi ?

— Parce que...

Il saisit ses mains de nouveau.

— J'aurais fait la même chose pour toute personne que j'aime, reprit-il. Il fallait que je fasse revenir Pennington sur le sol américain, à n'importe quel prix, à cause de ce qu'il t'a fait et de l'argent qu'il a volé. Il fallait qu'il paie pour ses méfaits, et il paiera, chèrement. Tu n'étais pas sa première victime, Tami, et tu n'aurais pas été la dernière. Il fallait que quelqu'un le mette hors d'état de nuire. Quoi qu'il en soit, je t'ai dit tout ce que j'avais besoin de te dire. Maintenant, je vais te laisser. Mais réfléchis à mon offre, tu veux bien ?

Il se leva et se dirigea vers l'entrée mais s'arrêta quand il sentit la main de Tami sur son épaule. Il se retourna vers elle.

— Est-ce que tu viens de sous-entendre que tu m'aimes ? demanda-t-elle, l'air incrédule.

Il sourit.

— Eh bien, oui. Je t'aime, Tami Wilson. Plus que je ne pourrai jamais le dire avec des mots, alors, il fallait que je te le montre. Tu veux bien me pardonner pour mon arrogance ? Pour ne pas avoir essayé de mieux te comprendre ? Pour ne pas avoir écouté mon cœur ?

— Bien entendu, je te pardonne, Keaton, bien que je ne pense pas avoir quoi que ce soit à te pardonner. Je t'aime pour tout ce que tu es. Je pense que je t'aime depuis le jour où tu t'es montré si patient avec moi lors de la traversée en tyrolienne et que tu m'as appris à te faire confiance. Espionner Richmond Developments me déchirait intérieurement, encore plus quand j'ai découvert quel homme incroyable tu es. Intelligent, patient la plupart du temps, fort et humain. De plus, je sais de source sûre que tu sens très bon, ajouta-t-elle en riant.

— Patient la plupart du temps ? demanda-t-il avec un petit sourire.

— Tu sais ce que je veux dire.

Elle enlaça sa taille un instant puis prit son visage en coupe. Il n'eut pas besoin d'autres encouragements. La saveur de Tami, la douceur de sa peau lui avaient manqué depuis le matin qui avait suivi leur unique nuit d'amour. Le matin où il l'avait exclue de sa vie. Leurs lèvres se rencontrèrent, se scellèrent et déclenchèrent un feu de désir en lui. Et en elle, à en juger par l'enthousiasme avec lequel elle lui rendit son baiser.

Il la plaqua contre une porte close et lui releva les mains au-dessus de sa tête puis se pressa contre elle et la sentit gémir contre sa bouche. Retirant ses lèvres des siennes, il déposa une série de baisers brûlants de son visage jusqu'à son cou.

— La chambre, gronda-t-elle. Derrière moi, la porte. Ouvre-la.

Elle n'eut pas à le lui dire deux fois. Keaton ouvrit la porte de la chambre plongée dans l'obscurité puis laissa Tami le guider vers le lit. Tandis qu'il avançait, elle défit les boutons de sa chemise et la boucle de sa ceinture. Lorsqu'ils eurent atteint le lit, il était à moitié nu. Il acheva de se déshabiller avant d'aider Tami à retirer le jean et le pull qu'elle portait.

Il n'y avait pas de subtilité dans leur étreinte. Rien qu'un désir impérieux, exigeant. Tami le poussa à s'allonger sur le matelas et se mit à califourchon sur lui. Il tendit les mains vers ses seins, les prenant en coupe et les massant doucement. Lorsqu'elle serra les cuisses, il sentit la chaleur de sa peau contre la sienne. Il taquina ses tétons et fut récompensé par un gémissement qui semblait venir du fond de son être.

Elle se livra à une exploration assidue de son corps, le léchant, l'embrassant, le mordillant depuis son cou jusqu'à son ventre. Quand elle arriva à son nombril, elle lui lança un regard malicieux.

—Sally a raison. Tu sens très bon.

Il laissa échapper un rire étranglé.

— Peut-on laisser Sally en dehors de cette chambre, s'il te plaît ?

Elle s'esclaffa, et Keaton se dit que le son de son rire était enivrant.

Puis, elle descendit plus bas et prit son sexe engorgé entre ses lèvres. Keaton se raidit de tout son corps, submergé par la sensation de sa bouche humide et chaude sur lui. Il s'efforça de se détendre, de savourer les sensations que Tami faisait naître en lui. Elle prenait son temps pour lui donner le plus exquis des plaisirs, et il était impatient de lui rendre la pareille. Elle poursuivit son assaut sensuel jusqu'à lui arracher un orgasme puissant.

Enfin, elle s'étendit sur lui, et il l'étreignit. Il espérait que plus jamais il ne serait séparé d'elle. Il savait que son amour pour elle n'était pas du genre fugace. C'était un sentiment puissant, éternel. Ils restèrent enlacés ainsi jusqu'à ce qu'il sente son rythme cardiaque revenir à la normale et que son corps retrouve de l'énergie. Puis il se retourna, entraînant Tami avec lui, et se retrouva sur elle. Et il lui rendit le plaisir qu'elle venait de lui donner, tout en savourant la saveur et la texture de sa peau, la chaleur de son corps.

Tami s'agita, et il l'entendit ouvrir le tiroir de son chevet. Elle en sortit un préservatif.

— Maintenant, Keaton. S'il te plaît. Je veux que tu sois en moi.

— Tes désirs sont des ordres.

Il déroula la protection sur lui et se plaça contre ses replis intimes puis la pénétra lentement. Quand il fut enfoncé en elle jusqu'à la garde, il s'arrêta, pour qu'ils puissent tous deux ressentir la force de leur alchimie. Il serra ses mains qu'elle avait placées au-dessus de sa tête et lui donna un long baiser torride qui les laissa tous deux hors d'haleine.

— Je t'aime, Tami Wilson. Je t'aimerai pour le restant de mes jours, promit-il solennellement.

Et il se mit à onduler en elle. D'abord lentement, puis, tandis que ses mouvements attisaient les flammes de leur désir, de plus en plus vite, jusqu'à ce que, dans un dernier coup de reins puissant, ils atteignent l'orgasme ensemble. L'exaltation l'envahit, et il sentit Tami vibrer, trembler, se cambrer contre lui, puis se relâcher brusquement. Alors, il s'enfonça un peu plus en elle puis se tourna doucement pour qu'ils soient tous deux sur le côté.

Tous deux haletaient tandis qu'il l'observait dans la pénombre, la chambre n'étant éclairée que par la lumière du couloir. Il caressa son visage.

— Je suis sincère, Tami. Je t'aime comme je ne pensais pas que l'on pouvait aimer quelqu'un. Tu veux bien m'aider à faire évoluer notre relation vers quelque chose qui durera toute notre vie ?

Elle tendit une main tremblante vers son visage et l'embrassa.

— Keaton Richmond, j'en serais honorée. Ma réponse est oui. À tout. Je veux passer ma vie avec toi, t'aimer pour toujours. Et aimer nos enfants.

— Nos enfants. Ça sonne bien, dit-il, ponctuant ses mots d'un baiser. Quand je t'ai vue pour la première fois dans ce bureau, je me suis demandé dans quoi je m'engageais. Maintenant, je le sais. Merci d'être restée fidèle à ce que tu es. Et je te promets de te rester fidèle chaque jour de ma vie.

— Oh ! Keaton, merci ! Je chérirai ces paroles et je te chérirai pour le restant de mes jours.

— Je n'avais jamais compris, jusqu'à ce que tu entres dans ma vie, que tu es tout ce que j'ai toujours désiré sans même en avoir conscience. J'imagine que je devrais remercier ton père pour notre rencontre.

Elle rit.

— Je ne crois pas. J'aime me dire que nous aurions fini par nous rencontrer de toute façon.

— Oui, approuva-t-il, et il l'étreignit de plus belle. Je suis impatient de voir à quoi notre avenir ressemblera.

— Notre vie sera comme notre traversée en tyrolienne, murmura-t-elle, se blottissant contre lui et respirant son parfum. Excitante, un peu terrifiante mais, en fin de compte, absolument fantastique.

Et c'était déjà le cas.